U0091042

古典文學研究輯刊

十一編

曾永義 主編

第10冊

唐代御史與文學（下）

霍志軍 著

國家圖書館出版品預行編目資料

唐代御史與文學（下）／霍志軍 著 — 初版 — 新北市：花木蘭文化出版社，2015〔民 104〕

目 4+164 面；19×26 公分

（古典文學研究輯刊　十一編；第 10 冊）

ISBN 978-986-404-116-9（精裝）

1. 中國文學 2. 唐代 3. 文學評論

820.8　　103027545

古典文學研究輯刊

十一編　第 十 冊　　ISBN：978-986-404-116-9

唐代御史與文學（下）

作　　者　霍志軍
主　　編　曾永義
總 編 輯　杜潔祥
副總編輯　楊嘉樂
編　　輯　許郁翎
出　　版　花木蘭文化出版社
社　　長　高小娟
聯絡地址　235 新北市中和區中安街七二號十三樓
　　　　　電話：02-2923-1455／傳眞：02-2923-1452
網　　址　http://www.huamulan.tw 信箱 hml 810518@gmail.com
印　　刷　普羅文化出版廣告事業
初　　版　2015 年 3 月
定　　價　十一編 29 冊（精裝）台幣 52,000 元　

唐代御史與文學（下）

霍志軍　著

目次

上冊

下　冊

第五章　唐代御史活動與散文創作

文學這個詞是本來是中國固有的名詞，西方文學理論傳入中國之前，一直健康地、獨立地發展著。20 世紀以西方文學觀念重新審視中國文學的時候，實際上將其肢解了，我們將虛構的、想像的、抒情的內容納入到中國文學的研究範疇，但將歷史的一些東西並未納入，因此，對作家的地位沒有很眞實的反映。我們研究中國古代文學，首先要做的事情就是要復原歷史。如每個時期，哪些是文人，文人寫了哪些東西。在復原的過程中發現中國文學作家、創作、評論、閱讀的演變史，這是符合時代要求的。國學正在復興，部分中國人開始認識到中國文學的獨特性並不是西方文論所能全部涵蓋的。

作爲社會責任感頗爲強烈、眼光敏銳、思維活躍的一個士人群體，唐代御史沐浴在國家統一、文禁鬆弛、政治清明、經濟發展的社會環境中，怎能不英銳峻發，積極有所作爲？他們在職業生涯中，指斥時弊、沉實峻厲；彈劾奸佞、少有顧忌；上疏諫諍、頗中肯綮，出於職事活動的需要，創作了一定數量的應用公文，如彈劾文、判文、諫諍文、謝表、狀等。長期以來，我們並未對這種歷史上客觀存在的文學現象進行深入研究，甚至相當漠視。鑒於學界研究的此種結構性缺陷，本章擬對唐代御史寫作的具有代表性的彈劾文、判文、傳記文等加以解讀，以期唐代文學研究格局的改良。

第一節　唐代彈劾文文體及源流研究

彈劾文是中國古代監察官用於彈劾的一種文體，也是中國文學的寶貴遺產。長期以來，學界對彈劾文的研究幾乎是一片空白〔註 1〕。究其原因，一方

〔註 1〕迄今爲止，學界關於彈文的研究僅有張連城《北魏的彈官與彈文》（《文獻》

面蓋因學界對中國古代文體學的研究相對較少，另一方面彈劾文本來也非純文學文體。然從更爲廣闊的研究視域來看，彈劾文兼應用性與文學性於一體，是一種歷史悠久的文體，尤其在唐代，隨著監察制度的成熟與完善，彈劾文在唐代政治生活中發揮著不可替代的重要作用，頗受士人重視。它不但對唐代政治生活、士人生活、文學風氣產生一定影響，而且對後世敘事文學如小說、戲劇等也產生了一定影響。彈劾文研究具有特殊的文化與文學意義。

一、彈劾文與唐代監察制度和文化風氣

彈劾文源於我國古代監察制度，其文體形成有一個漫長的歷史演進過程。有官員違法亂紀，則必有監察官起而彈劾，然初期的彈劾不一定形成文字，形式上可以「片言折獄」，簡單明瞭。只有當彈劾要求以格式化、規範化的語言文字形式對彈劾情況進行準確記錄時，具有文體學意義的彈劾文才眞正形成。劉勰《文心雕龍》中對先秦以來彈劾文的發展演變軌跡頗有周詳論述：

> 昔周之太僕，繩愆糾謬；秦之御史，職主文法；漢置中丞，總司按劾；故位在鷙擊，砥礪其氣，必使筆端振風，簡上霜凝者也。〔註2〕

梁代昭明太子編《文選》，特立「彈事」〔註3〕一格，任昉《文章緣起》則正式設「彈文」條〔註4〕，至宋代編撰《文苑英華》時已專列彈文一卷〔註5〕。可見隨文學觀念的成熟，至遲在魏晉六朝時，古人已將彈劾文作爲獨立的文體來看待了。明代郎瑛《七修類稿·詩文一·各文之始》亦認爲：「奏疏之名不一……彈文固目中之一，而其辭要核實風軌，所謂氣流墨中、聲動簡外可也。」〔註6〕這大約是古人將彈劾文獨標一格的動因之一。吳訥《文章辨體序說》云：「按《漢書》注云：『群臣上奏，若罪法按劾，公府送御史臺，卿校送謁者臺。』

1995年底期）、蔡楚材《〈文心雕龍〉「彈文」格式考》（《上饒師範學院學報》2004年第2期）等極少數文章。

〔註2〕南朝·劉勰撰、黃叔琳注、李詳補注、楊明照校注、拾遺：《文心雕龍》卷五《奏啓》，中華書局2000年版，第318頁。（以下版本號）

〔註3〕梁·蕭統：《文選》，上海古籍出版社1998年版。

〔註4〕梁·任昉撰、明·陳懋仁注、清·方熊補注：《文章緣起》，廣陵古籍刻印社1986年重印本。

〔註5〕《文苑英華》卷六四九，第3339～3340頁。

〔註6〕明·郎瑛：《七修類稿·詩文一·各文之始》。

是則按劾之名，其來久矣。」〔註 7〕吳訥從古代監察制度入手追溯彈劾文流變，正本清源，是很正確的。至晚清「湘鄉派」大纛曾國藩編《經史百家雜鈔》，該書「奏議類」將彈劾文與書、疏、議、奏、表、封事、對策、諫等文體相併列，吳曾祺《文體芻言》中則將奏議分爲奏、議、駁議、策文、疏、章、表、啓、箋、對、狀、露布等三十餘種文體，彈劾文亦並列其中之一。

唐以後，中國文章學臻於成熟，古代文章家更逐漸認識到彈劾文獨特的審美特質。如宋代王應麟云：「奏以明允誠篤爲本。若彈文，則必理有典憲，辭有風軌，使氣流墨中，聲動簡外，斯稱絕席之雄也。」〔註 8〕奏疏、彈劾文，「其辭氣亦各異也。」通過上述對彈劾文發展流變極簡略的梳理，可以發現彈劾文始終是我國古代政治生活中頻繁使用的一種文體，目前學界對彈劾文的忽視，並不能淹沒其存在價值。不僅如此，古代文章學家將彈劾文單獨分類，正說明其具有自身獨特的文學、文體學特質，將彈劾文納入文體學研究視野，是不會辱沒中國文學的。

由於相關文獻的缺乏，我們不敢妄斷彈劾文產生的具體年代，但漢代彈劾文已頗盛行乃是不爭的事實。筆者對《全上古三代秦漢三國六朝文》進行粗略統計，其中收錄的漢代彈劾文已達四十餘篇。現以西漢史丹的《奏劾王商》爲例：

> 商位三公，爵列侯，親受詔策爲天下師，不遵法度以翼國家，而回辟下媚以進其私，執左道以亂政，爲臣不忠，罔上不道。《甫刑》之辟，皆爲上戮，罪名明白。臣請詔謁者召商詣若盧詔獄。〔註 9〕

這篇彈劾文中，彈劾王商違法亂紀情況事實清楚，可謂「理有典憲」，篇幅在漢代彈劾文中亦屬較長者，但距唐代彈劾文氣盛言宜、聲動簡外的特點還有較大差異，至於西漢多數彈劾文，就更加質木無文了。兩相對照，演進之跡甚明。唐代之前，彈劾文的寫作水平就成爲衡量士人才華的重要標準之一，如《魏書・文苑傳》云：「熙平初，中尉、東平王匡博召辭人，以充御史，同時射策者八百餘人，子昇與盧仲宣、孫搴等二十四人爲高第，遂補御史。（子昇）時年二十二，臺中文筆皆子昇爲之。」〔註 10〕八百餘人中選中者僅二十四人，年僅二

〔註 7〕明・吳訥：《文章辨體序說》，人民文學出版社 1962 年版，第 40 頁。
〔註 8〕明・吳訥：《文章辨體序說》，人民文學出版社 1962 年版，第 40 頁。
〔註 9〕清・嚴可均：《全漢文》卷四十三，商務印書館 1999 年版，第 439～440 頁。
〔註 10〕北齊・魏收撰：《魏書》卷八五《文苑傳》，中華書局 1974 年版，第 1875 頁。

十二歲的溫子昇才華橫溢，被譽爲「北地三傑」之一，由他來撰寫臺中文書是當之無愧的。可見早在北魏時期人們已開始注重彈劾文的寫作。

唐代彈文寫作頗爲盛行，據筆者統計，目前尚能考知的唐代彈劾事件達200餘起，〔註11〕《全唐文》中現存唐代彈文數量亦有百餘篇之多。唐代彈劾文之所以如此興盛，一與唐代監察制度有直接關係，二是當時的科舉考試也起了推波助瀾的作用。以下分述之：

我國古代的監察制度，秦漢時期尚屬初創，行政、監察職責劃分併不清晰。魏晉時局動盪分裂，監察制度忽張忽馳，除在曹魏時期、晉武帝、北魏孝文帝執政時期得到較好的貫徹執行外，其餘時間大都流於形式，「舉賢不出世族，用法不及權歸。」〔註12〕監察制度對特權階層毫無約束力。這些都不能不影響實際監察的效果。

唐代是古代監察制度的成熟期，有著一系列成熟的監察理念和運作機制。作爲最高中央監察機構，唐代御史臺處於澄清吏治、整飭百官的核心中樞位置，淩駕百官之上，上自三公、宰相，下至地方官吏，無不受其監察，即使皇帝的旨意，御史亦可拒不奉詔。《舊唐書》卷《職官志三》載：

> 凡中外百僚之事，應彈劾者，御史言於大夫。大事則方幅奏彈之，小事署名而已。〔註13〕

唐代御史彈劾的儀式莊重、嚴肅。御史彈劾，「大事則冠法冠，衣朱衣纁裳，白紗中單以彈之。小事常服而已。」〔註14〕御史彈劾時著衣有專門規定：專服獬豸冠，須穿白紗中單裏服，上衣著紅色、下衣著淺絳色專用彈劾服裝。和今天法官審判時著裝有統一規定相似，都凸顯了法律的神聖地位和監察官肩負的神聖、崇高的使命。唐代御史彈劾，一般在皇帝上朝之日，天子往往在場以示威權，體現出皇帝對御史彈劾的重視。無論是哪一級官員，也不管其官有多大，一旦被彈劾，必須「俯僂趨出，立於朝堂待罪。」

在這樣一個莊重、嚴肅的場合，當著皇帝和朝廷眾臣的面對仗彈劾違法官員，宣讀彈劾文，決定了彈文絕非純粹私人的言說，而代表著國家意志，體現著法的尊嚴和權威。御史彈劾權貴，必然招致其強烈反彈。正如睿宗所

〔註11〕見本書附表三《唐代御史彈劾事件統計表》。

〔註12〕唐·房玄齡撰：《晉書》卷五八《周處傳》，中華書局1974年版，第1570～1571頁。

〔註13〕後晉·劉昫：《舊唐書》卷四四《職官志三》，第1862頁。

〔註14〕後晉·劉昫：《舊唐書》卷四四《職官志三》，第1862頁。

云：「鷹搏狡兔，須急救之，不爾必反爲所噬。御史繩奸佞亦然，苟非人主保衛之，則亦爲奸佞所噬矣。」〔註 15〕這種高風險、高壓力的工作，決定御史撰寫彈劾文，絕不會是率意而作，必須傾盡全力去從事彈劾文的創作，反覆研磨、錘鍊再三，使彈劾文眞正具有「筆端振風，簡上霜凝」般的戰鬥效果，才能達到彈劾的目的。

在唐人心目中，彈劾文的寫作水平是衡量一個人能力的重要標準，史書和筆記有諸多這方面的記載。如《舊唐書》記載酷吏來子珣的彈劾之事，「來子珣，雍州長安人。永昌元年四月……除左臺監察御史。時朝士有不帶靴而朝者，子珣彈之曰：『臣聞束帶立於朝。』舉朝大噱。」〔註 16〕來子珣以尖刻彈劾文彈文寫作水平對官員是相當重要的。還有一些逸事亦可說明唐代彈劾文的重要，如《御史臺記》云：

> 劉如璿事親以孝聞，……遷司僕司農少卿秋官侍郎。時來俊臣黨人與司刑府史姓樊者不協，誣以反誅之。其子訟冤於朝堂，無敢理者，乃援刀自刳其腹，朝士莫不目而慄惕，璿不覺唧唧而淚下。俊臣奏云黨惡，下詔獄。璿訴曰：「年老，因遇風而淚下。」俊臣劾之曰：「目下涓涓之淚，乍可迎風；口稱唧唧之聲，如何取雪？」……俊臣但苛虐，無文，其劾乃鄭愔之詞也。〔註 17〕

來俊臣不學無術，彈劾時只會背誦別人的彈劾文，故而爲人詬病，傳爲笑談。通過這則笑話，從一個側面證明唐代官場對於彈劾文寫作的重視程度。

彈劾文在唐代之所以興盛，除與唐代監察制度的密不可分之外，唐代教育、選舉制度亦有推波助瀾之功。

唐代國子監設國子學、太學、四門館、律學、書學、算學等六學，其中律學「培養司法人員，以律令分專業，兼試格式、法例。」〔註 18〕學業合格者按名額規定送禮部參加科舉考試。在禮部所舉行的科舉考試中，有明法一科，屬每年舉行考試的常科，這是唐代科舉制度所獨有的。《新唐書·選舉志》云：「凡明法，試律七條，令三條，全通爲甲第，通八爲乙第。」〔註 19〕律學

〔註 15〕宋·司馬光：《資治通鑒》卷二一〇「唐紀二六」，第 2573 頁。

〔註 16〕後晉·劉昫：《舊唐書》卷一八六上《酷吏傳上·來子珣傳》，第 4846～4847 頁。

〔註 17〕宋·李昉等：《太平廣記》卷二六九引《御史臺記》，第 2108 頁。

〔註 18〕張國剛：《唐代官制》，第 104 頁。

〔註 19〕宋·歐陽修：《新唐書》卷四四《選舉志上》，第 1162 頁。

作爲入仕途徑之一，必定促使士子趨之若鶩、精研律學，而對法律的通曉正是寫作彈文的前提之一。

唐代制舉一重要科目是「賢良方正能直言極諫科」。僅《唐會要》記載，由「賢良方正能直言極諫科」入仕者就達 107 人，韋執宜、崔元翰、柳公綽、裴度、牛僧孺等均是由此科逐漸步入政治高層，其重要地位可見一斑。直言極諫科考試中，大量對策是針對朝政的諫諍文，亦有不少對策具有彈文性質，實際也起到了彈文的彈劾文效果，如憲宗元和三年（808 年）的直言極諫科考試，史載：

> 上策試賢良方正直言極諫科舉人，伊闕尉牛僧儒、陸渾尉皇甫湜、前進士李宗閔皆指陳時政之失，無所避，……上不得已，罷洎、涯學士，洎爲户部侍郎，涯爲都官員外郎，貫之爲果州刺史。〔註 20〕

可見，彈劾文寫作實際上也是直言極諫科考試的重要內容之一。彈劾文的寫作的水平高下，直接影響士子的前途命運。彈劾文之所以會被如此看重，是因爲彈劾文寫作要求士子不但要熟悉國家政治運作，而且須深入瞭解社會、民生，具有分析問題的能力，能反映出士子的從政能力和綜合素質。由於彈劾文寫作水平不僅直接影響士子的前途，也關係其社會聲譽，由於應試的需要，許多士子便在彈劾文寫作上下大功夫，這必然促進彈劾文寫作水平的提高。總之，應試目的也是促使唐代彈劾文大量出現的原因之一。

每種文體的興盛，都有其深刻的社會文化原因。彈劾文的興盛，應該置於唐代文學和文化的雙重背景下來認識。雖然統治階級的相互傾軋、內部黨爭，也增加了唐代彈劾文的數量，但這畢竟只是彈劾文中的少數。就總體而言，彈劾文的根本目的是彈劾不法，法律精神是彈劾文的靈魂。唐代彈劾文是監察官必須掌握的基本技能，又有著較大的個人表現空間。在一般士人眼裏，彈劾文的寫作是評價一個監察官能力的重要標準。一些監察官出色的彈劾文便在社會上流傳開來，甚至由此獲得社會聲譽。唐代彈劾文是唐代御史群體對中國文學的貢獻，也是唐代監察制度與文學結合而形成的奇葩。

二、彈劾文的文體特徵

彈劾文之所以長期以來被學界忽視，究其原因，蓋世人習慣以爲彈劾文不過法律公文，不會有多麼深刻的思想內容，也無需多麼用心的文章營構，

〔註 20〕宋·司馬光：《資治通鑒》卷二三七「唐紀五三」，第 2934 頁。

不具備獨立、完整的文體規範。然而事實並非如此，即以唐代現存彈劾文而言，幾乎全部具備相對完整的內容、獨立的形式和比較規範的體式結構，尤其是中晚唐時期的彈劾文，往往體制嚴謹、精心營構，規模可觀。如元和四年（809 年）元稹《論浙西觀察使封杖決殺縣令事》多達四百五十餘字，《彈奏山南西道兩稅外草狀》長達五百七十餘字，《彈奏劍南東川節度使狀》更長達二千五百餘字，非高手精心營構所不能及。

唐代彈劾文的文體特徵，至少包含兩方面的內容，一是彈劾文的體式結構，二是彈劾文的語言結構，此兩方面又是密切融合、不可割裂的。

彈劾文體式結構的形成，既取決於一般文體的普遍性，也取決於其作爲彈劾文體的特殊性。任何成熟的文體都有各自規範的表達體式，彈劾文當然也不例外。今存唐代彈劾文所表現出來的某種「千篇一律」的的結構特徵，就是明證。彈劾文作爲按劾之文，必然要受到唐代監察制度、具體彈劾情況的制約，清人王兆芳《文體通釋》云：「劾者，法有罪也，亦謂之彈。彈，行丸也，抨也。以法抨有罪，若行丸也。」〔註 21〕此種「主於案舉臣罪，議從國法」的文體，必然也必須形成其獨特的文體結構。現存唐代彈劾文的體式結構一般有四個部分：彈劾依據、列舉罪狀、論證定罪、提出處置意見。

就語體結構而言，彈劾文作爲法律公文，有著區別於其它語體的特殊風格，它既不同於形象、生動的純文學語言，也有別於以上傳下達爲宗旨的一般朝廷公牒文牘，法律公文的獨特屬性必然要求彈劾文在選擇修辭手段時根據其文體特徵作出適當取捨。這種取捨，則更加清晰、固化了彈劾文的文體特徵。下面，我們對之進行分析。

（一）彈劾依據

在我國古代，彈劾作爲監察官檢舉官吏違法罪狀的行爲，必須有彈劾之依據。彈劾依據既是彈劾文之起首，也是彈劾的第一個環節和要素，只有彈劾依據成立，彈劾行爲才具有合法性。唐代彈劾文一般開宗明義，首先標出彈劾之依據。至於彈劾的依據，主要有三方面：

首先是皇帝的詔令。皇帝具有生殺予奪之大權，皇帝詔令當然地成爲彈劾之依據。如《舊唐書·敬宗紀》載：「寶曆元年夏四月，御史蕭徹彈京兆尹兼御史大夫崔元略違詔徵畿內所放錢萬七千貫，付三司勘鞫不虛。」〔註 22〕

〔註 21〕清·王兆芳：《文體通釋》，四庫全書影印本。

〔註 22〕後晉·劉昫：《舊唐書》卷一七上《敬宗紀》，第 515 頁。

可見，崔元略是因違反皇帝詔令被御史彈劾。

其次是唐王朝頒佈的律、令、格、式。《唐會要》載：「律、令、格、式，懸之象魏，奉而行之，事無不理。比見諸司僚採，不能遵守章程，事無大小，悉皆聞奏。……自今以後，若緣軍國大事，及牒式無文者，任奏取進止，自餘據章程合行者，各令依法處分。其故生疑滯，致有稽失者，望令準御史隨事糾彈。」〔註 23〕律、令、格、式，是唐王朝的法典，對於不遵循者，御史可隨事糾彈。如元稹《彈奏劍南東川節度使狀》開篇即云：「故劍南東川節度觀察處置等使嚴礪在任日，擅沒管內將士、官吏、百姓及前資寄住等莊宅、奴婢。」〔註 24〕此即是因嚴礪違犯律、令、格、式而被彈奏。

再次是封建倫理道德、君臣之義。違犯封建倫理道德、君臣之義，亦是彈劾的重要依據，如《劾封德彝奏》開篇即云：「臣聞事君之義，盡命弗渝；爲臣之節，歲寒不貳。苟虧其道，罪不容誅。」〔註 25〕這是封建社會所謂的倫理道德，也是這篇彈劾文的彈劾依據。

（二）列舉罪狀

欲彈劾某官吏，首先要對其失職之舉、違法事實作出準確交代，這是彈劾的必要條件。彈劾文作爲一種法律公文，列舉罪狀應盡可能追求準確、明確的表意效果，如上文所引《劾封德彝奏》，先說「德彝無聞，輕險有素。往在隋代，恩遇已深。苞藏奸忒，密懷梟獍。」用四字句式簡練精當的語言概括其以往的個人污點，緊接著陳述本次彈劾的不法之事，「無心報效，乃肆奸謀，熒惑儲藩，獎成無惡，置於常典，理合誅夷。但包藏之狀，死而後發，猥加贈謚，未正嚴科。」〔註 26〕這種簡練概括的表述要比冗長繁複的表述更能吸引並支配判決受眾的注意力。

「法律事實並不是自然生成的，而是人爲造成的。……是根據證據法規則、法庭規則、判例彙編傳統、辯護技巧、法官雄辯能力以及法律教育成規等諸如此類的事物而構設出來的，總之是社會的產物。」〔註 27〕彈劾文亦有類似的情況，彈劾文欲彈劾的違法情況，總是已經發生的事實，因此，彈劾

〔註 23〕宋・王溥撰：《唐會要》卷六一《御史臺中》，第 1260 頁。
〔註 24〕唐・元稹：《彈奏劍南東川節度使狀》，《全唐文》卷六五一，第 3900 頁。
〔註 25〕唐・唐臨：《劾封德彝奏》，《全唐文》卷一六二，第 996 頁。
〔註 26〕唐・唐臨：《劾封德彝奏》，《全唐文》卷一六二，第 996 頁。
〔註 27〕〔美〕吉爾茲：《地方性知識：事實與法律的比較透視》，見梁治平《法律的文化解釋》，三聯書店 1994 年版。

文作者總是有意「遮蔽」或「放大」某些情節，其最終目的是能夠獲得基於剪裁事實基礎上的法律話語的正當性，利於實現彈劾的目標。古人彈劾的一個重要方面是倫理道德層面，這些又很難被納入當時格、令、式、法，這樣，剪裁事實就成爲彈劾文所必須。從現存唐代彈劾文來看，一般是抓住關鍵情節、放棄次要情節，使所列舉的罪狀與彈劾依據造成一種尖銳的衝突和對立，從而突出彈劾的勢在必行。。

（三）論證定罪

有了彈劾的依據，有了違法亂紀的事實，緊接著就是要運用嚴密的法學思維、邏輯推理，對其違法行爲的嚴重性進行論證，這是彈劾成功的關鍵，也是爲接下來提出處置意見奠定基礎，因而可以說是彈劾文寫作成敗的關鍵。彈劾文作爲用於彈劾的法律公文，承載著澄清吏治、維護官僚機構正常運轉的神聖使命，也決定著彈劾與被彈劾者的個人政治前途，這就要求彈劾文的表達須和具體的事實相一致，恰如其分地論證。《文心雕龍·詔策》云：「故授官選賢，則義炳重離之輝；優文封策，則氣含風雨之潤；敕戒恒誥，則筆吐星漢之華；治戎燮伐，則聲有洊雷之威；眚災肆赦，則文有春露之滋；明罰敕法，則辭有秋霜之烈：此詔策之大略也。」〔註 28〕只有尊重事實、尊重法律，依法辦事、秉公辦事，才具有無堅不摧之力量；如辭不達意、邏輯混亂，必然招致嚴重的後果。如元稹彈劾劍南東川節度使嚴礪等貪贓枉法事，嚴礪爲封疆大吏、朝廷重臣，豈是隨便能彈劾倒的，故彈劾文論證定罪部分格外嚴密，詳細引用朝廷制敕，「兩稅留州使錢外，加率一錢一物，州府長吏並同枉法計贓，仍令出使御史訪察聞奏。」以朝廷敕誥論證自己訪察巡視之合法性；引元和三年敕文：「大辟罪已下，蒙恩滌蕩。惟官典犯贓，不在此限。」論證嚴礪犯罪，不在赦免之列；又引嚴礪元和二年報送朝廷的舉牒：「管內郵驛要草，於諸州秋稅錢上，每貫加配一束。至三年秋稅，又準前加配，計當上件草。」再論證「況嚴礪元和三年舉牒，已云準二年舊例徵收，必恐自此相承，永爲疲人重困。」〔註 29〕實際上是以子之矛、攻子之盾，無可辯駁地論證了嚴礪罪行之惡劣。

中國古代的法律是典型的倫理法，古人在「法理」與「情感」的關係上，重於「情感」，人們普遍並不過分關注彈劾中法理與邏輯的自恰，更關心彈劾

〔註 28〕梁·劉勰：《文心雕龍》卷四《詔策》，第 264 頁。
〔註 29〕唐·元稹：《彈奏劍南東川節度使狀》，《全唐文》卷六五一，第 3900 頁。

是否與社會公認的道德標準等相一致並以此來判斷彈劾的「合法」與否。而且，彈劾的效果往往取決於君王的態度，感情在促使君王作出判斷中起著至關重要的作用，因此，當御史寫作彈劾文時，訴諸於情感的彈劾文修辭往往就成爲必須。唐代彈劾文的論證定罪部分，在曉之以理的同時，又動之以情，常用情理交融、倫理感染等方法來突出違法性質之嚴重，以期取得預期彈劾效果。如《大唐新語》載：「文德皇后崩，未除喪，許敬宗以言笑獲譴。及太宗梓宮在前殿，又垂臂過。侍御史閻玄正彈之曰：「敬宗往居先後喪，已坐言笑黜，今對大行梓宮又垂臂無禮。」敬宗懼獲罪，高宗寢其奏，事雖不行，時人重其剛正。〔註 30〕雖然彈劾未果，但其人格卻贏得了朝野的普遍尊重，其中起作用的，正是道德、情感的力量。

（四）提出處置意見

在前述嚴密論證的基礎上，該部分對被彈劾者的違法亂紀行爲提出具體的處置意見。處置意見以中肯、解決問題爲目的，故大多數彈劾文均是辭達而已，簡明扼要，多用「宜……」、「請……」的句式。如：「宜申法於今辰。」〔註 31〕「請特加貶，以敦禮教。」〔註 32〕「請以某見事付大理治罪。」〔註 33〕等。

近年來，隨著文學觀念的變化，我國傳統文體逐漸引起學界的廣泛關注。朝廷應用公文，自東漢以來，一直是駢體文占統治地位，雖然韓、柳「古文運動」以散行單句的古文進行寫作，改變了一代文風，但始終未能從根本上撼動公文寫作中駢體文的統治地位。韓愈、柳宗元之後，晚唐應用公文重新恢復到駢體文寫作傳統。但彈劾文卻異乎尋常地是個例外，今存唐代彈劾文無論初、盛、中、晚唐，一直保持著散體文的語言風格，確是令人深思的文學、文化現象。蓋彈劾文作爲法律公文，不但語言應盡可能保持莊重、得體，而且應具有一種鋒利、強悍的戰鬥姿態。彈劾文始終用散體文寫作，不僅是法律語體風格的必然要求，也是維護法律權威的需要。由此也可引發學界對唐代文學，對不同文體發展、演進的深層思考。

〔註 30〕唐・劉肅：《大唐新語》卷三「公直」，第 42 頁。
〔註 31〕唐・唐臨：《劾杜如晦奏》，《全唐文》卷一六二，第 996 頁。
〔註 32〕唐・唐臨：《彈將軍李子和文》，《全唐文》卷一五〇，第 913 頁。
〔註 33〕唐・陳子良：《爲奚御史彈尚書某入朝不敬文》，《全唐文》卷一三四，第 811 頁。

三、彈劾文之流變及其對敘事文學的影響

自古以來，監察官在國家官僚體制中始終扮演著彈劾百官、澄清吏治的重要角色。從本質上說，御史彈劾制度有利於維持封建統治秩序、淨化官場風氣、維護封建統治，所以，唐代以後，雖然封建專制空前強化，監察制度屢有變革，但監察官的彈劾職能並未喪失，特別是宋代黨爭不斷，士大夫相互攻擊，寫下了大量彈劾文。《全宋文》中就收有大量彈劾文，如孫陞一人就寫有《劾章惇奏》、《再劾章惇奏》、《三劾章惇奏》〔註34〕等二十餘篇，唐代以後，宋、明、清諸朝一些彈劾文已經背離了彈劾的本意，而淪爲黨爭的工具，但就彈劾文數量來說極其龐大。宋人還專門將彈劾文類編成書，如《宋史・藝文志》中即有《彈事》五卷，〔註35〕並對唐前彈劾文進行整理，編有《晉宋齊梁彈劾文》四卷等。明代彈劾文仍然爲朝廷公文一個重要門類，韓宜可，明初監察御史，彈劾不避權貴，「丞相胡惟庸、御史大夫陳寧、中丞涂節方有寵於帝，嘗侍坐，從容燕語。宜可直前，出懷中彈劾文，劾三人險惡似忠，奸佞似直，……乞斬首以謝天下。」〔註36〕李夢陽，以剛直聞，《崆峒集》中錄有不少彈劾文，如其《代劾宦官狀疏》向來被譽爲明代散文之名篇。湯顯祖，曾任南京太常寺博士，有爲世稱道的彈劾文《論輔臣科臣疏》等。孫懋，曾任廣東布政使，著有彈劾文《遵祖訓以端政本疏》、《急除奸惡以安宗社謝天下人心疏》等。此外，如王恕、張寧、陸粲、章僑、楊漣、李應升等均作有著名彈劾文。現存清代彈劾文數量繁鉅，實在難以作出準確統計。如康熙年間先後三名御史劉若鼐、袁橋、蔡珍彈劾噶禮，迫使其伏法，曾震動朝野。和珅一案，各省督撫紛紛上章彈劾和珅，要求將和珅依法論處，彈劾文不計其數。特別是「隴上鐵漢」安維峻彈劾李鴻章，堪稱清代監察史上的著名彈劾事件。「甲午戰爭」期間，安維峻轉都察院福建道監察御史，他連續上疏六十餘件，彈劾清政府對日本在朝鮮的擴張所採取的妥協政策，其中《請誅李鴻章疏》，歷數李鴻章之罪行，稱其「不但誤國，而且賣國」，懇求光緒帝明正其罪，「布告天下，如是而將士不奮興，倭賊有不破滅者，即請斬臣，以正妄言之罪」。此文一出，聲震中外。安維峻貶職離京前，知交友朋齊集於明代著名諫官楊繼盛的故宅松筠庵，爲他設

〔註34〕曾棗莊、劉琳主編：《全宋文》卷二〇一九～卷二〇二一，上海辭書出版社、安徽教育出版社2006年版，第93冊第61～104頁。

〔註35〕元・脫脫：《宋史》卷一六一《藝文志七》。

〔註36〕清・張廷玉等：《明史》卷一三九《韓宜可傳》，中華書局1974年版，第3982頁。

宴餞行，文悌、王鵬運等名流贈詩、作序，志銳刻以「隴上鐵漢」印章相贈。離京後，京師大俠王子斌（即大刀王五）親自護送，並饋贈車馬行資，可見一篇彈劾文在晚清政壇掀起的波瀾。

唐代彈劾文文體成熟的同時，彈劾文已發生了某種變異，一種傾向是彈劾文寫作向詼諧滑稽的趨勢發展，如《大唐新語》載：「劉仁軌爲左僕射，暮年頗以言詞取悅訴者。戶部員外魏克己斷案，多爲仁軌所異同。克己執之曰：『異方之樂不入人心，秋蟬之聲徒聒人耳。』仁輒怒焉，罵之曰：『癡漢！』」〔註 37〕彈劾文作爲法律公文，本以莊重得體、邏輯嚴密爲宗，此兩則彈劾文片段，則滑稽詼諧。另一種傾向是唐代彈劾文已經顯示出與筆記小說初步融合的趨勢。黃永年先生曾指出，「有些不見於兩《唐書》的疏奏、彈文、手詔、榜文的片段，時見於《大唐新語》中。」〔註 38〕《大唐新語》作爲筆記小說，其敘事與正史頗爲不同，如王義方彈劾李義府事件，雖兩《唐書》均有記載，但《大唐新語》則多有鋪成，並敘王義方昌樂聚徒教授、撰《筆海》十卷，卒後，「門人何彥先、員半千制師服三年，喪畢而去」〔註 39〕等事，彈劾文與筆記小說融合之跡，甚爲鮮明。唐代以後，彈劾文與古代敘事文學結合的現象愈加明顯，如《三國演義》、《中國歷代通俗演義》等政治小說中中就有不少彈劾文及彈劾情節，這是人們所熟知的。明清時期的小說、戲劇中，彈劾文已變成重要的組成部分之一，明代小說《戚南塘剿平倭寇志傳》，鄭振鐸云是書「以剿平倭寇爲主題，有重大的政治意義。」〔註 40〕該書第四回《趙文華劾本天官》、第十三回《劉給事劾奏阮都堂》，都以彈劾爲關鍵性情節，彈文在書中不但連綴情節、而且具生發情節之功，實爲整部小說中不可或缺的組成部分。明人周朝俊所著傳奇《紅梅記》，至今仍是傳統戲劇演出的保留劇目，第二十四齣爲「劾奸」。〔註 41〕「開讀之變」是晚明民變中的一次壯舉，崇禎年間陳開泰的《冰山記》、袁于令的《瑞玉記》、范世彥《魏閹磨忠記》、李玉《清忠譜》等十多個劇本，均涉及這一事件，彈劾魏閹是上述劇本的敘事焦點，彈劾文也就成爲上述劇本的靈魂。清代孔尙任的傳奇名作《桃花扇》，

〔註 37〕唐・劉肅：《大唐新語》卷三「公直」，第 42 頁。

〔註 38〕黃永年：《唐史史料學》，上海書店出版社 2002 年版，第 148 頁。

〔註 39〕唐・劉肅：《大唐新語》卷二「剛正」，第 30 頁。

〔註 40〕侯忠義、李勤學主編：《中國古代珍惜本小說續》第八冊，春風文藝出版社 1997 年版，第 437 頁。

〔註 41〕明・周朝俊：《紅梅記》，王星琦校注，上海古籍出版社 1985 年版。

「借離合之情，寫興亡之感。」第十四出「阻奸」、第三十一齣「草檄」，〔註42〕都是借彈劾之文作爲政治鬥爭的武器，彈劾文在劇中的作用實在是不可缺少、也不能替代的。

彈劾文與敘事文學的結合，既有深層的內在關聯，也是特定的外部條件使然。彈劾文是對官員違法、失職事件的彈劾，本是政治運行中的一種監察行爲。中國古代小說、戲劇的一個重要內容，是描寫朝廷忠奸鬥爭，只要敘事文學描寫忠奸鬥爭，就不可避免地要涉及彈劾文。彈劾文進入敘事文學，與其潛在的敘事性也有密切關係。每一則彈劾文，都有一個引起彈劾的原因，潛隱著一個違法、失職行爲的發生過程，就是說，彈劾文已潛在具有事件的完整性和敘事文學的因子，有著生發出較大敘事空間的可能性，此可謂之「潛在的敘事性」。〔註43〕事實上，後世不少小說就是從朝廷彈劾事件中生成，如楊漣，曾任明代副都御史，《明史》有傳〔註44〕，天啓時，楊漣上《糾參逆璫疏》〔註45〕，彈劾魏忠賢之二十四條大罪，《明珠緣》第三十一回《楊副都劾奸解組，萬工部忤惡亡身》，〔註46〕即由此事件鋪成而來。《大宋楊家將文武曲星包公狄青初傳》第四十九回《包待制當殿劾奸，沈御史欺君定罪》，〔註47〕則從包公故事演化而出。

彈劾文對敘事文學的影響不在於敘事文學中有多少篇彈劾文，而是指在文學形態內部，彈劾文對敘事文學文體產生的影響。概而言之，彈劾文對我國古代小說、戲劇的影響，主要有以下幾方面。

一是在有些作品中，彈劾文成爲敘事的關鍵和樞紐。古代一些戲劇中，往往先寫奸佞得志、極盡猖狂，志士、善良受盡淩辱，無處申冤。而全劇的轉折、突變，多賴監察官起而彈劾，於是奸邪受到懲罰，善良冤情昭雪。在這種敘事模式中，彈劾及彈劾文成爲敘事的關鍵和樞紐。如《清忠譜》劇本，

〔註42〕清・孔尚任：《桃花扇》，人民文學出版社 1959 年版。

〔註43〕苗懷明稱判文有一種「潛在的敘事性」，見《中國古代公安小說史論》，南京大學出版社 2005 年版，第 332 頁。本文觀點受其啓發。

〔註44〕清・張廷玉：《明史》卷二四四《楊漣傳》，中華書局 1974 年版，第 6319～6328 頁。

〔註45〕明・陳子龍等編：《明經世文編》卷四九六，中華書局 1962 年版，第 5491～5496 頁。

〔註46〕清・李清著：《明珠緣》，郁默校注，灕江出版社 1994 年版。

〔註47〕清・李雨堂：《大宋楊家將文武曲星包公狄青初傳》（又名《萬花樓》），華夏出版社 1995 年版。

先寫魏閹一黨對東林黨人的嚴酷迫害，第二十四折「鋤奸」〔註 48〕爲全劇的轉折，周吏部公子動了血疏彈劾，河南道御史蔣老爺勘問，終使奸人服罪，受到懲罰。再如《紅梅記》第二十五齣「劾奸」：

【點絳唇】（末袍笏上）欲振朝綱，掃除奸黨，封章上。激發君王，一點丹心壯。

自家宋朝一個臺諫官是也。叵奈奸相隱蔽緊急軍情，致使元兵盡破襄樊地方，俺此時不奏等待何時？

……（末）微臣謹奏：

【駐雲飛】邊報倉惶，懊恨胡兒忒用強，徑把襄樊蕩，幾處人民喪。（内）邊報既急，賈平章因何再不說起？（末）賊子賈平章，他操權在上，誤國欺君罪惡難深狀！如此爲臣太不良，寶劍今當借上方。

（外、生、小生）臣三學生謹奏：

【前腔】國係襄陽，刻下邊聲不可擋，小丑眞無狀，大將皆淪喪。賊子賈平章，身爲師相，不肯興師，反把軍情障。願陛下斬首都門謝四方，便是碎剮凌遲不足償。

……（内）聖旨下，……似道既平章軍國重事，竟置之不理，日以遊宴爲事，隱蔽軍情，合當斬首示眾……〔註 49〕

《紅梅記》是開風氣之先的作品，賈似道代表的邪惡勢力都是故事發生、發展的焦點，賈似道等奸佞之徒受到懲處，意味著劇本轉機、高潮的到來。彈劾文在全劇中不但起著連綴情節的重要作用，而且是劇本情節發展關鍵和樞紐。

二是彈劾文在作品中往往成爲表達作者創作理念的載體。我國古代敘事文學中，作者創作理念的表達有多種方式：如在作品的人物塑造、情節安排、乃至遣詞造句方面，無不體現作者的良苦用心；話本、擬話本小說中直接面向讀者道出自己的創作主旨；像《史記》中「太史公曰」那樣表明作者的見解；通過作品中人物之口道出自己的主張等等。在此方面，彈劾文的出現無

〔註 48〕清・李玉：《清忠譜》，人民文學出版社 1990 年版，第 186 頁。
〔註 49〕明・周朝俊：《紅梅記》，王星琦校注，上海古籍出版社 1985 年版，第 132～133 頁。

疑使作者多了一種選擇，在寫作時，作者可以通過彈劾文道出自己的愛憎立場、彰顯自己的政治理想。如《《戚南塘剿平倭寇志傳》第十三回給事中劉祐彈劾阮鶚的彈劾文，本身即慷慨激昂，文采飛揚：

> 右副都御史阮鶚，本以貪鄙之資，冒膺軍國之寄，血污側目，足以濟奸；夤緣鑽刺，可以通神。剝百姓之膏血，而充私囊，官箴掃地；殺平民之生命，以掩己罪，人怨滔天。誤國欺君，勞師靡費；所以參究，以伺聖裁。〔註 50〕

這段彈劾文，融爲整部小說的有機組成部分，以其犀利的戰鬥姿態，爲小說增色不少。而且借彈劾文痛斥貪贓枉法的無恥官吏，作者強烈、鮮明的愛憎立場，亦昭然若揭。

學界對彈劾文本身關注頗少，提及彈劾文，一般認爲作爲法律公文的彈劾文與敘事文學是風馬牛不相及的。〔註 51〕但文學史的事實告訴我們，彈劾文在我國古代監察政治中一直扮演著重要角色，也確曾影響了古代一些小說、戲劇的敘事方式。唐代彈劾文無論文體特徵還是流變、影響，都有自己的獨特性，這是一種重要的文學、文化現象，值得認眞研究。

第二節　唐代彈劾文的美學意蘊

彈劾文也許是所有公牘文中文學性最強的文體之一，和一般公牘文不同，彈劾文雖然也屬於應用型文體，但它同時又彰顯著強烈的理想政治色彩和批判精神。彈劾文孕育在中國古代監察制度的母體之內，又與中國歷史廉政建設同步共生。彈劾文是正與邪的較量，它凸顯出的錚錚鐵骨、剛正不阿的英雄氣概，相當程度地影響了國人的思想感情；它「字挾風雷、聲動簡外」，如匕首、投槍般的戰鬥效果，承載著中華民族對法治社會，對公平、正義的期盼和嚮往，感動著一代又一代仁人志士難以釋懷。

由於各種原因，學界對唐代彈劾文的研究幾乎是一片空白，這不僅使我們白白喪失了一份審美感受，也不利於我們對唐代散文的整體把握。有鑒於

〔註 50〕侯忠義、李勤學主編《中國古代珍惜本小說續》第八冊，春風文藝出版社 1997 年版，第 494～495 頁。

〔註 51〕如吳承學先生認爲，中國古代像判文一樣兼應用性和文學性於一身的文體很多，例如詔、冊、彈文等等，但卻未能像判文一樣對敘事文學產生直接影響。見《文學遺產》1999 年第 6 期《判文文體及源流研究》。

此，本節擬對唐代彈文的美學意蘊作初步探討，期待這一長期「受冷遇」的文體能受到學人的關注。

一、彈劾文與彈劾過程共同構成一種「有意味的形式」

在古代漢語中，「彈」，即「糾劾也，繩愆糾謬之謂，省臺中憲之職也。古者奏以按劾，故亦稱爲彈奏。」〔註 52〕從實際政治的運作來看，作爲「私語眞情」的彈劾文是沒有意義的，彈劾文應包括「文本」和「傳達」兩個方面，二者共同構成一個有機的整體。純文學的詩詞賦等，在「白紙黑字」（語言文本）階段其文本意義就生成了，而彈劾文，若寫完之後束之高閣，不用於實際的彈劾實踐，還有意義嗎？由此觀之，彈劾文是一種非常特別的文體，彈劾文應該包括「文本」和「彈劾」兩個階段，彈劾文運用於具體的彈劾實踐，才能說實現了其目的，這是彈劾文有別於其它文體的重要屬性，彈劾文的藝術性應當和它的這一特徵密不可分。

現實政治中，彈劾者多是以小犯上，被彈劾者往往是權力極大的朝廷重臣，這不啻與虎謀皮，以卵擊石。因此，彈劾過程總是充滿了曲折，充滿了許多未知因素。明代敢罵皇帝的海瑞之所以被人奉爲監察官的典範，正說明彈劾不法是要付出極大代價的，說明人們對彈劾的有效性及彈劾能否最終實現總是充滿憂慮。

這就需要有保證法律尊嚴的制度及制度文化。古今中外的法制建設中，均有相似的人爲設計、固化下來的審判制度，這種長期積澱而成的特定內涵的法院文化，對捍衛法律尊嚴，始終保持對被告的高壓、威懾作用，是顯而易見的。我國古代判案時衙役們齊聲高喊「威——武——」此種升堂儀式含有對法的敬畏、對被告的震懾作用。現代法院審判時，肅穆莊嚴的法庭、神聖的國徽、象徵化的法袍、法官的假髮、被告被特定化的座位、審判時人物的出場順序、程序化的法庭語言等格式化的場景安排、固定的儀式等等，均營構出特定的文化氛圍。置身於此種神聖的環境之中，被告不免有敬畏感、緊張感，使他在情感上相信這種判決的神聖，判決的正當性由此獲得。〔註 53〕唐代彈劾制度與現代法院審判制度在某種程度上有相似性，（本文爲

〔註 52〕張相：《古今文綜評文》，見王水照編：《曆代文話》第九冊，復旦大學出版社 2007 年版，第 8759 頁。

〔註 53〕謝鴻飛：《疑難案件如何獲得合法性》，見陳興良主編《刑事法評論》，中國政

了便於理解，以現代法院審判制度與唐代彈劾制度類比。當然，是古代司法制度孕育了現代法院司法制度，而不是相反。）經唐前歷代監察制度積澱，在唐代臻於完善的彈劾制度，在其縝密、成熟運作的同時，也賦予彈劾過程以氣象萬千的藝術世界。

首先是彈劾文的起草，除去彈劾前周密的調查、推劾之外，僅就彈劾文寫作而言，就格外愼重、特別用心，有草制彈劾文、方幅書寫、焚草等諸多環節。起草彈劾文草稿，稱爲「草制」，如《新唐書》載李德裕之謫，胡諁「草制不盡書其過，貶端州刺史。」〔註 54〕方幅，爲古代朝廷典、詔、誥、命等文件的專用物，「凡有彈劾，御史以白大夫，大事以方幅，小事署名而已。」〔註 55〕以方幅寫彈劾文，可見朝廷對彈劾之重視。彈劾文之草稿亦不能隨便處置，須及時燒掉，謂之「焚草」。「焚草淹輕秩，藏書厭舊編。竹風晴翠動，松雪瑞光鮮。」〔註 56〕「護衣直夜南宮靜，焚草清時左掖深。」〔註 57〕從上述可知，彈劾文不是爲寫作而寫作，它體現著法律的尊嚴，一些重大事件的彈劾之文甚至上昇到國家意志，其重要性不言而喻，任何單純的文學寫作都無法與之比擬。

其次是彈劾的服裝。彈劾的服裝是彈劾嚴肅性、權威性之體現，唐代對御史彈劾的服裝亦有專門規定：御史彈劾，「大事則冠法冠，衣朱衣纁裳，白紗中單以彈之。小事常服而已。」〔註 58〕《唐會要》卷六一亦云：「大事則豸冠、朱衣、纁裳、白紗中單以彈之。小事常服而已。」〔註 59〕「法冠，一名獬豸冠，以鐵爲柱，其上施珠兩枚，爲獬豸之形，左右御史臺流內九品以上服之。」〔註 60〕彈劾時著衣須穿白紗中單裏服，上衣著紅色、下衣著淺絳色專用服裝，頭戴獬豸冠。御史專服獬豸冠、法袍，象徵著國家監察制度與法律的權威與地位、象徵著御史的堅強意志與無畏氣概，表明彈劾是一種極爲

法大學出版社 1999 年版，第 290～291 頁。

〔註 54〕宋・歐陽修：《新唐書》卷六〇《藝文志四》，第 1616 頁。

〔註 55〕後晉・劉昫：《舊唐書》卷四四《職官志三》，第 1862 頁。

〔註 56〕唐・權德輿：《和張秘監閣老獻歲過蔣大拾遺因呈兩省諸公並見示》，《全唐詩》卷三二五，第 3648 頁。

〔註 57〕唐・權德輿：《奉和韋諫議奉送水部家兄上後書情寄諸兄弟仍通簡南宮親舊並呈兩省閣老院長》，《全唐詩》卷三二六，第 3654 頁。

〔註 58〕後晉・劉昫：《舊唐書》卷四四《職官志三》，第 1862 頁。

〔註 59〕宋・王溥撰：《唐會要》卷六一「彈劾」條，第 1256 頁。

〔註 60〕後晉・劉昫：《舊唐書》卷四五《輿服志》，第 1943 頁。

嚴肅的活動。這種法文化形態一直影響到現代檢察官、法官、律師等的服裝，成爲人類法制進程中一種特殊的文化現象，足見其象徵性、藝術性已大大超出了實用性。「去年冬至在長安，策杖曾簪獬豸冠。」〔註61〕「天朝辟書下，風憲取才難。更謁麒麟殿，重簪獬豸冠。」〔註62〕由此，我們也就不難理解，唐代文人爲何對獬豸冠是那樣的期羨和情有獨鍾。

文學語言作爲藝術符號，只有當它表達一般語言所不能表達的東西時才是文學的，此即雅格布森所說的文學的「文學性」。〔註63〕正是在這一意義上，彈劾文也就具備了不同於一般文學作品的特殊魅力，彈劾文運用於具體的彈劾實踐，絕非機械地、呆板地流轉過程，而是一個被充分情感化的、富有意味的藝術過程。彈劾的動機，彈劾前的推劾，彈劾文的起草，彈劾過程，甚至彈劾時的服飾都充盈著濃濃的藝術精神，包含著豐富的審美因素和藝術趣味，這些因素和趣味顯然遊離於彈劾文的實用價值之外，是彈劾文的藝術性之所在。「一切審美方式的起點必須是某種特殊感情的親身感受，而把能喚起這種特殊感情的物品稱之爲藝術品。」〔註 64〕若設這一結論不虛的話，彈劾文及其具體的彈劾過程，不正共同營構了一種「有意味的形式」嗎？

二、彈劾文的個性特點與人格美

一般公牘文的基本屬性是信息傳遞、上傳下達，而彈劾文作爲彈劾罪犯的法律公文，浸潤著主體濃濃的批判精神，讓我們看兩個例子：

例文一：王義方《劾李義府疏》：

> 李義府善柔成性，佞媚爲姿，昔事馬周，分桃見寵；後交劉洎，割袖承恩。生其羽翼，長其光價，因緣際會，遂階通顯。不能盡忠端節，對揚王休，策蹇勵駑，祇承皇眷，而反憑附城社，蔽虧日月，請託公行，交遊群下。貪冶容之姣好，原有罪之淳于。恐漏泄其陰謀，殉無辜之正義。雖挾山超海之力，望此猶輕；迴天轉日之威，方斯更劣。此而可恕，孰不可容！金風戒節，玉露啓途，霜簡與秋

〔註61〕唐·戎昱：《謫官辰州冬至日有懷》《全唐詩》卷二七〇，第 3012 頁。

〔註62〕唐·岑參：《送韋侍御赴上都》，《全唐詩》卷一九七，第 2017 頁。

〔註63〕參見〔英〕安納·傑弗森、戴維·羅比著，陳昭全、樊錦鑫、包華富譯：《西方現代文學理論概述與比較》，湖南文藝出版社 1986 年版，第 8 頁。

〔註64〕〔英〕克萊夫·貝爾：《有意味的形式》，見《二十世紀西方美學經典文本》第一卷，復旦大學出版社 2000 年版，第 463 頁。

典共清，忠臣將鷹鸇並擊。……碎首玉階，庶明臣節，請付法推，以申典意。〔註 65〕

例文二：蘇珽《授柳渙司門郎中制》：

敕：朝議郎前行左司員外郎柳渙，色莊心勁，瞻學能文，堅守憲章，務從條理，爲時所重，滿歲當遷。宜罷臺轄，更司門鍵，可守尚書司門郎中，散官如故。〔註 66〕

這是唐代制誥和彈劾文的兩個例子，由於二者屬於完全不同之文體，導致其言說方式大相徑庭。彈劾文對李義府的罪行給於無情的揭露，開篇即揭露李義府「善柔成性，佞媚爲姿」之品行，義憤填膺之情溢於言表。結尾又對李義府之罪行給於義正詞嚴的鞭撻，「雖挾山超海之力，望此猶輕，……此而可恕，孰不可容！」剛正不阿的監察御史，必欲將罪犯繩之以法才能維護法律之尊嚴。這篇彈劾文，具有強烈的批判精神，令奸佞之徒聞風喪膽，顯示出摧枯拉朽般的戰鬥效果。

相比之下，朝廷制誥的表述則完全不同。制誥除去「色莊心勁，瞻學能文，堅守憲章，務從條理，爲時所重，滿歲當遷」等官方通用程序語言之外，主要是上傳下達，信息通知的功能，鮮能窺見起草者的情感取向。這並不是說起草制誥時沒有情感，主要是它信息通知、文件傳達的性質決定了起草者不能將私人的情感訴諸筆端，因爲公牘文的公眾性、公益性要求起草者必須以皇帝、國家、社會代言人的口吻擬寫公文，不能任性而行，暢所欲言，發言無忌。

通過比較，我們是否可以這樣推斷：高揚著正義精神、強烈鮮明的情感，是彈劾文區別於一般公牘文的個性特點。

次看唐代彈劾文表現出的人格美。根據《教育大辭典》的解釋，人格即是我們通常所說的個性特質，指人的精神面貌或心理面貌。包括（1）完成某種活動潛在可能性的心理特徵，即能力；（2）心理活動的動力特徵，即氣質；（3）完成活動任務的態度和行爲方式方面的特徵，即性格；（4）活動傾向性方面的特徵，即動機、理想、信念等。〔註 67〕文學作品的風格即作家的人格，唐代彈劾文在彈劾不法、肅清吏治的同時，也彰顯出創作主體的人格之美。「疾

〔註 65〕唐・王義方：《劾李義府疏》，《全唐文》卷一六一，第 992～993 頁。
〔註 66〕唐・蘇珽：《授柳渙司門郎中制》，《全唐文》卷二五一，第 1507 頁。
〔註 67〕顧明遠主編：《教育大辭典》，上海教育出版社 1998 年版，第 433 頁。

風知勁草，板蕩識誠臣。」面對惡勢力對正義的踐踏，唐代不少御史不畏強權、挺身而出，表現出非凡的膽略和勇氣。長安四年，監察御史蕭至忠彈劾宰相蘇味道貪污枉法，「御史大夫李承嘉嘗召諸御史，責之曰：『近日彈事，不咨大夫，禮乎？』眾不敢對。至忠進曰：『故事，臺中無長官，御史，人君耳目，比肩事主，得各自彈事，不相關白。若先白大夫而許彈事，如彈大夫，不知白誰也。』承嘉默然，憚其剛正。」〔註 68〕蕭至忠彈劾，不避權貴，面對上司責問，其錚錚誓言，更顯示出正氣凜然的人格之美。

憲宗時，有僧鑒虛者，結交權倖，吏不敢問。「存誠案鞫得奸贓數十萬，獄成，當大辟。中外權要，更於上前保救，上宣令釋放，存誠不奉詔。明日，又令中使詣臺宣旨曰：『朕要此僧面詰之，非赦之也。』存誠附中使奏曰：『鑒虛罪款已具，陛下若召而赦之，請先殺臣，然後可取。不然，臣期不奉詔。』」〔註 69〕憲宗有意包庇鑒虛之罪，但薛存誠的堅持下，皇帝也無可奈何，只得處以極刑。對皇帝的聖旨竟然「拒不奉詔」，可見其剛性人格的絕倫風采。「百人無一直，百直無一遇。借問遇者誰，正人行得路。中丞薛存誠，守直心甚固。……裴相昨已夭，薛君今又去。以我惜賢心，五年如旦暮。況聞善人命，長短繫運數。今我一涕零，豈爲中丞故？」〔註 70〕唐人對薛存誠的由衷讚美，正是對其剛直人格的推崇。

綜覽唐代彈劾文，我們彷彿能看到唐代御史義無反顧、誓除奸邪的強悍氣度，能聽到他們激昂大義、振聾發聵的慷慨陳詞，又彷彿闖進了一個個深嚴冷峭、嫉惡如仇的心靈，受其精神的感召和洗禮，同它一起赴湯蹈火、伸張正義。於斯過程之中，唐代御史群體的人格風範已躍然紙上。

三、強悍任氣

唐代彈劾文，處處騰湧著雄強彪悍的霸氣，給人勇敢、大膽、無畏，甚至兇猛、好鬥的感覺。試看前述王義方彈劾奸相李義府文：「霜簡與秋典共清，忠臣將鷹鸇並擊。碎首玉階，庶明臣節，請付法推，以申典意。」〔註 71〕是何等凜然生威！鐵面御史崔琬彈劾宗楚客等的彈劾文，在歷數其罪行之後，

〔註68〕唐・杜佑：《通典》卷二四《職官典六》「監察御史」條注：

〔註69〕後晉・劉昫：《舊唐書》卷一五三《薛存成傳》，第 4090 頁。

〔註70〕唐・白居易：《薛中丞》，《白居易校箋》卷一，第 60 頁。

〔註71〕唐・王義方：《劾李義府疏》，《全唐文》卷一六一，第 992～993 頁。

是一段慷慨激昂的文字：「（宗楚客等）頻沐殊恩，厚祿重權，當朝莫比，曾無悛改，苟徇贓私。此而可容，孰不可恕？臣謬參直指，義在觸邪，請除巨蠹，用答天造。楚客、處訥、晉卿等，驕姿跋扈，人神共疾。不加天誅，詎清王度？並請收禁，差三司推鞫。」〔註 72〕如此淩厲之勢，讓人感到一種排山倒海、摧枯拉朽般的強大力量，一種不由自主的心靈震撼，這是只有御史群體才能創造出的強悍的陽剛之美。

唐代彈劾文，無論揭露違法事實，還是論證定罪，無一不說在點子上、打在要害處。彈劾文就像匕首、像投槍，投得那麼準、那麼狠，那麼斬釘截鐵、犀利異常。如宰相宗楚客受賄後，在中宗面前竟自稱「性忠鯁」，千方百計掩蓋自己受賄罪行，監察御史崔琬彈劾他「立性險詖」，居弼諧之地，「不能刻意砥礪，憂國如家」，而是「專作威福，敢樹朋黨，有無君之心，缺大臣之節」，「受賄無限、醜聞充斥、穢行昭彰」。〔註 73〕這邏輯嚴密、慷慨激昂的言辭，將宗楚客批駁得體無完膚，真是利筆如刀、入木三分！又如侍御史倪若水彈劾祝欽明、郭山惲以讒佞爲能，開篇即指斥其低劣的人格，「欽明等本自腐儒，素無操行，崇班列爵，實爲叨添」，而受命以來，「涓塵莫效，讒佞爲心」，導致一系列嚴重、惡劣的後果，「遂使曲臺之禮、圜丘之制、百王故事，一朝墜失，……所謂亂常改作，希旨病君者也。」其受懲處也是罪有應得，「惟茲小人，猶在朝列。臣請並依除削，以肅周行。」〔註 74〕同樣字字見血、直擊要害，令被彈劾者無狡辯的餘地。彈劾文犀利無比、具有摧枯拉朽、蕩滌一切污泥濁水的戰鬥效果。這是一種舍我其誰的自信，是一股凜然的正氣、不屈的骨氣和激濁揚清的勇氣。這是唐代彈劾文特有的風格美感，也是彈劾文的生命力之所在。

唐代彈劾文強悍任氣風格的形成，是由具體的彈劾實踐及其文體特點所決定的。彈劾，是對官吏特定的違法行爲進行糾舉、追訴的一種程序。被彈劾者往往是權利頗大之重臣，要將掌握著重要權利的貪官污吏繩之以法，絕非輕而易舉之事。這決定了彈劾的艱巨性、複雜性，也呼喚能夠最直接地與之相適應的文體的出現。可以說，彈劾所具有的極爲明確的目的，決定了彈劾文必須向匕首一樣，是能「殺出一條生存的血路的東西。」這種基於實戰

〔註 72〕唐・崔琬：《劾宗楚客等疏》，《全唐文》卷二六七，第 1610 頁。
〔註 73〕唐・崔琬：《劾宗楚客等疏》，《全唐文》卷二六七，第 1610 頁。
〔註 74〕唐・倪若水：《劾奏祝欽明郭山惲疏》，《全唐文》卷二七七，第 1673 頁。

的目的是彈劾文強悍任氣風格形成的重要動力。正如劉勰所云「必使理有典刑，辭有風軌，……不畏強禦，氣流墨中，無縱詭隨，聲動簡外，乃稱絕席之雄，直方之舉耳。」〔註 75〕就文體風格而言，如果對以抒情或以敘事爲主的文體，提出「強悍任氣」的美學要求，是不合適的，這也正說明唐代御史的文學創作不能被淹沒、被代替的氣質性特徵。

唐代彈劾文強悍任氣風格的形成，和御史群體剛直的人格，嫉惡如仇的心態是分不開的。「夫察風俗、平冤滯、踣邪佞、延俊賢，云誰司之，職惟御史。」〔註 76〕御史作爲專事監察的群體，職責重大，他們舉直枉錯，果而不撓，具有隨時隨地處決罪大惡極的官吏，決定官吏命運的威權。長期反邪惡、反腐敗鬥爭的錘鍊，又養成他們嫉惡如仇、赴湯蹈火、粉身碎骨渾不怕的心理特徵。唐代彈劾文直言不諱，較少顧忌，詞鋒銳利，疏直激切；慷慨陳詞，筆勢縱放；強悍之氣，噴薄而出。這種咄咄逼人的氣勢，正與唐代寬鬆開放的時代，文人相對自由的環境相契合，與唐代御史群體剛直的人格心性相契合。此種心態和剛直果敢的性格相結合，使御史群體的感情活動沿著激昂慷慨、富有力度、強度的趨向發展，並爲強大的正義力量所支配。這種感情力量在彈劾文寫作中的強力注入，就產生了彈劾文強悍任氣的風格特徵。

四、情理交融

唐代彈劾文的第四個特點，是豐富的感情和嚴密的法理邏輯相交融，多揮灑自如、深切時弊的情理交融之作。

本來，文章不是無情物，任何文學作品本身就是情感的載體。正如劉勰《文心雕龍》所云：「情者文之經，辭者理之緯，經正而後緯成，理定而後辭暢。」〔註 77〕對彈劾文而言，感情因素無論在彈劾文的產生還是接受過程中更有著無與倫比的重要作用。就彈劾文的產生而言，是貪官污吏違法失職所造成的嚴重後果激起彈劾者的無比憤怒才激發起彈劾文的寫作。就彈劾文的接受而言，封建社會的彈劾，必須打動皇帝彈劾才能成功。很多監察官明白，僅僅擺事實、講道理，如果不能獲得皇帝的信任，彈劾就有可能被認爲是誣陷而遭到被彈劾者的報復。因此，作爲彈劾者，須力求爭取到皇帝的支持，

〔註 75〕梁・劉勰：《文心雕龍》卷五《奏啓》，第 317 頁。
〔註 76〕唐・李華：《御史中丞廳壁記》，《全唐文》卷三一六，第 1906 頁。
〔註 77〕梁・劉勰：《文心雕龍》卷七《情采》，第 415 頁。

這才是彈劾成功與否的關鍵。一般而言，唐代彈劾文中陳情的方式主要有如下幾種：

一是在說理論證中帶有感情色彩。這是由御史的剛直心性和古代法文化的特點所決定的。中國傳統法律思維表現爲在法律和情感的關係上注重情感，在「法理」與「民意」關係上，重視「民意」，具有平民化傾向。「法，非從天下，非從地生，發於人間，合乎人情而已。」〔註 78〕中華法文化特別強調法律「合人情」，將「人情與天理、國法相互貫通，突出地表現爲親情的法律化和法律的人性化。」〔註 79〕正因如此，中國歷史上傳統的訴狀並不持有明確的法律、權利等主張，而是極力「敘述對方如何地無理、自己如何不當地被欺侮的冤屈之情。」〔註 80〕這是日本學者寺田浩明教授對中國古代訴狀的特點作了非常細緻的研究後得出的結論。彈劾文寫作也有著與此類似的情況，唐代彈劾文具有明顯的重內容、重目的、重視法律的情感投入的實質性、直覺性法律思維傾向，如《大唐新語》卷三記載：

> 魏元忠男昇娶滎陽鄭遠女，昇與節愍太子謀誅武三思，廢韋庶人，不克，爲亂兵所害，元忠坐繫獄。遠以此乃就元忠求離書。今日得離書，明日改醮。殿中侍御史麻察不平之，草狀彈曰：「鄭遠納錢五百萬，將女易官。……今日得書，明日改醮。……斯所謂滓穢流品，點辱衣冠。……雖渥恩周洽，刑罰免加；而名教所先，理資懲革。請裁以憲綱，禁錮終身。」遠以此廢棄。〔註 81〕

這段記載中，殿中侍御史麻察在彈劾中將人倫親情放在第一位，以極富感染力的筆觸，批駁鄭遠滓穢流品、點辱衣冠的醜行，委實收到了很好的彈劾效果。

在傳統法律思維模式的引導下，唐代彈劾文往往有著強烈的情感投入，注重以情動人。如杜正倫《彈將軍李子和文》，李子和在弟喪妻殉後不思哀悼，竟和家伎宴飲作樂。對此無恥行爲的彈劾中，就運用了多個比喻，說理十分形象。彈劾文是這麼寫的：

〔註 78〕先秦·慎到撰：《慎子·佚文》，上海書店 1989 年版。

〔註 79〕陳廣秀《淺談中國古代立法中的直覺思維》，《河北法學》2009 年第 4 期。

〔註 80〕日本·寺田浩明《權利與冤抑——清代聽訴訟和民眾的民事法秩序》，見滋賀秀三《明清時期的民事審判與民間契約》，法律出版社 1998 年版，第 214 頁。

〔註 81〕唐·劉肅：《大唐新語》卷三「公直」，第 43 頁。

臣聞同蔭以息，分路尚有淒然；嚮隅成悲，滿堂猶且不樂。況天倫長逝，伉儷不終。共被同車之歡，遂隔今古；撫存悼亡之痛，有傷心目。而可譬孔懷於行路，忽齊禮於泉壤，對凶筵而奏豔妓，悅新寵而忘舊哀，此實名教所不容，人倫之尤蠹者也。〔註82〕

作者以飽含感情的筆觸渲染普通人倫關係的重情、惻隱之心，烘托出夫婦之情的眞摯、非同尋常，從而將李子和的不仁不義公示於眾。既達到了彈劾奸佞的目的，還給人以眞摯、深切的感染力。

二是痛抒激憤之情。古人云：「文之盛衰存乎氣，辭之工拙存乎理。」〔註83〕唐代不少彈劾文作者以道自任、公而忘私，憂患意識、責任意識異常濃烈，故發言直率、無所迴避，正所謂義正則詞嚴、理直則氣壯。唐代有些彈劾文大膽犀利、縱情任氣、痛快淋漓，堪稱討伐奸佞的戰鬥檄文。如劉思立《劾韋萬石奏》：

移風易俗，莫善於樂；睦親化人，莫善於孝。所以三年之禮，天下通喪。今遣音聲人釋服爲樂，帶絰治音，豈以小人不能執禮，遂欲約爲非法！萬石官太常，首紊風化，請付吏論罪。〔註84〕

這篇彈劾文以古代儒家經典作爲彈劾依據，敘事論理，緊緊圍繞聖人之理而展開，整篇彈劾文言辭頗爲激烈，直入對方要害。之所以如此，正是彈劾者義憤填膺、憂國憂民之情充盈其間的結果。

當然，痛抒激憤之情有時會走向另一極端。唐代有些彈劾文，確實存在「世人爲文，競於詆訶，吹毛取瑕，次骨爲戾，復似善罵，多失折衷」〔註85〕之弊，自漢魏六朝以來所不免。故劉勰要求彈劾之文「若能辟禮門以懸規，標義路以植矩，然後逾垣者折肱，捷徑者滅趾，何必躁言醜句，詬病爲切哉！」〔註86〕這並不代表古代彈劾文的主流方向。就總體而言，古代彈劾文作者不少是骨鯁之士，他們眼光敏銳、嫉惡如仇，對時局了然於胸，慮事周密、感情豐富，故發而爲文，則縱橫跌宕、慷慨激昂、雲驅飆使、理貫其中，其盡忠之義、激憤之情，令人爲之動容。

彈劾文作爲法律文書，自然須講究法理的邏輯性。如在法律角度站不住

〔註82〕唐・杜正倫：《彈將軍李子和文》，《全唐文》卷一五〇，第913頁。
〔註83〕劉熙載：《藝概》，上海古籍出版社1978年版。
〔註84〕唐・劉思立：《劾韋萬石奏》，《全唐文》卷一五三，第942頁。
〔註85〕梁・劉勰：《文心雕龍》卷五《奏啓》，第317頁。
〔註86〕梁・劉勰：《文心雕龍》卷五《奏啓》，第317頁。

腳，彈劾便是不能成立的。彈劾文作爲彈劾奸佞、糾舉邪惡的法律公文，在長期的監察實踐中，逐漸形成了其縝密的文體結構、縝密的論辯藝術，這是彈劾文文體成熟的一個重要標誌。就彈劾文的結構：彈劾依據、列舉罪狀、論證定罪、提出處置意見四部分來看，可謂縝密之極：彈劾依據，突顯著法的權威；列舉罪狀，強調彈劾以客觀事實爲基礎；論證定罪，說明彈劾以法律爲依據；提出處置意見，則強調執法必嚴、違法必究。在具體的彈劾實踐中，彈劾文作者莫不精心撰構、嚴密論證，遂形成彈劾文嚴謹、縝密的論證、推理邏輯。如元稹《彈奏劍南東川節度使狀》：

> ……嚴礪又於管內諸州，元和二年兩稅錢外，加配百姓草，共四十一萬四千八百六十七束，每束重一十一斤。
>
> 右，臣伏準前後制敕及每歲旨條：「兩稅留州使錢外，加率一錢一物，州府長吏並同枉法計贓，仍令出使御史訪察聞奏。」又準元和三年敕文：「大辟罪已下，蒙恩滌蕩。惟官典犯贓，不在此限。」臣訪聞嚴礪加配前件草，準前月日追得文案，及執行案典姚孚檢勘得實。據嚴礪元和二年七月二十一日舉牒稱：「管內郵驛要草，於諸州秋稅錢上，每貫加配一束。至三年秋稅，又準前加配，計當上件草。」臣伏準每年旨條，館驛自有正科，不合於兩稅錢外擅有加徵。況嚴礪元和三年舉牒，已云準二年舊例徵收，必恐自此相承，永爲疲人重困。伏乞勒本道長吏，嚴加禁斷，本判官及刺史等，伏乞準前科責，以息誅求。〔註 87〕

彈劾文詳列嚴礪貪贓的證據，證據的準確性，不容置疑；又引元和三年敕文、朝廷法規論證其犯罪事實，思維嚴密、無懈可擊，推理的邏輯性無可辯駁。在如此確鑿的事實面前，儘管「執政有與嚴礪厚者，惡之」，〔註 88〕但也無可無奈何。唐代彈劾文，既有著充沛、豐富的感情投入，又有著嚴謹、縝密的法理邏輯，兩者的交融，就使彈劾文既以情動人，又以理服人，表現出情理交融的藝術特徵。

總之，是正義精神、愛憎分明的情感取向，使彈劾文和文學結下了不解之緣。也是這一正義精神的強烈灌注，使彈劾文運用於具體的彈劾過程，成爲一個被充分情感化的藝術過程。唐代彈劾文強悍的氣度，縝密莊重的結

〔註 87〕唐・元稹：《彈奏劍南東川節度使狀》，《全唐文》卷六五一，第 3900 頁。
〔註 88〕後晉・劉晌：《舊唐書》卷一六六《元稹傳》，第 4337 頁。

構，情感與理性的相互交融，鑄就了其獨具一格的審美特質。這樣的審美特質和彈劾文濃烈的正義精神相結合，從而造就了彈劾文添列文學之門的根本理由。

第三節　御史活動與唐代判文文體的成熟

唐代既是判詞在法律意義上的成熟期，也是其在文學意義上的成熟期。學界目前多是從唐代銓選制度、司法制度著眼，探討制度因素對判文文體成熟的影響，〔註 89〕這無疑是很正確的。但現有的研究視角，卻忽視了唐代御史活動對判文文體成熟的貢獻，這不能不說是一個不足。事實上，在唐代判文文體的成熟過程中，唐代御史所起的作用至關重要：

首先，唐代御史具有一定的司法審判權，擁有自己的臺獄，可以提審、關押犯人，特別是一些重大、複雜案件，必須由御史臺、刑部、大理寺等以「三司受事」的形式來審理。而判文，歸根究底是在司法審判活動中產生的。

其次，唐代一些御史，往往首先以監察官身份從事司法審判，然後才以文學家身份從事判文寫作。這樣，御史親身經歷的各種司法審判活動，便培育了其基本的思維方式，形成了他們基本的文學表達方式，御史的司法實踐便成爲判文寫作的豐厚的培養基。

故此，本文擬以唐代御史活動作爲主要研究對象，從御史在唐代判文寫作中的引領作用、唐代司法審判程序對判文結構的影響、御史的「法律思維」對判文修辭的影響三個方面，考察御史活動與唐代判文文體成熟之間的關係。

一、御史在唐代判文寫作中具有引領作用

唐代判文文體分爲案判、擬判、雜判三種形式，案判爲應用公文，具有法律效力，是唐代官員在司法審判活動中實際寫作的判文；擬判是應科舉之需，並無法律效力，是士子爲準備銓選考試模擬而作的判文；雜判則是針對

〔註 89〕關於唐代判文的研究，代表性成果有吳承學《唐代判文文體及源流研究》，《文學遺產》1999 年第 6 期；汪世榮《中國古代判詞研究》，中國政法大學出版社 1997 年版；苗懷明《唐代選官制度與中國古代判詞文體的成熟》，《河南社會科學》2002 年第 1 期。

現實生活中某種現象，以判文形式做得短論。現存唐代的一千二百多則判文，分見於《文苑英華》、《全唐文》等總集，絕大多數屬於擬判。唐・杜佑《通典》論及唐代吏部銓選時云：

> 其擇人有四事：一曰身，取其體貌豐偉；二曰言，取其詞論辨正；三曰書，取其楷法遒美；四曰判，取其文理優長。……凡選，始集而試，觀其書、判。已試而銓，察其身、言。〔註 90〕

身、言、書、判四科中，先試書、判。「吏部所試四者之中，則判爲尤切。蓋臨政治民，此爲第一義，必通曉事情，諳練法律，明辨是非，發摘隱伏，皆可以此覘之。」〔註 91〕此外，唐代制舉中還有「書判拔萃科」，「選人有格限未至而能試判三條，謂之拔萃，亦曰超絕，詞美者得不拘限而授職。」〔註 92〕唐代以「書判拔萃科」入仕，亦爲美遷，頗受士子青睞。總之，判文寫作水平的高低是關乎士子前途命運的大事。

既然判文寫作如此重要，一般士子必趨之若鶩，花費精力、錘鍊自己的判文寫作能力，這也是唐代士子大量創作擬判的原因。那麼，唐代士子是從什麼途徑學習判文寫作的呢？

整個社會有著對提高判文寫作的強烈願望，迫切渴望有類似於「寫作範式」之類的擬判問世，而當時司法審判中「質木無文」的判文顯然不能滿足應試需要。一方面是科舉制度所推動的士子對判文的強烈需要，一方面則是全社會對判文寫作知識的普遍匱乏，在這種情況下，一些具有出色文學才能的御史，他們在職業生涯中豐富的斷案、審判經歷正好爲判文寫作提供了豐富的資源。這些監察官傾力於判文寫作，這種「how to」類著作便在社會上流行起來，初唐張鷟《龍筋鳳髓判》、中唐白居易《甲乙判》是典型代表。

張鷟，「凡應八舉，皆登甲科。再授長安尉，遷鴻臚丞。凡四參選，判策爲銓府之最。員外郎員半千謂人曰：『張子之文如青錢，萬簡萬中，未聞退時。』時流重之，目爲『青錢學士』。」〔註 93〕可見，張鷟本來即是判文寫作的高手，同時又長期任職御史臺，有著審案、斷案的豐富實踐，〔註 94〕非凡文學才華

〔註 90〕唐・杜佑：《通典》卷一五「選舉」。

〔註 91〕元・馬端臨：《文獻通考》卷三七《選舉考》。

〔註 92〕唐・杜佑：《通典》卷一五「選舉」。

〔註 93〕後晉・劉昫：《舊唐書》卷一四九《張薦傳》，第 4023 頁。

〔註 94〕《朝野僉載》中記載有張鷟斷案的例子，云：「張鷟爲河陽縣尉日，有稱架人呂元僞作倉督馮忱書，盜糶倉糧粟。忱不認書，元乃堅執，不能定。鷟取呂

和司法實踐經驗的有機結合，使得張鷟的判文對一般士子學習判文寫作、提高制判水平實際上起到了一種寫作範式的引領作用。這一點可從以下幾方面得到證明。

一是從《龍筋鳳髓判》的題材來看，張鷟《龍筋鳳髓判》共 4 卷 79 則判文，通篇用駢體文寫就，判目眞實具體，判詞徵引繁富，其七十九道判文的題材涉及：

律令、歲時、爲政、職官、賬籍、户籍、祭祀、禮賓、曹官、小吏、畋獵、選舉、授官、刑獄、封襲、繼嗣、惰教、堤堰、彈劾、諫諍、受賄、商賈、飲酒、道路、錢帛、官宅、醫藥、東宮、鼓吹、刻漏、造像、軍令、選舉、封爵、田稅、喪禮、文書、水患、田農、孝感、寺廟、出使、藩國、妖言、疾病、占卜、災荒、禮樂、請命、拜命、溝渠、水利、營造、道德、修史

這些題材相當廣泛，涉及當時社會生活的方方面面。可見唐代御史豐富的監察實踐，耳熟能詳的各種審判案件經歷，爲天下士子寫作判文提供了簡便易行、適宜學習的判文範本，有助於全社會制判水平的提高。現存宋代類書《文苑英華》卷五○三～卷五二二全部收錄判文，基本能反映出有唐一代判文寫作情況。將《龍筋鳳髓判》與《文苑英華》相對照，則現存唐代士子的判文題材大部相似或者相同，這說明唐代士子所作判文基本上不出《龍筋鳳髓判》的題材範圍。

二是從《龍筋鳳髓判》的判文寫作情況來看，後人曾對張鷟判文寫作頗有非議，如洪邁云張鷟擬判「純是當時文格，全類俳體，但知堆垛故事，而於弊罪議法處不能深切。」〔註 95〕茲舉一例《龍筋鳳髓判》判文：

著作郎楊安期學藝淺鈍，文詞疏野，凡修書，不堪行用。御史彈才不稱職，官失其人，掌選侍郎崔彥既虧清鑑，並請貶退。

著作之司，藝文之府，既藉賢良，實資英俊。自非干寶瞻學，

元告牒，括兩頭，唯留一字，問：『是汝書，即注是字，不是，即注非字。』元乃注曰『非』。去括，即是元牒，且決五下。又括詐馮忱書上一字，以問之，注曰『是』。去括，乃詐書也。元連項赤，叩頭伏罪。」見《朝野僉載》卷五，中華書局 1979 年版，第 109～110 頁。此類記載表明張鷟有著躬親斷案的經歷。

〔註 95〕南宋・洪邁撰、孔凡禮點校：《容齋隨筆・續筆》卷一二「龍筋鳳髓判」，中華書局 2005 年版，第 364 頁。

無以擇其鋒穎；孫盛宏詞，詎可塵其簡牘。安期才無半古，學未全今，性無異於朽才，文有同於敝帚。畫虎爲犬，疎拙有餘；刻鳳爲杕，庸才何甚！文詞蹇鈍，理路乖疎，終取笑於牛毛，徒自矜於雞口。崔彥位參藻鏡，職掌權衡，未分麟鹿之屬，莫辨梟鸞之異。投鼠屍於玉府，有穢奇珍；擲魚目於珠叢，深輕寶物。跛士之追蹇兔，罕見成功；盲人之配瞎驢，自然俱敗。選曹簡要，秘局清高，理須放還，以俟來哲。〔註 96〕

此判旨在說明著作郎不稱職，掌選侍郎亦有失職之處，並請處分。判中堆砌、羅列各種典故，多於案情關係不大。假如此判用於具體的司法實踐，未必精當，確有「堆垛故事」之嫌。然而，「堆垛故事」正說明《龍筋鳳髓判》的寫作不是出於司法實踐的需要，而是爲廣大士子寫作判文提供參考。《四庫全書簡明目錄》評其「其名似乎法家，實則隸事之書。蓋唐制以判試士，故輯以備用也。其書臚比官曹，條分件繫，組織頗工。」〔註 97〕《四庫全書總目提要》亦云：「居易判主流利，此（指《龍筋鳳髓判》，筆者注）則縟麗，各一時之文體耳。洪邁譏其堆垛故事，不切於蔽罪議法，然鷟作是編，取備程序之用，則本爲隸事而作，不爲定律而作，自以徵引賅洽爲主。言各有當，固不爲鷟病也。」〔註 98〕都很精闢地指出《龍筋鳳髓判》作爲唐代擬判集的寫作目的，並非爲了解決爭訟的事件，而是爲了「輯以備用」，提供寫作參考。這也證明了御史在唐代士子判文寫作中所起的示範意義和引領作用。

三是從《龍筋鳳髓判》的流行情況來看，史載，張鷟「下筆敏速，著述尤多，言頗詼諧。是時天下知名，無賢不肖，皆記誦其文。」〔註 99〕張鷟「青錢學士」的美譽，實源於其判文寫作。出於科舉應試的實用目的，「唐人無不工楷法，以判爲貴，故無不習熟。……今所傳《龍筋鳳髓判》及《白樂天集·甲乙判》，自朝廷至邑縣，莫不皆然，非讀書善文不可也。」〔註 100〕當時禮、

〔註 96〕唐·張鷟：《著作郎楊安期學藝淺鈍，文詞疏野，凡修書，不堪行用。御史彈才不稱職，官失其人，掌選侍郎崔彥既虧清鑑，並請貶退》，《全唐文》卷一七三，第 1057 頁。

〔註 97〕清·永瑢等著：《四庫全書簡明目錄》卷一四，古典文學出版社 1957 年版，第 514 頁。

〔註 98〕清·永瑢、紀昀編《四庫全書總目提要》，北京：中華書局，1965 年版。

〔註 99〕後晉·劉昫：《舊唐書》卷一四九《張薦傳》，第 4023 頁。

〔註 100〕南宋·洪邁撰、孔凡禮點校：《容齋隨筆》卷一○「唐書判」，中華書局 2005 年版，第 129 頁。

吏部舉選人，多以張鷟的賦判爲標準。張鷟《龍筋鳳髓判》、白居易《甲乙判》在當時社會上即廣爲流傳，甚至產生了一種轟動效應。特別是《龍筋鳳髓判》，在《甲乙判》未問世前，幾乎成爲初盛唐士子學習判文寫作的必讀之書。

上述幾方面，說明《龍筋鳳髓判》、《甲乙判》等爲唐代士子寫作判文提供了一種創作範式，實際上起到了類似今天教科書的作用。唐代士子正是通過這些「how to」著作來學習判文寫作的。正是大批士子普遍寫作判文，整體上提高了判文寫作水平，促使了判文文體的成熟。唐代判文文體趨於成熟，監察官推動之力，實在是功不可沒。

二、唐代司法審判程序對判文結構的影響

明人徐師曾《文體明辨序說》云：「古者折獄，以五聲聽訟，致之於刑而已。秦人以吏爲師，專尚刑法。漢承其後，雖儒吏並進，然斷獄必貴引經，尚有近於先王議制及《春秋》誅意之微旨，其後乃有判詞。」〔註101〕判文作爲一種法律文體，法律特性是其最本質的要求。判文對與其文體特性相一致的敘事結構有著相應的要求，這是唐代判文文體成熟的標誌之一。

那麼，唐代判文的結構有何特點呢？

唐代士子所受的文學訓練主要是詩、賦寫作訓練，這種以詩、賦創作爲主的文學思維模式一般長於抒情而短於敘事。所以，一般而言，當士子投身判文寫作時，便面臨如何由抒情性作品向敘事性作品轉換、如何營構判文的敘事結構的問題。在此方面，唐代御史的司法審判實踐便提起了頗爲有效的借鑒作用。先來看唐代司法審判的程序。

關於唐代審判概況的直接記載較爲缺乏，所幸現存敦煌吐魯番文書中保存部分較爲完整的案卷材料，吐魯番出《寶應元年（762年）六月高昌縣勘問康失芬行車傷人案卷》（73TAM509：8/1（a）、8/2（a））首缺尾全，中間部分缺失，存三紙五十八行。是目前所見較爲完整的刑事訴訟案卷，較爲全面的反映了唐代刑事案件的審判過程。依學界研究，唐代司法審判過程分爲起訴受理、鞫問被告、依法科罪等不同階段。〔註102〕

次來看唐代判文的敘述結構。判文作爲唐代法律文書，有著相對的穩定性和規範性，現存唐代判文，均表現出某種「千篇一律」的表達體式，這種

〔註101〕明・徐師曾：《文體明辨序說》，人民文學出版社1962年版，第127頁。
〔註102〕陳璽：《唐代訴訟制度研究》，商務印書館2012年版，第88頁。

「千篇一律」正說明判文文體結構的相對穩定和規範。爲了論證方便，茲先引張鷟《龍筋鳳髓判》中一則判文：

鼓吹令王乾狀稱：鼓吹、鹵簿，國家儀注，器具濫惡，請更改修制。禮部員外崔嵩以府庫尚虛，以非急務判停。

鳧鍾隱隱，隨九變以交馳；鼉鼓逢逢，和八音而間作。或短簫橫引，朱鷺鏗鏘；或長笛手吹，紫騮淒切。東宮所設，殊非列代之規；平閣爰施，亦匪先王之制。然國家儀注，須應禮經。既崇鹵簿之班，又惠功臣之錫。有家有國，朝章不可暫虧；去食去兵，禮樂如何輒廢？王乾狀請，崔嵩判停，爾愛其羊，我愛其禮。速令鳩集，請勿狐疑。〔註 103〕

唐代判文有著相對固定的體例和格式。「一道完整、標準的判詞依寫作順序的先後，可以分成三個部分：案情介紹、理由和判決結果。」〔註 104〕案情介紹部分，需提出判決的案件及案件的原委。如上引判文中「鼓吹令王乾狀稱」即是由王乾提出欲判決的案件；還需簡要敘述案情焦點，爲提請裁決、下判作好準備。

判案理由部分，即爲尋常所說的判詞，爲判文的核心所在，一般根據有關律、令、格、式、皇帝旨意、封建倫理等對案件進行的論證、分析，論理充分、文采粲然、氣盛言宜，是判別判文高下的重要標準。如上引判文，不但論證合理、充分，以整飭的駢文句式行文，「有家有國，朝章不可暫虧；去食去兵，禮樂如何輒廢？」等，均嚴謹有度，文采可觀。

判決結果部分，是對案件作出裁決處理意見，要在合理、準確。上引判文要求「速令鳩集，請勿狐疑。」裁決結果就顯得異常簡潔、指嚮明確，不會產生歧義。

很明顯，唐代判文的這種敘事結構和唐代司法審判的程序結構是一致的。長期的司法實踐，御史對具體的審判的程序熟悉了，便無形中儲備了判文敘述的結構，積澱了判文寫作的材料和程序，當他們寫作判文時，便習以爲常地借鑒司法審判的程序結構。看來，唐代御史的司法審判經歷，的確有

〔註 103〕唐・張鷟：《鼓吹令王乾狀稱：鼓吹、鹵簿，國家儀注，器具濫惡，請更改修制。禮部員外崔嵩以府庫尚虛，以非急務判停》，《全唐文》卷一七四，第 1062 頁。

〔註 104〕苗懷明：《中國古代公案小說史論》，南京大學出版社 2005 年版，第 327 頁。

助於他們提高營構判文敘事結構的能力，從而創作出「文理優長」的判文，這一努力得到天下士子的普遍傳承，就形成了判文特定的敘述結構。

三、御史的實質性法律思維對判文修辭的影響

唐代御史兼有司法審判職能，一些重大、複雜案件，必須由御史臺、刑部、大理寺等組成「三司受事」來審理。他們在司法審判中形成的獨特的法律思維方式，一旦投身判文寫作，便以其無可替代的思維慣性對判文寫作形成重大制約。洪邁云唐代判文「不背人情、合於法意，援經引史，比喻甚明。」〔註 105〕正指出唐代判文表現出的法律思維。

那麼，唐代御史的法律思維是如何影響判文修辭的呢？

中國古代始終未形成西方意義上的職業法律家，歷代的大理、推官、判官、御史等並非專業的司法官員，而是行政官員。古代法官的法律思維具有實質性思維傾向，而非西方意義上的形式主義思維，唐代御史當然也不例外。這種實質性思維表現爲實體優於程序，而不是現代法律尊崇的程序公正優於實體公正；在「法理」與「情感」的關係上，重於「情感」；在「法理」與「民意」關係上，重於「民意」；傳統法官的判斷結論具有調和性，而非現代法學認爲的判斷結論總是非此即彼，具有單一性。長期的司法實踐，對唐代御史的思想觀念、思維模式都產生了異常深刻的滲透，決定了他們的思維定勢和寫作習慣，如油漬衣，湔除不去。

包括御史在內的古代法官斷案經常動用「情」的資源，將民心、民意作爲公正斷案的重要標準，主張「爲民伸冤」、「替天行道」。正因如此，中國傳統的狀子並不具有明確的程序優先意識，而重在「敘述對方如何地無理，自己如何不當地被欺侮的冤抑之情。」〔註 106〕其實，判文寫作中亦有著類似的情況，法官在斷案中注重「情感」、「民意」，也就必然要在判文判決中強化情感、民意的力量，以彰顯判文裁決的合理性。修辭是一種「讓眞理聽起來更像眞理的手段，在許多時候，這還是唯一可能獲得的手段。」〔註 107〕欲強化

〔註 105〕南宋・洪邁撰、孔凡禮點校：《容齋隨筆・續筆》卷一二「龍筋鳳髓判」，中華書局 2005 年版，第 365 頁。

〔註 106〕〔日〕滋賀秀三等著：《權利與冤抑——清代聽訟和民眾的民事法程序》，見《明清時期的民事審判與民間契約》，王亞新等編譯，法律出版社 1998 年版，第 214 頁。

〔註 107〕轉引自波斯納：《超越法律》，蘇力譯，中國政法大學出版社 2001 年版，第

情感、民意的力量，就必須借助修辭。正如孫笑俠先生指出：「古代法官的判決有注重文辭及情理並茂的特點，以博得民眾對『妙判』的好評，恐怕與此有關（指法官思維模式中的重民意、重情感因素，筆者注）。」〔註 108〕

現代法學認爲，作爲法律意義上的司法判決書，語言須莊重、規範，所表達的意思應準確無誤，不產生歧義，文字表達必須簡練、精要，這是現代法律思維方式所決定的。中國古代法律是儒家倫理法，法官斷案時如果有現成法律條文則引用之，如果沒有現成的法律條文，則採取董仲舒「春秋決獄」的方式，引用儒家經典、聖人之意、封建倫理道德作爲判詞。引用儒家經典、聖人之意、封建倫理道德等作爲判案根據，需要對之進行闡釋和發揮。唐代判文修辭中的情理交融、句式齊整、倫理感染等則是由古代法官傳統法律思維方式所決定的。

傳統法律「法理」與「人情」相融合，「法理」與「民意」相貫通，重情理、重民意、重教化的特點，使不少法律公文本身就是個體情感的直接顯露或宣洩，從而爲判文等法律公文進入文學世界開具了最便捷的通行證。事實上，文學作品多樣性的表達方式，準確凝練的語言特色，也是高質量的判詞所必須具備的要求。」〔註 109〕這就形成唐代判文頗有節奏、氣盛言宜、深契法理的特點。綜觀現存唐代案判及一些優秀的擬判，都是符合「文理優長」標準的，甚至一些好的雜判、花判，都體現很明顯的法律思維。如張鷟云御史臺「棲烏之府，地凜冽而風生；避馬之臺，氣威稜而霜動。懲奸疾惡，實籍嚴明。肅政彈非，誠宜允列。」〔註 110〕以「跛士之追蹇兔，罕見成功；盲人之配瞎驢，自然俱敗。」〔註 111〕來比喻著作郎楊安期的學藝淺鈍、名不副實，既形象又準確。在這裡，修辭方式無疑強化了判文判決的正當性、合理性。古代判文寫作中的情感取向、注重修辭，並非判文對法律的偏離、向文學靠攏，而恰恰是傳統法律思維模式在判文製作中具體而生動的體現。這種

585 頁。

〔註 108〕孫笑俠：《中國傳統法官的實質性思維》，見《浙江大學學報》（人文社會科學版）2005 年第 4 期。

〔註 109〕汪世榮：《中國古代判詞研究》，中國政法大學出版社 1997 年版，第 58 頁。

〔註 110〕唐・張鷟：《御史王銓奉敕權衡州司馬鍾建，未返制命，輒干他事，解耒陽縣令張泰，泰不伏》，《全唐文》卷一七二，第 1050 頁。

〔註 111〕唐・張鷟：《著作郎楊安期才藝淺鈍，文詞疏野，凡修書，不堪行用。御史彈才不稱職，官失其人，掌選侍郎崔彥既虧清鑒，並請貶退》，《全唐文》卷一七三，第 1057 頁。

法律思維方式，也爲後世判文與公案小說的文體融合提供了可能。

需要說明的是，唐代御史活動與判文寫作之間的關係雖然密不可分，但卻是因人而異的，在不同的個體身上，在不同的時代，均表現出不同的特點。例如關於張鷟《龍筋鳳髓判》和白居易《甲乙判》的優劣爭論自宋代以來一直不息。洪邁貶張鷟「百判純是當時文格，全類俳體，但知堆垛故事，而於弊罪議法處不能深切。」白居易判文則「不背人情，合於法意，援經引史，比喻甚明。」〔註 112〕《四庫全書總目提要》則從不同時代的文風入手，認爲張判主「縟麗」而白判「主流利」，「各一時之文體耳。」〔註 113〕這就比較公允了。張鷟判文《龍筋烽燧判》寫於初盛唐，白居易《甲乙判》。盛唐、中唐不同時代的文風在張鷟、白居易的判文中亦有著不同的表現。

要之，唐代御史在特定司法審判活動中所形成的思維方式，本來僅是個體的創作經驗，一旦借助科舉政策的導向作用，通過「how to」類作品在全社會流傳，便成爲普天之下眾多士子競相學習的創作範式，從而影響唐代判文寫作的結構和修辭，在一定程度上鑄就了唐代判文鮮明的文體特徵，這種影響實在不可小視。

第四節　柳宗元傳記文的文體特性與文化內涵——以柳宗元的御史經歷爲個案

古代記載一人生平事跡以傳於後世的文章，通稱爲「傳」。隨著文章辨體的細化，唐人常以文體名作爲類名，因而在一些作家的別集中，與「傳」文體形態相似的文章類型，尚有「狀」、「行狀」、「逸事狀」等。徐師曾《文體明辨序說》云：「狀者，具死者世系、名字、爵里、行治、壽年之詳也，或稱行狀。」「逸事狀，則但錄其逸者，其所已載，不必詳焉，乃狀之變體也。」〔註 114〕本文即以「傳記文」通稱柳宗元的「狀」、「行狀」、「逸事狀」等文章。

柳宗元傳記文特色鮮明、迥異前代，極富文學色彩，有著獨特的思想成就，其傳記文的高度成就與柳宗元的特殊的御史經歷密不可分。近 30 年來，

〔註 112〕南宋・洪邁撰、孔凡禮點校：《容齋隨筆・續筆》卷一二「龍筋鳳髓判」，中華書局 2005 年版，第 364～365 頁。

〔註 113〕清・紀昀總纂：《四庫全書總目提要》，海南出版社 1997 年版。

〔註 114〕明・徐師曾：《文體明辨序說》，人民文學出版社 1998 年版，第 147 頁。

一些論文、專著分別探討了柳宗元傳記文的某些特徵，較具深度和系統性。〔註 115〕但現有的研究，對柳宗元傳記文頗富寓意性質的表述形態與思想建構，除了一概採用相當寬泛的話語來表述外，缺乏更加深入細緻的系統研究，從而柳宗元傳記文思想的獨至性和藝術表現的精妙就不能彰顯。本節在前人研究的基礎上，擬從柳宗元的御史經歷切入，探討柳宗元傳記文的文體特性及文化內涵。

一、傳主身份的平民化傾向

從文體形態上來講，傳記文是以記載人物爲主的文體。沒有傳主便構不成傳記，傳主無疑是傳記文敘事的焦點。《史記》堪稱中國傳記文學的典範，司馬遷在《史記》「列傳」70 卷中雖記載了歷史上形形色色的人物，包括帝王、功臣、酷吏、游俠、商賈等，但總起來說仍然以記載道德典範人物爲主。自漢代以來，社會道德典範人物一直是史家敘述歷史之首選，即使六朝《世說新語》所載，也莫不是當時堪爲清流名士者。我們對上古「傳」類文章進行分類，即可清晰看出上古史家對傳主身份的選擇。如《漢書》、《後漢書》、《三國志》所傳人物基本可分爲：諸王、名臣、功臣、忠臣、忠烈、循吏、名將、道德、篤行、儒林、文學、奇行、奇節、烈女、孝子、方術、名士、隱逸、酷吏、貨殖、游俠、佞倖、外戚、西域諸王等幾類，所傳以「奇」爲主，大都屬於道德典範人物。史家多傳此類人物，是有其考慮的，正如吳訥所云：「後世之學士大夫，或值忠孝才德之事，慮其淹沒弗白，或事跡雖微而卓然可爲法戒者，因爲立傳。以垂於世。」〔註 116〕

前代傳記文多以帝王將相、功臣名將、英雄豪傑、高士名流等社會道德典範人物爲傳主，或歌頌傳主的豐功偉績、或讚美其高尚人格、或揭露其卑鄙、或鞭撻其醜惡。總之，那些在特定時期事蹟顯著、影響深遠的人一直受到作家的青睞，佔據傳記文學的中心地位。與此相比，柳宗元傳記文的傳主身份發生了重大變化，他將筆觸深入社會的最底層，多爲社會最下層的普通

〔註 115〕如孫昌武《柳宗元評傳》，南京大學出版社 1998 年版；郭預衡《中國散文史》，上海古籍出版社 1986 年版；陳蘭村主編《中國傳記文學發展史》，語文出版社 1999 年版；鹿琳《柳宗元傳記散文的特色》，見《齊齊哈爾師院學報》1991 年第 5 期。

〔註 116〕明・吳訥：《文章辨體序說》，人民文學出版社 1998 年版，第 49 頁。

民眾立傳，這些傳記文塑造了形形色色的下層民眾的群像，生動表現了下層民眾的一技之長。有的傳記文則對勢利小人給予無情的鞭撻，所有這些，形成柳宗元傳記文異常突出、鮮明的特徵。如《劉叟傳》，敘寫魯國普通平民的事跡；《宋清傳》中的宋清，「長安西部藥市人也」，只是一名普通的商人；《梓人傳》的主人公是個都料匠即建築行業的施工負責人；《種樹郭橐駝傳》中的郭橐駝，只是一個駝背的老者；《童區寄傳》中的區寄，則是南方一名普通的牧童；《捕蛇者說》中的捕蛇者，更是慘受剝削、壓榨的下層民眾；《李赤傳》中的李赤，乃江湖浪人；《蝜蝂傳》是一則寓言，所傳不過俗稱「屎殼郎」的小蟲子。即使是《段太尉逸事狀》，也是記載正直循吏段秀實的逸事，而非其正傳，仍然明顯地體現出其傳記文傳主身份平民化的傾向。

魏晉南北朝以來，文人傳記多以奇人爲傳主，突出體現文人好奇求異的文化性格。同前代傳記文相比，柳宗元傳記文尤其好爲出身平民的「奇人」立傳。其筆下的「奇人」，一是有一技之長者。《梓人傳》中的楊姓梓人自己的床缺了一條腿都不會修理，卻能指揮眾工，修建京兆尹官署。《種樹郭橐駝傳》中的郭橐駝「所種樹，或移徙，無不活，且碩茂蚤實以蕃。他植者雖窺伺效慕，莫能如也。」〔註 117〕堪稱普通民眾中有絕技者。二是雖爲凡夫俗子而行爲方式與眾不同者，如《宋清傳》中的宋清，一名普通的藥材商人，但頗有道義，「朝官出入移貶，清輒買藥迎送之。貧士請藥，常多折券；人有急難，傾財救之。歲計所入，利猶百倍。長安言：『人有義聲，賣藥宋清。』」〔註 118〕《童區寄傳》中的區寄，一個牧童，卻能智殺強賊，英勇自救。作者以此來抨擊落後地區販賣人口的野蠻習俗，雖是眞人眞事卻又頗具傳奇色彩。這類人物行爲舉止奇特，表現出獨特的精神風貌。三是所受剝削、壓迫慘無人狀，聞之令人瞠目結舌者。如《捕蛇者說》以永州郊外一家三代人爲免除賦役而捕毒蛇相繼慘死的經歷，唐代暴政酷役之弊，眞可謂駭人聽聞。在這類人物之傳記中，柳宗元直面中唐社會現實，深入到最噬心的悲劇主題，道盡了百姓的心酸，讓我們看到中唐社會下層民眾所受的肉體與精神的雙重摧殘。

總之，同前代傳記文相比，柳宗元傳記文在傳主身份的選擇上鮮明地表現出平民化的特點。這種傳主選取上的偏好，是由柳宗元特定的御史職業經

〔註 117〕清・徐松：《全唐文》卷五九二，第 3534 頁。
〔註 118〕宋清，確有其人，見李肇《唐國史補》，泰山出版社 1999 年版，第 592 頁。

歷所決定的。社會角色理論認爲，「角色是人們的一整套權利、義務的規範和行爲模式。特定的角色有著特定的行爲模式。」〔註 119〕不同的社會角色一方面區分了社會中不同的職業、不同的社會階層和等級，另一方面，又形成不同職業的人群的行爲立場、價值取向和審美情趣。御史作爲「舉百司紊失，彈奸佞之文」的治吏之官，對民生的關注是其特定的職業意識所致。柳宗元深受啖、趙學派特別是陸贄「以生人爲重，社稷次之之義，發吾君聰明，躋盛唐於雍熙」〔註 120〕精神的影響，而御史職業經歷，無疑又強化了柳宗元「以生人爲主，以堯舜爲的」（《唐故給事中皇太子侍讀陸文通先生墓表》）〔註 121〕的政治思想。正是這種「勤勤勉勉，以興堯、舜、孔子之道，利安元元爲務」（《寄京兆許孟容書》）〔註 122〕的政治信念，使柳宗元將犀利的目光投入社會最底層的勞苦大眾，以冷峻之筆揭示他們眞實的生活慘狀，或者去尋求可以作爲自己人格典範、符合自己救世理想的民眾形象加以表現，從而在更爲廣泛的社會層面上和更爲深刻的思想淵源中去印證自己的救世理想。可以說，柳宗元傳記文的平民化傾向，正是御史經歷對柳宗元人格、心志影響的外化和具體呈現。

二、表現方式的運用

德國人類學家蘭德曼曾說：「人生而有之的身心構造不是一切，這種構造只是他的全部實在的一部分。我們僅僅詢問人的身心品質，我們就不能理解他。除了研究身心品質之外，還應研究他的客觀精神中的根；除了研究他生而有之的自然品質之外，還應研究文化制約作用——只有這樣我們才能完全理解他。」〔註 123〕如果將柳宗元置於某種文化意義上審視，尋求其「精神中的根」，可以看出至少有兩個不可忽視的文化因素起著決定作用，一是中唐特殊的文化背景、柳宗元的家庭文化氛圍和御史經歷促使其思想的形成，二是柳宗元的遭貶處窮，強化了其思想的形成。

柳宗元生長在一個監察官家庭，叔父曾爲殿中侍御史，父親柳鎮，曾長

〔註 119〕朱力等：《社會學原理》，社會科學文獻出版社 2003 年版，第 91 頁。

〔註 120〕唐·呂溫：《祭陸給事文》，《全唐文》卷六二八，第 3762 頁。

〔註 121〕唐·柳宗元：《柳宗元集》卷九，中華書局 1979 年版，第 209 頁。

〔註 122〕清·徐松：《全唐文》卷五七三，第 3420 頁。

〔註 123〕〔德〕米夏埃爾·蘭德曼：《哲學人類學》，張樂天譯，上海譯文出版社 1988 年版，第 218 頁。

期擔任殿中侍御史、侍御史，制書云其「守正爲心，嫉惡不懼。」〔註 124〕柳鎮任晉州錄事參軍時，刺史乃一介草莽，「少文而悍，酣嗜殺戮」，諸吏不敢與之爭，柳鎮卻起而相抗、毫不畏懼。在朝爲侍御史，「會宰相與憲府比周，誣陷正士，以校私仇。有擊登聞鼓以聞於上，上命先君總三司以聽理，至則平反之。」(《先侍御史府君神道表》)〔註 125〕柳宗元從小跟隨父親生活，亂世閱歷不僅使幼年的柳宗元開闊了視野，還給他許多實際的人生體驗，他從小就目睹、體味到下層民眾生活之苦。柳鎮的剛正品格對柳宗元人生觀的形成起了重要影響，父親人格的優點被柳宗元發揚光大了。縱觀柳宗元跌宕起伏的一生，這種童年經驗對其人生的影響總是或隱或顯地存在著，一方面剛正、倔強的性格貫穿柳宗元人生體驗的整體長河，他在朝爲官時的大呼猛進、義無反顧，貶謫後「雖萬被擯斥，不改乎其內」的倔強及強烈的復仇心理，都與剛正、倔強的性格密不可分；另一方面，少時目睹民生凋敝成爲柳宗元進步政治思想形成的來源之一、後來他力主變法、積極投身「永貞革新」的原因，都可以從此找到答案。

在柳宗元早期政治生涯中，貞元十九年至貞元二十一年曾任監察御史。這種早期的職業經歷對其影響甚大。御史臺作爲監察機關，其職能監督百官，行使彈劾權、糾舉權及審計權，保證官吏廉潔、高效地履行職責。其關注的重點是吏治是否清明，而吏治清明與否，都要以民生爲參照。簡言之，御史是清明吏治的守護著，御史之於國家，就像醫生之於病人、啄木鳥之於森林，其關注的焦點，一是民生，二是吏治。在御史任上的職業實踐，促使柳宗元對吏治、民生問題進行深入思考，柳宗元目睹了唐王朝的千瘡百孔，並由此引發出對整個體制的反思，逐步形成他獨特的、進步的政治思想。如果說童年經驗是柳宗元進步政治思想形成的基礎，那麼，早期的監察職業生涯經歷則是其政治思想形成的直接推動力，這種進步的、代表一個時代文化水平的政治思想，使柳宗元以後投身「永貞革新」成爲邏輯的必然。

從心理學上來講，一個人的思維方式往往具有慣性，在某種特定條件下形成的思維方式極易帶到另外一個環境條件下，並且往往是無意識的，從而影響個體對某一問題的分析和判斷。御史經歷對柳宗元的思想觀念、思維方式、情志心態都產生了潛移默化的深度滲透，這種深度滲透必然會帶到文學

〔註 124〕唐・柳宗元：《柳宗元集》卷一二，中華書局 1979 年版，第 296 頁。
〔註 125〕唐・柳宗元：《柳宗元集》卷一二，中華書局 1979 年版，第 296 頁。

創作來，鑄就了柳宗元傳記文的特殊價值和表現方式的特殊性。

首先，柳宗元傳記文的主體意識，表現爲在敘事中注入自己的價值取向，傳記文成爲柳宗元宣洩自己情感的載體。

柳宗元早期的御史經歷強化了其剛勇果毅性格的形成，使柳宗元在參政初期就表現出不知顚躓、勇往直前、義無反顧、除弊圖新、無所畏懼的進取品格，面對惡勢力摧殘、迫害，貶黜南荒的流放生涯，非但沒有使他走向頹廢、消沉，反而表現出「雖萬被擯斥，不改乎其內」的反抗精神和對腐朽勢力的極端憎惡。他多次這樣說道：「少時陳力希公侯，許國不復爲身謀。」（《冉溪》）〔註 126〕「僕少嘗學問，……挺而行，躓而伏，不窮喜怒，不究曲直，衝羅陷阱，不知顚躓。」（《答問》〔註 127〕然而，「永貞革新」在舊勢力的反撲下很快就夭折了，等待他的是「風波一跌逝萬里，壯心瓦解空縲囚」的漫長流放生涯。長期的貶謫生涯既導致柳宗元生命的沉淪，又加劇了其憤懣難伸、壓抑難忍的悲憤心理，柳宗元始終充滿著對黑暗、腐朽勢力的強烈仇恨、對昔日政敵的強烈憤恨，這一切鬱結於胸，形成他特殊的復仇心理〔註 128〕。在柳宗元的傳記文中，這種復仇心理承載著厚重的歷史文化淵源，裹挾著特定的人格氣質、時代精神，成爲柳宗元認知和評價傳主的一個重要坐標。正是將如此明顯、強烈的主觀情志注入到作品中，柳宗元才以飽蘸感情的筆墨、酣暢淋漓地給我們塑造了一個復仇者的少年英雄形象：

> 童區寄者，郴州蕘牧兒也。行牧且蕘，二豪賊劫持，反接，布囊其口。……賊易之，對飲酒，醉。一人去爲市；一人臥，植刃道上。童微伺其睡，以縛背刃，力上下，得絕；因取刃殺之。……持童抵主人所，愈束縛牢甚。夜半，童自轉，以縛即爐火燒絕之，雖瘡手勿憚；復取刃殺市者。〔註 129〕

在對區寄的讚美中，湧動著一股發自內心難以遏制的、剛正的精神力量和無畏品質，而這種力量的來源，首先在於橫亙於作家意識深層的一種深刻的復仇意念，一種不肯服輸、失敗了爬起來還要抗爭的頑強意志。

如果說柳宗元的剛正人格，鑄就了他筆下的少年英雄形象，那麼，柳宗

〔註 126〕唐・柳宗元：《柳宗元集》卷四三，中華書局 1979 年版，第 1221 頁。
〔註 127〕唐・柳宗元：《柳宗元集》卷一五，中華書局 1979 年版，第 432 頁。
〔註 128〕參見尚永亮：《貶謫文化與貶謫文學》，蘭州大學出版社 2004 年版，第 66 頁。
〔註 129〕唐・柳宗元：《柳宗元集》卷一七，中華書局 1979 年版，第 475 頁。

元高潔人格與污濁的政體的尖銳衝突，促使他對無恥小人的猛烈抨擊。柳宗元高潔的人格理想在其早歲中進士後寫的《披沙揀金賦》中有著異常明確的呈現：

配圭璋而取貴，豈泥滓而為儔！披而擇之，斯焉見寶。蕩浸淫而顧眄，指炫焜而探討。動而愈出，幽以即明，涅而不緇，既堅且好。潛雖伏矣，獲則取之。翻混混之濁質，見熠熠之殊姿。〔註130〕

這是何等堅定的志節，又是何等高潔的理想！「千淘萬灑雖辛苦，吹盡黃沙始到金」，於混混濁質之中，涅而不緇，既堅且好，正充分展示了柳宗元的高潔之志。正是這種高潔的人格，使柳宗元在流放中仍執著理想，對無恥小人、政治仇敵充滿著無比憤怒，也賦予他對政敵決不饒恕、勇猛反擊的力量。在《李赤傳》中，作者有意反話正說，藉此喻彼，辛辣諷刺：

如廁，久，其友從之，見赤軒廁抱甕，詭笑而側視，勢且下。入，乃倒曳得之。又大怒曰：「吾已升堂面吾妻。吾妻之容，世固無有；堂宇之飾，宏大富麗，椒蘭之氣，油然而起，顧視汝之世猶溷廁也。而吾妻之居，與帝居鈞天、清都無以異。若何苦余至此哉？」〔註131〕

李赤於廁所，竟覺「堂之飾，宏大富麗，椒蘭之氣」，「與帝居鈞天、清都無以異。」其是非顛倒、混淆黑白，無以復加。作者繼而引發議論、指斥社會的污濁和醜惡：「今世皆知笑赤之惑也。及至是非取與向背決不為赤者，幾何人耶？反修而身。無以欲利好惡遷其神而不返。則幸耳，又何暇赤之笑哉？」〔註132〕李赤的言行雖然荒誕，但當時是非顛倒的黑暗社會現實，上跳下竄、污濁不堪的無恥小人不正是如此肮髒嗎？這種諷刺的筆調，揭露中唐政治齷齪醜態，入木三分，更酣暢淋漓地表現了柳宗元對那些以醜為榮、執迷不悟的無恥之徒的無比蔑視，柳宗元傳記文鮮明的政治批判意義是不言而喻的。

其次，柳宗元傳記文的主體意識，表現為作者毫不掩飾地以自身的社會觀、人生觀統轄敘事，像手術刀一般切中時弊，激烈針砭，傳記文成為柳宗元進步政治主張的特殊闡釋形式。

〔註130〕唐・柳宗元：《柳宗元集》外集，中華書局1979年版，第1329～1330頁。
〔註131〕唐・柳宗元：《柳宗元集》卷一七，中華書局1979年版，第481頁。
〔註132〕唐・柳宗元：《柳宗元集》卷一七，中華書局1979年版，第481頁。

御史經歷不僅培養了柳宗元剛勇果毅的性格，更形成他關心社會民生、吏治的思想傾向。對民生、吏治問題的關心貫徹他的終生，成爲他人生的指針，也是他奮鬥不息的精神動力。「永貞革新「失敗後，柳宗元經歷了一個極其痛苦的反思，他的剛正品格和執著的理論興趣，又使他特別熱衷於這種反思。從體制層面去反思、去認識問題，的確是柳宗元所堅持的一條重要認知取向，在早期的御史任上，柳宗元即寫有關心民生疾苦、同情民眾的作品。貶謫永州以後，柳宗元身處民眾之中，對民生之艱有了切身體驗，對封建弊政之危害有了更直接的認識。他以滿腔悲憤披露下層民眾的苦難生活，揭露暴政酷役之害，催人淚下，震撼人心。《捕蛇者說》就是這樣的傳記文。文章以永州郊外蔣氏三代人寧可死於毒蛇、也不願承擔賦稅的慘痛遭遇，揭露當時無所不在的、極其嚴酷的暴政，最後發出「苛政猛於虎」的激憤呼號。作者爲了表現主旨，首先竭力渲染毒蛇之毒：「觸草木，盡死，以齧人，無愈之者」，又通過蔣氏之口道出「吾祖死於是，吾父死於是，今吾嗣爲之十二年，幾死者數矣」的慘痛遭遇，但當作者「悲之」，提出「更若役，復若賦，則何如」時，則蔣氏大戚，汪然出涕曰：

> 君將哀而生之乎？則吾斯役之不幸，未若復吾賦不幸之甚也。向吾不爲斯役，則久已病矣。自吾氏三世居是鄉，積於今六十歲矣，而鄉鄰之生日蹙，殫其地之出，竭其廬之入。號呼而徙轉，饑渴而頓踣，觸風雨、犯寒暑，呼噓毒癘，往往而死者，相藉也。曩與吾祖居者，今其室十無一焉；與吾父居者，今其室十無二三焉；與吾居十二年者，今其室十無四五焉，非死則徙爾，而吾以捕蛇獨存。悍吏之來吾鄉，叫囂乎東西，隳突乎南北，譁然而駭者，雖雞狗不得寧也。……〔註133〕

這裡用鮮明的對比揭示出繁重苛刻的賦役已經將老百姓置於死亡線上，深刻再現了下層民眾駭人聽聞的悲慘生活，揭示出「苛政猛於虎」這一帶有根本性的主題，從中彰顯出力求革除弊政、實行變法的政治理想。

柳宗元對吏治的關注，是以對現實的清醒認識爲基礎的。這種理性品格和實踐精神，決定了他的政治主張高出時輩。如他筆下的郭橐駝，在多年的實踐中，摸索出種樹應「順木之天以致其性」的成功經驗，這在六藝、百工中顯得頗爲奇特。郭橐駝不僅善於植樹，所種無不「碩茂早實以蕃」，更使人

〔註133〕唐・柳宗元：《柳宗元集》卷一六，中華書局1979年版，第455頁。

嘖嘖稱奇的是他對吏治、民生也有著獨到見解：

> 駝曰：「我知種樹而已，理，非吾業也。然吾居鄉，見長人者好煩其令，若甚憐焉，而卒以禍。旦暮吏來呼曰：『官命促爾耕，勖爾植，督爾獲；蚤繅而緒，蚤織而縷；字而幼孩，遂而雞豚。』鳴鼓而聚之，擊木而召之。吾小人具飧饔以勞吏，且不得暇，又何以蕃吾生而安吾性耶？故病且怠。若是，則與吾業者其亦有類乎？」〔註 134〕

該文的深刻之處，在於它所表現的不是貪官污吏敲骨入髓式的剝削，而是統治者「好煩其令」造成的禍患。他用種樹之理深刻地揭示出正是那些表面看來勤政愛民的「循吏」，使得民眾「勞吏而不得暇」，生業「病且怠」，這樣「雖曰愛之，其實害之；雖曰憂之，其實讎之。」柳宗元主張治民要像種樹那樣「順木之天，以致其性」，注重人民的休養生息。誠如清人孫琮所言：「《種樹郭橐駝傳》前幅寫橐駝命名，寫橐駝種樹，寫橐駝與人問答種樹之法，瑣瑣而來，純是涉筆成趣。讀至後幅，陡然接入官理一段，變成絕大議論。於是讀者讀其前文，竟是一篇遊戲小文章；讀其後文，又是一篇治人大文章。」〔註 135〕柳宗元在《送薛存義之任序》中曾正面提出其政治主張：「存義假令零陵二年矣，蚤作而夜思，勤力而勞心，訟者平，賦者均，老弱無懷詐暴憎，其爲不虛取直也的矣，其知恐而畏也審矣。」〔註 136〕這和《種樹郭橐駝傳》有著異曲同工之妙。柳宗元就是這樣將自己的政治思想注入人物傳記之中，有的放矢、有感而發，像手術刀一般切中時弊，激烈針砭，傳記文成爲他進步政治主張的特殊闡釋形式。

再次，柳宗元傳記文的主體意識，還表現爲多種藝術手法的運用。敘事、抒情、議論融爲一體，藉此表達自己的政治見解。如《捕蛇者說》在記錄蔣氏血淚斑斑的控訴之後，即筆鋒一轉，大發議論：

> 予聞而愈悲。孔子曰：「苛政猛於虎也。」吾嘗疑乎是，今以蔣氏觀之，猶信。嗚呼！孰知賦斂之毒有甚是蛇者乎！故爲之說，以俟夫觀人風者得焉。〔註 137〕

〔註 134〕唐・柳宗元：《柳宗元集》卷一七，中華書局 1979 年版，第 471 頁。
〔註 135〕吳文治：《柳宗元研究資料彙編》，中華書局 1964 年版，第 500 頁。
〔註 136〕唐・柳宗元：《柳宗元集》卷二三，中華書局 1979 年版，第 615 頁。
〔註 137〕唐・柳宗元：《柳宗元集》卷一六，中華書局 1979 年版，第 455 頁。

這段議論成爲全篇傳文的靈魂所在，可知柳宗元爲捕蛇者這類最底層的民眾立傳，並非心血來潮，也不就人論人、就事議事，而是超越具體的人和事，從終極的道理上立論，以此作爲救世、濟世的良方，也顯示出柳宗元傳記文的思想深度和獨至性。又如《宋清傳》開篇即道出時人對宋清的兩種截然不同的看法，或曰：「清，蚩妄人也。」或曰：「清其有道者歟？」然後引發理論，表達見解：

> 吾觀今之交乎人者，炎而附，寒而棄，鮮有能類清之爲者。世之言，徒曰「市道交」。嗚呼！清，市人也，今之交有能望報如清之遠者乎？幸而庶幾，則天下之窮困廢辱得不死亡者眾矣。……柳先生曰：「清居市不爲市之道，然而居朝廷、居官府、居庠塾鄉黨以士大夫自名者，反爭爲之不已，悲夫！然則清非獨異於市人也。」〔註138〕

該文的傳主宋清是一位以誠信爲本的商人，然而不見利忘義、不唯利是圖。柳宗元在開篇即提出時人兩種不同的看法，然後再敘述傳主事蹟，顯然是想讓讀者通過傳主的生平事蹟來客觀地認識其宋清獨特的爲商之道，也使讀者從更高層面、更深意義上接受其對傳主人格所做的評價和判斷。

自漢代司馬遷以來，傳統史傳敘事者在記錄歷史事件中，總是一方面採取實錄式的客觀姿態，「只據事而實錄、使善惡自見」，另一方面又以評論家的姿態出現，在傳文末位以「論贊」的形式發表評論，形成史傳「敘中有評」的傳統，這一特點不但爲後世史家所繼承，也深刻地影響了後來的傳記文學創作。柳宗元傳記文的論贊形式靈活、不拘一格，如《李赤傳》以反問方式引發議論：「今世皆知笑赤之惑也。及至是非取與向背決不爲赤者。幾何人耶？」〔註139〕催人自省；《種樹郭橐駝傳》利用對話方式生發感慨：「嘻，不亦善夫！吾問養樹，得養人術。」〔註140〕令人期待；《河間傳》則用設問方式借題發揮：「天下之士爲修潔者，有如河間之始爲妻婦者乎？天下之言朋友相慕望，有如河間與其夫之切密者乎？」〔註141〕使人不敢不慎；《童區寄傳》則以延伸敘事的方式，在傳主事蹟之外，敘述他人的反映以襯托傳主形象的高大：「鄉之行劫縛者，側目莫敢過其門，皆曰：『是兒少秦武陽二歲，而討殺

〔註138〕唐・柳宗元：《柳宗元集》卷一七，中華書局1979年版，第477頁。
〔註139〕唐・柳宗元：《柳宗元集》卷一七，中華書局1979年版，第481頁。
〔註140〕唐・柳宗元：《柳宗元集》卷一七，中華書局1979年版，第473頁。
〔註141〕唐・柳宗元：《柳宗元集》外集，中華書局1979年版，第1346頁。

二豪，豈可近耶？』」〔註142〕令人對少年英雄肅然起敬。其實，「論贊」形式的靈活運用僅僅是表面現象，深含於「論贊」之內的則是柳宗元獨特的社會經歷和深沉的人生感受。鑒於此方面的情況人們大多已耳熟能詳，故不再贅言。

三、結　論

哲學家叔本華認爲，文體風格是精神的外貌，比人的面部更能反映出人的個性。〔註143〕文體風格被許多人看來是完全屬於個體的東西，是個性、氣質、人格在言語行爲上的表現。文體風格是思想的外衣，也是個人特質的表現。作爲一種文體，傳記文本來以敘事爲主，而柳宗元傳記文卻兼用敘事、抒情、議論等多種表現方式，呈現出表現方式多元化的特點，有著自身獨特的文化內涵。

柳宗元在對各種表現方式進行選擇和組合的同時，有著主觀情感的充沛投入，往往注入其極其鮮明的主體意識，彰顯自己的價值觀念，傳達自己的政治思想。柳宗元將自己的經歷、思想、感情等滲透到傳主的續寫中，借爲他人作傳，抒寫內心情懷，寄託人生感慨，傳記文成爲柳宗元思想、心靈的一面鏡子。柳宗元不僅有明確的「功能意識」，還有自覺的「文體意識」，其傳記文昭示了作爲偉大文學家和卓越思想家的柳宗元二者契合的獨特方式。這正是柳宗元的傳記文能超越前賢、高出時輩，具有自己的獨特成就，在中國傳記文學乃至整個中國文學中具有獨特價值的原因。

如果再對「永貞革新」稍加注意，可以發現，柳宗元、劉禹錫、程異、呂溫、陳諫等或以御史身份、或從御史任上參加永貞革新，以致宋代史學巨擘司馬光感歎：「叔文之黨多爲御史」。〔註144〕這可以作爲柳宗元的御史經歷與傳記文寫作之間關係的更好注腳。需要特別說明的是，對於柳宗元的御史經歷與傳記文寫作之間的關係不能機械理解，我們雖不能說柳宗元的傳記文寫作就一定全部來自御史經歷的影響，但其中潛移默化的影響肯定是存在。

〔註142〕唐・柳宗元：《柳宗元集》卷一七，中華書局1979年版，第475頁。
〔註143〕轉引自許力生《文體風格的現代透視》，浙江大學出版社2006年版，第6頁。
〔註144〕宋・司馬光：《資治通鑒》卷二三六，第2921頁。

第六章　唐代御史公文的歷史作用、影響及當代借鑒

唐代御史公文是中國古代監察文化、廉政文化的一份特殊遺產和寶貴精神財富。雖然其中有一些消極因素，如爲皇帝一家一姓服務，尊君卑臣，等級分明；有些公文對皇帝歌功頌德，阿諛奉承，粉飾太平；甚而臣僚之間黨爭不斷，栽贓誣告，互相傾軋等等，對此不必諱言。但是，唐代多數御史公文在歷史的關鍵時刻起過重要作用，解決了現實政治中的實際問題，產生了積極影響，其作用與貢獻是主要的，至今仍然有著積極的借鑒意義。

第一節　唐代御史公文的歷史作用

一、經國安邦

中國古代對文學干預社會現實政治的作用高度重視，作爲應用公文，其主要功能與作用是下情上達、治國安邦，這一點可謂古人的共識。早在三國時期，曹丕《典論・論文》即云：「夫文章，經國之大業，不朽之盛事。年壽有時而盡，榮樂止乎其身。二者必至之常期，未若文章之無窮。」〔註 1〕劉勰在《文心雕龍・章表》中亦云文章爲「經國之樞機。」北朝顏之推《顏氏家訓・文章》說：「夫文章者，原出五經……朝廷憲章，軍旅誓誥，敷顯仁義，

〔註 1〕魏・曹丕：《典論・論文》，見梁・蕭統編《文選》，岳麓書社 2002 年版，第 1565 頁。

發明功德，牧民建國，施用多途。至於陶冶性靈，從容諷諫，入其滋味，亦樂事也。」〔註2〕顏之推所謂的「文章」是包括諫諍文在內的，雖然他沒有指明諫諍文的作用，但朝廷的典章制度多是在臣下的建議下建立起來的。先賢的這些論述，均高度評價了諫諍文的作用與地位。

諫議制度是中國古代所特有的一種監察制度，其作用在於「諫官用傳統的儒家禮儀與道德標準，去約束並規範君主的言行，同時諫官參與評議國家的大政方針，「凡事有違失，皆得諫正，以收防微杜漸，補益於朝政之功效。」〔註3〕事實上，中國古代士人一向具有犯言直諫的「泛諫諍」意識，「自公卿大夫至於工商，無不得諫者。」〔註4〕早在先秦之時，《召公諫厲王弭謗》中召公就中肯地諫諍道：「防民之口，甚於防川。川壅而潰，傷人必多。民亦如之。是故爲川者決之使導，爲民者宣之使言。故天子聽政，使公卿至於列士獻詩，瞽獻曲，史獻書，師箴，瞍賦，蒙誦，百工諫，庶人傳語，近臣盡規，親戚補察，瞽、史教誨，耆、艾修之，而後王斟酌焉，是以事行而不悖。」〔註5〕這段文字不但使我們認識到古代政治的運行情況，其警醒深刻的論述，在中國歷史上所起的作用是巨大的。

唐代是我國古代諫議制度的成熟時期，唐代士人的諫諍意識可謂根深蒂固。唐代御史與諫官同屬監察官群體，他們不僅發揚和繼承了中國監察文化的優秀傳統，而且在實現這個傳統的客觀方面，比前人更具優勢。爲了糾正君王的錯誤，他們大膽言諫，有時甚至不惜以生命爲代價。有唐一代，御史諫諍事件至少達 117 起之多，〔註6〕不少諫諍文爲完善封建制度，維護國家機器的正常運轉，向皇帝建言獻策，提供治國方略，這些策略對建立和完善唐代政治制度，促進社會的穩定和發展做出了很大貢獻。如初唐時期，制度初創，孫伏伽連上《陳政事疏》三策進諫：

> 臣聞天子有諍臣，雖無道不失其天下；父有諍子，雖無道不陷於不義。故云子不可不諍於父，臣不可不諍於君。以此言之，臣之事君，猶子之事父故也。隋後主所以失天下者，何也？止爲不聞其過。當時非無直言之士，由君不受諫，自謂德盛唐堯，功過夏禹，

〔註2〕北朝・顏之推：《顏氏家訓》，中華書局 2007 年版。
〔註3〕胡寶華：《唐代監察制度研究》，商務印書館 2005 年版，第 195 頁。
〔註4〕宋・司馬光：《諫院題名記》，見《溫國文公司馬公文集》卷六十六。
〔註5〕尚學鋒、夏德靠譯注《國語・周語上》，中華書局 2007 年版。
〔註6〕據筆者統計，見本書附表四《唐代御史諫諍事件統計表》。

窮侈極欲，以恣其心。天下之士，肝腦塗地，户口減耗，盜賊日滋，而不覺知者，皆由朝臣不敢告之也。向使修嚴父之法，開直言之路，選賢任能，賞罰得中，人人樂業，誰能搖動者乎？〔註7〕

孫伏伽的諫諍文，涉及人君納諫、勵精圖治、妙選賢才等軍國大事，這些建議多被統治者採納，成爲唐初治國的指導思想。唐高祖李淵就深刻認識到：「秦以不聞其過而亡，典籍豈無先誡，臣僕諂諛，故弗之覺也。漢高祖反正，從諫如流。洎乎文景繼業，宣元承緒，不由斯道，孰隆景祚？周隋之季，忠臣結舌，一言喪邦，良足深誡。永言於此，常深歎息。朕每惟寡薄，恭膺寶命，雖不能性與天道，庶思勉力，常冀弼諧，以匡不逮。」〔註8〕這種進諫活動不僅是御史職能的一種體現，它還及時地促使唐王朝治國指導思想的轉變，影響深遠。

有些奏章爲改善民生、移風易俗、省刑薄賦、恤民爲本等方面建言獻策，如監察御史馬周上《陳政事疏》、《請勸賞疏》、《請簡擇縣令疏》等，被唐太宗採納。針對民風教化問題，御史大夫韋挺上《論風俗失禮表》，對策積極穩妥、切實可行。這些奏議在歷史發展的關鍵時期充分發揮了經國安邦的巨大作用。是促成歷史上著名的「貞觀之治」的重要因素之一。

中唐時期，政局黑暗、混亂，土地兼併、宮市之弊日盛一日，針對此種情況，不少御史的奏議提出的對策和措施，對完善社會制度、經濟秩序，恢復、發展社會生產，做出了很大貢獻，如韓愈《御史臺論天旱人饑疏》、《論宮市之弊》，楊虞卿《上穆宗疏》，崔元略《論免課役人奏》、《諫穆宗合宴群臣疏》，陸行儉《代淄青諫伐淮西表》等。這些奏議，論軍事、講禦敵、出謀略、談對策，積極穩妥，切合實際，眞正起到了經國安邦的作用。其中御史中丞裴度的作用以扭轉乾坤來形容，亦不爲過。

中唐藩鎮割據，淮西之害由來已久，長期以來朝廷無能爲力，形成尾大不掉的局面。據韓愈《平淮西碑》記載，元和九年（814年），「蔡將死，蔡人立其子元濟以請。不許，遂燒舞陽，犯葉、襄城，以動東都，放兵四劫。皇帝歷問於朝，一二臣外皆曰：『蔡帥之不庭授，於今五十年，傳三姓四將，其樹本堅，兵利卒頑，不與他等。因撫而有，順且無事。』大官臆決唱聲，萬口和附，並爲一談，牢不可破。」〔註9〕在群臣一片茫然、毫無作爲的情況下，

〔註7〕後晉・劉昫：《舊唐書》卷七五《孫伏伽傳》，第2634頁。
〔註8〕後晉・劉昫：《舊唐書》卷七五《孫伏伽傳》，第2636頁。
〔註9〕清・徐松等：《全唐文》卷五六一，第3353頁。

御史中丞裴度詣行營宣慰，察用兵形勢，他力排眾議，「言淮西必可取之狀，且曰：『觀諸將，惟李光顏勇而知義，必能立功。』」〔註 10〕從而使憲宗最終下決心平定淮西之亂。

然平淮西之事一波三折，當官兵討伐吳元濟時，藩鎮間狼狽爲奸，平盧淄青節度使李師道千方百計阻撓，元和十年（815 年），派刺客刺殺宰相武元衡，刺傷中丞裴度。《資治通鑑》卷二三九記載：

> 裴度病瘡，臥二旬，詔以衛兵宿其第，中使問訊不絕。或請罷度官以安恒、鄆之心，上怒曰：「若罷度官，是奸謀得成，朝廷無復綱紀。吾用度一人，足破二賊。」甲子，上召度入對。乙丑，以度爲中書侍郎、同平章事。度上言：「淮西，腹心之疾，不得不除。且朝廷業已討之，兩河藩鎮跋扈者，將視此爲高下，不可中止。」上以爲然，悉以用兵事委度，討賊愈急。〔註 11〕

韓愈後來撰寫的《平淮西碑》詳細記述了這一歷史事件的經過。從當時文獻記載中，可以看到朝廷對裴度及其他朝廷御史的高度期望：

> 皇帝曰：「惟天惟祖宗所以付任予者，庶其在此。予何敢不力？況一二臣同，不爲無助。」曰：「光顏，汝爲陳許帥，維是河東、魏博、郃陽三軍之在行者，汝皆將之！」……曰：「愬，汝帥唐、鄧、隨，各以其兵進戰！」曰：「度，汝長御史，其往視師！」曰：「度，惟汝予同，汝遂相矛，以賞罰用命不用命！」……曰：「度，汝其往，衣服飲食予士。無寒無饑，以既厥事。遂生蔡人，賜汝節斧，通天御帶，衛卒三百。凡茲廷臣，汝擇自從。惟其賢能，無憚大吏。庚申，予其臨門送汝。」曰：「御史，予憫士大夫戰甚苦，自今已往，非郊廟祠祀，其無用樂。」〔註 12〕

在歷史發展的關鍵時刻，裴度一席肺腑之言，使得君臣在平淮西問題上取得一致，君臣合力，最終平定了長達三十五年的淮西割據局面，蔡、申、光三州，復歸朝廷統治之下。從中我們可以看到唐代御史奏章所發揮的經國安邦的重要作用。

晚唐時期，外戚宦官交互擅權，政治腐朽衰敗，社會動盪黑暗，西北邊

〔註 10〕宋・司馬光：《資治通鑒》卷二三九，第 2961 頁。
〔註 11〕宋・司馬光：《資治通鑒》卷二三九，第 2960 頁。
〔註 12〕韓愈：《平淮西碑》，見《全唐文》卷五六一，第 3353 頁。

區又屢遭少數民族侵擾，國家岌岌可危。面對這種頹敗的局面，雖然不少人或緘默苟且，但一些注重名節、以天下爲己任的御史，欲挽狂瀾於既倒，他們以率直、激切的論議參與政治，這時期抨擊朝廷、宦官的奏議較多。大唐之強盛，實在是與當時士大夫積極參政、踴躍建言獻策密不可分。

二、懲治腐敗

腐敗，就其根本而言，是指公共權力因非公共性運用（以權謀私、貪污受賄、專斷擅權等）而喪失公共性質，所以，腐敗是隨著公共權力出現特別是國家建立而產生的。在封建君主專制社會裏，官吏的貪污腐敗是封建政治的必然屬性。吏治清則天下興，吏治腐敗則天下無寧日。貪官污吏的貪暴無度，常常會激起農民起義，進而危及封建統治階級的統治和社稷存亡，因此歷代王朝幾乎無一例外地重視對腐敗行爲的防治，歷朝歷代不乏懲治腐敗的廉明清吏，它們構成了中國廉政文化的重要內容。其中唐代御史在懲治腐敗方面尤具有代表性。面對現實政治運行中的種種腐敗現象，具有正義感、憂國憂民的唐代御史，往往挺身而出，對之進行彈劾，「整飭朝綱」、糾劾官邪」、「彰善癉惡」、「激濁揚清」，這對澄清吏治、整肅法紀、懲治腐敗起到了重大作用。

唐代有些御史的奏議特別是王義方、魏傳功、李尚隱、狄仁傑、馬懷素、蕭至忠、袁守一、李懷讓、裴漼、李傑、顏眞卿、崔光遠、張著、李夷簡、元稹、狄兼謨等的奏議敢於主持公道，堅持正義，彈劾貪官污吏，打擊邪惡勢力，起到了懲治腐敗、彰善嫉惡的作用。

武后朝酷吏王旭「每銜命推劾，一見無不輸款者。……納贓數千萬。……詔付臺司劾之，贓私累鉅萬，貶龍平尉，憤恚而死，甚爲時人之所慶快。」〔註13〕李義府是武后朝臭名昭著的貪官污吏，據《舊唐書》記載，「義府貌狀溫恭，與人語必嬉怡微笑，而褊忌陰賊。既處權要，欲人附己，微忤意者，輒加傾陷。故時人言義府笑中有刀，亦謂之『李貓』。」〔註14〕他爲中書令後，「貪冒無狀，與母、妻及諸子、女婿賣官鬻獄，其門如市。多引腹心，廣樹朋黨，傾動朝野。」〔註15〕面對李義府的貪污腐敗行爲，侍御史王義方

〔註13〕後晉・劉昫：《舊唐書》卷一八六下《酷吏下・王旭傳》，第4853頁。
〔註14〕後晉・劉昫：《舊唐書》卷八二《李義府傳》，第2766頁。
〔註15〕後晉・劉昫：《舊唐書》卷八二《李義府傳》，第2767頁。

上《劾李義府疏》、《請重勘李義府致死畢正義奏》，彈劾奸邪。從彈劾文的內容來看，他將矛頭直接指向當朝權貴，敢於鬥爭，不屈不撓。尤其是在昏庸軟弱的高宗皇帝包庇慫恿佞臣的情況下，王義方一句「仲尼爲魯司寇七日，誅少正卯於兩觀之下，義方仕御史有六旬，不能去奸佞於雙闕之前，實以爲愧」〔註16〕的堅定信念，爲唐代御史樹立了一座彈劾奸佞、懲治腐敗的豐碑。

自徐敬業之反，武后疑天下人多圖己，「盛開告密之門，有告密者，臣下不得問，皆給驛馬，供五品食，使詣行在。雖農夫樵人，皆得召見，廩於客館，所言或稱旨，則不次除官，無實者不問。於是四方告密者蜂起，人皆重足屏息。」〔註17〕酷吏來俊臣與司刑評事洛陽萬國俊共撰《羅織經》數千言，「教其徒網羅無辜，織成反狀，構造布置，皆有支節。……中外畏此數人，甚於虎狼。」〔註28〕萬歲通天元年（696年），監察御史紀履忠不畏強暴，毅然上《糾來俊臣五犯奏》彈劾酷吏：

> 御史中丞來俊臣，犯狀有五焉：一專擅國權，二謀害良善，三贓賄貪濁，四失義背禮，五淫昏狼戾。論茲五罪，合至萬死，請下獄治罪。〔註19〕

當酷吏橫行之際，紀履忠作爲監察官的錚錚鐵骨和懲惡揚善的膽識、人品，令人敬仰！其彈劾雖未被採納，但客觀上起到了對酷吏的震懾作用。天寶初，李彭年「爲吏部侍郎，與右相李林甫善。慕山東著姓爲婚姻，引就清列，以大其門。典銓管七年，後以贓污爲御史中丞宋渾所劾，長流嶺南臨賀郡。」〔註20〕

唐代中後期，御史臺的整體威權在下降，但個別時期御史在懲處經濟犯罪方面還是有作爲的。如元和四年（809年），「京兆尹楊憑，「修第於永寧里，功作並興，又廣蓄妓妾於永樂里之別宅，時人大以爲言。」〔註21〕爲御史中丞李夷簡劾奏，敕付御史臺覆按。憲宗元和元年（806年），劍南西川節度使劉闢叛亂，嚴礪等率兵平叛，嚴礪爲政嚴酷，士民不堪其苦。元和四年（809年），元稹以監察御史身份充任劍南東川詳覆使，他廣泛瞭解民生疾苦，上表彈劾嚴礪等官吏的不法行爲：

〔註16〕後晉・劉昫：《舊唐書》卷八二《李義府傳》，第2767頁。
〔註17〕宋・司馬光：《資治通鑑》卷二〇三「唐紀十九」，第2485頁。
〔註28〕宋・司馬光：《資治通鑑》卷二〇三「唐紀十九」，第2485頁。
〔註19〕《全唐文拾遺》卷一七，第6266頁。
〔註20〕後晉・劉昫：《舊唐書》卷九〇《李懷遠傳・李彭年附傳》，第2921頁。
〔註21〕後晉・劉昫：《舊唐書》卷一四六《楊憑傳》，第3968頁。

劍南東川詳覆使言：

故劍南東川節度、觀察、處置等使嚴礪，在任日擅沒管內將士、官吏、百姓及前資、寄住等莊宅、奴婢，今於兩稅外加徵錢、米及草等。謹件如後。

嚴礪擅籍沒管內將士、官吏、百姓及前資、寄住塗山甫等八十八户莊宅共一百二十二所，奴婢共二十七人，並在諸州項內分析。

右，臣伏準前後制敕，令出使御史，所在訪察不法，具狀奏聞。臣昨奉三月一日敕，令往劍南東川，詳覆瀘州監官任敬仲贓犯，於彼訪聞嚴礪在任日，擅沒前件莊宅奴婢等。至今月十七日詳覆事畢，追得所沒莊宅、奴婢。文案及執行案典耿琚、馬元亮等檢勘得實。據嚴礪元和二年正月十八日舉牒云：「管內諸州，應經逆賊劉闢重圍內並賊兵到處，所有應接，及投事西川軍將州縣官所由典正前資寄住等，所犯雖該霈澤，莊田須有所歸，其有莊宅、奴婢、桑柘、錢物、斛㪷、邸店、碾磑等，悉皆搜檢。」勘得塗山甫等八十八户，案內並不經驗問虛實，亦不具事職名，便收家產沒官。其時都不聞奏，所收資財、奴婢，悉皆貨賣破用，及配充作坊驅使。其莊宅、桑田、元和二年、三年租課，嚴礪並已徵收支用訖。臣伏準元和元年十月五日制：「西川諸軍、諸鎮、刺史、大將及參佐、官吏、將健、百姓等，應被脅從補署職官，一切不問。」又準元和二年正月三日赦文：「自今日已前，大逆緣坐，並與洗滌。況前件人等，悉是東川將吏、百姓，及寄住衣冠，與賊黨素無管屬。賊軍奄至，暫被脅從，狂寇既平，再蒙恩蕩。」嚴礪公違詔命，苟利資財，擅破八十餘家，曾無一字聞奏。豈惟剝下，實謂欺天。其莊宅等至今被使司收管。臣訪聞本主並在側近，控告無路，漸至流亡。伏乞聖慈勒本道長吏及諸州刺史，招緝疲人，一切卻還產業。庶使孤窮有託，編户再安。其本判官及所管刺史，仍乞重加貶責，以懲奸欺。

嚴礪又於管內諸州，元和二年兩稅錢外，加配百姓草，共四十一萬四千八百六十七束，每束重一十一斤。

右，臣伏準前後制敕及每歲旨條：「兩稅留州使錢外，加率一錢一物，州府長吏並同枉法計贓，仍令出使御史訪察聞奏。」又準元和三年赦文:「大辟罪已下，蒙恩滌蕩，惟官典犯贓，不在此限。」臣訪聞嚴礪加配前件草，準前月日追得文案，及執行案典姚孚檢勘得實。據嚴礪元和二年七月二十一日舉牒稱:「管内郵驛要草，於諸州秋稅錢上，每貫加配一束。至三年秋稅，又準前加配，計當上件草。」臣伏準每年旨條，館驛自有正科，不合於兩稅錢外，擅有加徵。況嚴礪元和三年舉牒，已云準二年舊例徵收，必恐自此相承，永爲疲人重困。伏乞勒本道長吏，嚴加禁斷，本判官及刺史等，伏乞準前科責，以息誅求。

嚴礪又於梓、遂兩州，元和二年兩稅外，加徵錢共七千貫文，米共五千石。

右，臣伏準前月日追得文案，及執行案典趙明志檢勘得實。據嚴礪元和二年六月舉牒稱:「綿、劍兩州供元和元年北軍頓遞，費用倍多，量於梓、遂兩州秋稅外，加配上件錢米，添填綿、劍兩州頓遞費用者。」臣又牒勘綿州，得報稱:「元和二年軍資錢米，悉準舊額徵收，盡送使訖，並不曾交領得梓、遂等州錢米添填頓遞，亦無尅折當州錢米處者。」臣又牒勘劍州，得報稱:「元和元年所供頓遞，侵用百姓腹内兩年夏稅錢四千二十三貫三文，使司今於其年軍資錢内尅下訖，其米即用元和元年米充，並不侵用二年軍資米數，使司亦不曾支梓州、遂州錢米充填者。」臣伏念綿、劍兩州供頓，自合準敕優矜；梓、遂百姓何辜，擅令倍出租賦？況所徵錢米數内，惟尅下劍州軍資錢四千二十三貫三文，其餘錢米，並是嚴礪加徵，別有支用。其本判官及梓州、遂州刺史，悉合科處，以例將來。擅收沒塗山甫等莊宅、奴婢，及於兩稅外加配錢、米、草等，本判官及諸州刺史名銜，並所收色目，謹俱如後:

擅收沒奴婢、莊宅等，元舉牒判官度支副使檢校尚書刑部員外郎兼侍御史賜緋魚袋崔廷:

都計諸州擅沒莊共六十三所，宅四十八所，奴一十人，婢一十七人。

於管内諸州元和二年、三年秋稅錢外隨貫加配草，元舉牒判官觀察判官殿中侍御史内供奉盧詡:

都計諸州共加配草四十一萬四千八百六十七束。

加徵梓、遂兩州元和二年秋稅外錢及米，元舉牒判官攝節度判官監察御史裏行裴誗：

計兩州加徵錢共七千貫文，米共五千石。

梓州刺史檢校尚書左僕射兼御史大夫嚴礪，元和四年三月八日身亡：

擅收塗山甫等莊二十九所，宅四十一所，奴九人，婢一十七人；加徵三千貫文，米二千石，草七萬五千九百五十三束。（元和二年三萬一千七百九十三束，元和三年四萬四千一百六十束。）

遂州刺史柳蒙：

擅收沒李簡等莊八所，宅四所，奴一人；加徵錢四千貫文，米三千石，草四萬九千九百八十五束。（元和二年二萬四千五百三束，元和三年二萬五千四百八十二束。）

綿州刺史陶鍠：

擅收沒文懷進等莊二十所，宅十三所，加徵草八萬八千六百八十八束。（元和二年三萬八千九十三束，元和三年五萬五百九十五束。）

劍州刺史崔實成：

擅收沒鄧琮等莊六所，加徵草二萬一千八百一十七束。（元和二年九千三十九束，元和三年一萬二千七百七十八束。）

普州刺史李娑：

元和二年加徵錢草六千束，三年加徵草九千四百五十束。

合州刺史張平：

元和二年加配草三千四百六十二束，三年加徵草五千六百五束。

榮州刺史陳當：

元和二年加徵草九千四百三束，三年加徵草五千六百二十七束。

渝州刺史邵膺：

元和二年加徵草二千六百一十四束，三年加徵草三千七百二十七束。

瀘州刺史兼御史劉文翼：

元和二年加徵草三千八百五十三束，三年加徵草三千八百五十一束。

資州元和二年加徵草一萬五千七百九十八束，三年一萬六千二百二十五束。

簡州元和二年加徵草二萬四千一百四束，三年二萬三千一百一十八束。

陵州元和二年加徵草二萬四千六百六束，三年二萬三千八百六十一束。

龍州元和二年加徵草八百九十一束，三年八百一十一束。

右，已上本判官及刺史等名銜，並所徵收色目，謹俱如前。其資州等四州刺史，或緣割屬西川，或緣停替遷授，伏乞委本道長吏，各據徵收年月，具勘名銜聞奏。

以前件狀如前。伏以聖慈軫念，切在蒼生。臨御五年，三布赦令，殷勤曉諭，優惠困窮，事涉擾人，頻加禁斷。況嚴礪本是梓州百姓，素無才行可稱，久在兵間，過蒙獎拔。陛下錄其末效，移鎮東川，仗節還鄉，寵光無比。固合撫綏黎庶，上副天心，蠲減征徭，內榮鄉里。而乃橫征暴賦，不奉典常，擅破人家，自豐私室。訪聞管內產業，阡陌相連，童僕資財，動以萬計。雖即沒身謝咎，而猶遺患在人。謂宜諡以醜名，削其褒贈，用懲不法，以警將來。其本判官及諸州刺史等，或苟務容軀，競謀侵削；或分憂列郡，莫顧詔條。但受節將指揮，不懼朝廷典憲，共爲蒙蔽，皆合痛繩。臣職在觸邪，不勝其憤。謹錄奏聞，伏候敕旨。〔註22〕

這篇彈劾文，堪稱古代監察史上一篇卓絕文字，經過元稹的彈劾，「所沒莊宅、

〔註22〕唐·元稹：《彈奏劍南東川節度使狀》，見《全唐文》卷六五一，第3901～3903頁。

奴婢，一物已上，並委觀察使據元沒數，一一分付本主。縱有已貨賣破除者，亦收贖卻還。其加徵錢、米、草等，亦委觀察使嚴加禁斷，仍榜示村鄉，使百姓知委。」柳蒙、陶鍠、李妥、張平、邵膺、陳當、劉文翼等，「宜各罰兩月俸料，仍書下考。」確實起到了懲治腐敗、澄清吏治的作用。

三、官吏良鑒

吏治清明關乎社稷存亡，官吏的道德素質是吏治建設的一個重要方面，正所謂「主聖於上，臣忠於下。非聖無以納忠，非忠無以感聖。」〔註 23〕武則天曾親自作《臣軌》二卷，作爲臣僚借鑒之書。此書分國體、至忠、守道、公正、匡諫、誠信、愼密、廉潔、良將、利人十章，突出了以儒家傳統道德觀念爲基礎的爲臣者之道，作爲臣僚的座右銘與士人貢舉習業的讀本。顯示出唐王朝對龐大的官吏隊伍政治素質的重視。在此方面，唐代御史公文無論包含的治國方略還是人格精神，都堪稱後世官吏的「良鑒」。

一是不少御史的公文創作或有關御史臺的公文中包含著安邦治國的經驗，例如《貞觀政要》一書便是如此。《貞觀政要》寫作於開元、天寶之際。當時的社會仍呈現著興旺的景象，但社會危機已露端倪，政治上頗爲敏感的吳兢已感受到衰頹的趨勢。爲了保證唐皇朝的長治久安，他深感有必要總結唐太宗君臣相得、勵精圖治的成功經驗，爲當時的帝王樹立起施政的楷模。《貞觀政要》正是基於這樣一個政治目的而寫成的，其中諸如杜淹、馬周等御史臺官員的諫諍文，對唐王朝初期的治有著重大貢獻。如侍御史馬周曾就州縣基層官吏的任命、管理向唐太宗上疏曰：

> 臣聞天下者以人爲本。必也使百姓安樂，在刺史、縣令爾。縣令既衆，不可皆賢，但州得良刺史可矣。天下刺史得人，陛下端拱岩廊之上，夫復何爲？古者郡守、縣令皆選賢德，欲有所用，必先試以臨人，或由二千石高第入爲宰相。今獨重內官，縣令、刺史頗輕其選。又刺史多武夫勳人，或京官不稱職始出補外；折衝果毅身力強者入爲中郎將，其次乃補邊州。而以德行才術擢者，十不能一。所以百姓未安，殆在於此。〔註 24〕

〔註 23〕唐・王方慶：《魏鄭公諫錄》，見《中華野史》，泰山出版社 1999 年版，第 52 頁。

〔註 24〕宋・司馬光：《資治通鑒》卷一九五「唐紀十一」，第 2362～2363 頁。

的確，刺史、縣令等官吏既是唐王朝的基層官吏，又是老百姓的「父母官」，在國家政權結構中處於「承上啓下」的重要地位，對這部分官吏的任用有著特殊重要的意義。馬周在此奏疏中提出的治國安民之舉，直至今天仍然有著重大參考價值。《貞觀政要》不僅在中國後世受到歷朝重視，在國外亦有著重要影響，「日本從一條天皇執政以來，歷代君王都以《貞觀政要》爲治國寶典。」〔註 25〕這其中當然包含著唐代御史的貢獻。

貞觀十一年（637 年），「於時，尚書省詔敕稽壅，按成覆下，彌年不能決。」針對此種情況，治書侍御史劉洎上疏皇帝云：

> 尚書萬機，實爲政本，伏尋此選，受授誠難。是以八座比於文昌，二丞方於管轄，爰至曹郎，上應列宿，苟非稱職，竊位興譏。伏見比來尚書省詔敕稽停，文案壅滯，……貞觀之初，未有令僕，於時省務繁難，倍多於今。左丞戴胄、右丞魏徵，並曉達吏方，質性平直，事應彈舉，無所迴避。……及杜正倫續任右丞，頗亦厲下。比者綱維不舉，並爲勳親在位，品非其任，功勢相傾。凡在官僚，未循公道，雖欲自強，先懼囂謗。所以郎中抑奪，唯事咨稟；尚書依違，不得斷決。或憚聞奏，故事稽延，案雖理窮，仍更盤下。去無程限，來不責遲，一經出手，便涉年載。或希旨失情，或避嫌抑理。勾司以案成爲事了，不究是非；尚書用便僻爲奉公，莫論當否。遞相姑息，唯務彌縫。且選賢授能，非材莫舉，天工人代，焉可妄加。……將救茲弊，且宜精簡四員，左右丞，左右司郎中如並得人，自然綱維略舉，亦當矯正趨競，豈唯息其稽滯哉！〔註 26〕

歷代封建王朝冗官冗員，辦事效率低下是一個通病，劉洎提出的精簡政府機構，提高行政效率之措施，不愧爲明智之舉。在今天亦有著一定借鑒意義。以上所舉數例，唐代御史公文提出的治國方略，針對現實政治運行中的實際問題，提出正確的解決措施，取得了明顯效果。後世有不少政治家從中學到了治國安民的經驗和智慧，並將其付諸實踐，取得了較好的成效。

神功元年（697 年），時初置右御史臺，巡按天下，嶠上疏陳其得失曰：

> 然則御史之職，故不可得閒，自非分州統理，無由濟其繁務。

〔註 25〕耿餘耀：《吳兢與〈貞觀政要〉》，見《西北大學學報》1997 年第 2 期。

〔註 26〕後晉・劉昫：《舊唐書》卷七四《劉洎傳》，第 2607～2608 頁。

> 請大小相兼，率十州置御史一人，以週年爲限，使其親至屬縣，或入閭里，督察奸訛，觀采風俗，然後可以求其實效，課其成功。若此法果行，必大裨政化。且御史出持霜簡，入奏天闕，其於勵己自修，奉職存憲，比於他吏，可相百也。若其按劾奸邪，糾擿欺隱，比於他吏，可相十也。陛下試用臣言，妙擇賢能，委之心膂，假溫言以制之，陳賞罰以勸之，則莫不盡力而效死矣。何政事之不理，何禁令之不行，何妖孽之敢興？〔註27〕

國家的治理關鍵在於吏治，吏治腐敗則人亡政息。李嶠關於任用監察官、強化考覈、重典治吏的建議，包含著切實可行、積極穩妥的監察思想，堪稱後世官吏之良鑒。

二是唐代御史群體的精忠報國、忠於職守、肅政彈非的人格範式往往成爲後世良吏從政生涯中的一面鏡子。雖然唐代御史群體中並不全是正面形象，有些還是歷史上臭名昭著的酷吏，但他們並不能代表唐代御史的整體形象。就總體而言，唐代監察官多有不惜身家性命、敢於諫諍的骨鯁之士；有秉公執法，明察秋毫的公正法官；有激昂大義、忠烈千秋的御史；他們塑造了唐代御史群體忠於職守、整飭紀綱的英雄群像。

被譽爲「獬豸之精」的徐有功即是唐代御史群體的卓越代表。史載，徐有功與「皇甫文備同按獄，文備誣有功縱逆黨。後文備生得下獄，有功出之。或曰：『彼嘗陷君於死。』有功曰：『爾所言者，私忿；我所守者，公德。不可以私害公。』」〔註28〕此種寒芒正色，果敢剛毅的骨鯁忠貞之節，對後世影響巨大。中唐杜佑在《通典》中曾論及徐有功所處的爲官環境，對他執法如山之高風亮節給予高度評價：

> 詳觀徐大理之斷獄也，自古無有斯人，豈張、於、陳、郭之足倫，固可略舉其事。且四子之所奉，多是令主，西漢，張釋之，文帝時爲廷尉；于定國，宣帝時爲廷尉；東漢陳寵、郭躬，章帝時爲廷尉：皆遇仁明之主。誠吐至公，用能竭節。若遇君求治，其道易行。武太后革命，欲令從己，作威而作周政，寄情而害唐臣。徐有功乃於斯時，而能定以枉直，執法守正，活人命者萬計；將死復舍，

〔註27〕後晉・劉昫：《舊唐書》卷九四《李嶠傳》，第2993～2994頁。嚴耕望《唐僕尚丞郎表》考證此事在神公元年（697年）。

〔註28〕宋・歐陽修：《新唐書》卷一一三《徐有功傳》，第4191頁。

忤龍鱗者再三。以此而言，度越前輩。〔註29〕

千年之後，當我們披閱杜佑這段飽含激情的文字時，仍會強烈地感受到這位中唐宰相對前朝骨鯁御史的敬仰之情，徐有功不愧爲後世官吏的一面鏡子。

「廉者，政之本也。」〔註30〕清廉公正，是從政的第一要務。在中國廉政史上，大凡清官廉吏，都具有嚴於律己、責已甚嚴、廉潔奉公的優秀品質。唐代一些御史堪稱清廉自守、廉潔奉公的模範。如盧懷愼，武后朝曾先後任監察御史、侍御史、右肅政臺御史中丞，「清儉不營產，服器無金玉文綺之飾，雖貴而妻子猶寒饑。所得祿賜予故人親戚，無所計惜，隨散輒盡。」〔註31〕唐代一些官員趁掌選機會中飽私囊，而盧懷愼赴東都掌選，「奉身之具，止一布囊」，除此身無餘物。「日晏設食，蒸豆兩器，茶數杯而已。……及治喪，家無留儲。」一個封建官吏，其清廉自律之嚴可見一斑，盧懷愼爲官二十餘載，以卓著的政績和廉潔的一生，蜚聲朝野，深得後人推崇。

盧奕，是著名廉吏盧懷愼之少子，與其兄盧奐齊名，史稱其「謹願寡欲，不尙輿馬，克己自勵。」開元中，任京兆司錄參軍。天寶初，爲鄠縣令、兵部郎中。所歷有聲，皆如奐之所治也。天寶八載，盧懷愼及兒子盧奐、盧奕並爲御史中丞，父子三繼，皆清節不易，時人美之。天寶十四載（755 年），安祿山陷東都，眾吏亡散。「弈前遣妻子懷印間道走京師，自朝服坐臺。被執，將殺之，即數祿山罪，徐顧賊徒曰：『爲人臣者當識逆順，我不蹈失節，死何恨？』觀者恐懼。弈臨刑，西向再拜而辭，罵賊不空口，逆黨爲變色。」〔註32〕洛陽陷沒之際，於時東京人士，狼狽鹿駭，不少朝廷大官都欲保命而全妻子。或者先策高足，逃之夭夭；或者不恥苟活，甘飲盜泉，投降叛軍。而盧奕獨正身守位，誓死全節，以朝服就執，猶慷慨感憤；旁觀者無不顫顫驚驚，盧奕則大義凜然、不變其色，北面辭君，然後受害。其忠貞之節，光彪史冊！

韋貫之，「永貞時，始爲監察御史，舉其弟纁自代。及爲右補闕，纁代爲御史，議者不謂之私。宰相杜佑子從郁爲補闕，貫之與崔群持不可，換左拾遺，復奏：『拾遺、補闕爲諫官等，宰相政有得失，使從郁議，是子而議父，殆不可訓。』……貫之沉厚寡言，與人交，終歲無款曲，不爲僞辭以悅人。……

〔註29〕唐・杜佑：《通典》，中華書局，1988 年版，第 4382～4383 頁。

〔註30〕《晏子春秋校注・內篇雜下》，載《諸子集承》第六冊，河北人民出版社，第 102 頁。

〔註31〕宋・歐陽修：《新唐書》卷一二六《盧懷愼傳》，第 4417 頁。

〔註32〕後晉・劉昫：《舊唐書》卷一九一《盧奕傳》，第 5526 頁。

居輔相，嚴身律下，以正議裁物，室居無所改易。……身歿之後，家無羨財，有文集三十卷。」〔註 33〕「緣何爲官一生，依舊家道不富？只因工於謀國，至老拙於謀身。」這是後人爲唐朝韋貫之寫的一副對聯，高度讚頌了其清廉正直的品格節操，廉潔奉公的韋貫之也成爲後世士人參政實踐中的一個參照系。

唐代是中國歷史上一個幅員遼闊、民族眾多、大一統的封建帝國，在唐代 300 多年裏，眾多御史積極參政、議政，紛紛建言獻策，在朝廷政治生活中發揮了極其重要的作用，功不可沒。唐代御史的公文創作吸收了先秦散文的許多優點，將其發揚光大，又形成自己的特點，在唐王朝政治生活中發揮了重要作用，至今仍有積極的借鑒意義。

第二節　唐代御史公文對後世的影響

一、唐代御史的文學創作豐富了中國廉政文化

中華民族有著悠久，燦爛的文化傳統，在漫長的歷史長河中，我們的祖先總結出了深刻的治國安邦的歷史經驗，形成了源遠流長、內涵豐富的中國廉政文化。「中國古代廉政文化就是古代政治家、思想家和社會大眾在長期的歷史發展過程中創造、實踐、并形成的廉政制度建設的思想、廉政行爲的道德規範意識、社會評價，廉政時代與廉政人物頌揚與傳播的藝術方式等方面的總和。」〔註 34〕應該承認，由於封建國家專制政體固有的劣根性和剝削階級的固有本質，唐代統治者的政策也是仁政少而苛政多，其官場也是貪者多而廉者寡。然不可否認的是，唐代的確出現了一些直言敢諫、執法如山、恤民位本、不畏強權的監察官，他們對中國廉政文化作出了貢獻。

「廉政」一詞，「廉」是指爲官的品德，「政」同「正」，是指做官必須公平正義。《論語》裏記載了孔子關於「政」的詮釋，孔子在回答季康子問「政」時說：「政者正也。子帥以正，孰敢不正？」說的是政治的根本要義就是公正無私、光明磊落，如果領導者帶頭做到公正無私，那麼其下屬官員就不敢以

〔註 33〕後晉・劉昫：《舊唐書》卷一五八《韋貫之傳》，第 4173～4175 頁。
〔註 34〕卜憲群：《論中國古代廉政文化的發展道路與歷史價值》，見周國富主編：《廉政文化論壇文集》，中國社會科學出版社 2006 年版，第 142 頁。

權謀私。可見古代「廉政」一詞就包涵了官吏自身要清正廉潔的內涵。既爲官，就要做到清正廉潔，這也是古代思想家和開明政治家的一貫主張。在中國古代廉政文化的發展、演變過程中，唐代御史活動積累了正、反兩方面的經驗和教訓。

「冰壺」意象，在唐代廉政文化中具有特殊的涵義。開元時期賢相姚崇垂誡官吏廉潔奉公，像冰壺一樣的內清外潤，其《冰壺賦》序云：

> 冰壺者，清潔之至也。君子對之，示不忘乎清也。夫洞澈無瑕，澄空見底。當官明白者有類是乎！故內懷冰清，外涵玉潤，此君子冰壺之德也。〔註 35〕

賦的最後有銘，銘文的最後幾句云：

> 嗟爾在位，祿厚官尊，固當聳廉勤之節，塞貪競之門。冰壺是對，炯誡猶存。以此清白，遺其子孫。〔註 36〕

無疑，《冰壺賦》是盛唐時期澄清吏治的指導文件，爲官吏和士大夫所熟讀，而且連考試也以此爲題目。王維有一首詩，題爲《賦得清如玉壺冰》，注曰：「京兆府試，時年十九。」〔註 37〕《文苑英華》有佚名《玉壺冰賦》，題下注云：「以堅白貞虛，作人之則爲韻。」今《全唐文》存陶翰、崔損《冰壺賦》各一篇，兩篇律賦均有題下注：「以清如玉壺冰，何慚宿昔意爲韻。」〔註 38〕王季友《鑒止水賦》題下注云「以澄虛納照遇象分形爲韻。」〔註 39〕這四篇篇賦顯然都是考試時作的限韻的律賦。可以說，《冰壺賦》其文本固有的廉政價值與文學價值是其成爲經典的基礎。而唐代科舉制度與文學家的推崇以及當時審美風尚、社會風氣等外在因素對《冰壺賦》經典地位的形成都產生了重要的作用，「冰壺」遂成爲唐代廉政文化的一個經典，比喻爲官廉潔清正。

唐詩中「冰壺「意象，多與廉政相關，如李白《贈清漳明府侄聿》：「白玉壺冰水，壺中見底清。清光洞毫髮，皎潔照群情。趙北美佳政，燕南播高名。」〔註 40〕崔顥《澄水如鑒》：「對泉能自誡，如鏡靜相臨。廉慎傳家政，

〔註 35〕唐・姚崇：《冰壺賦並序》，《全唐文》卷二〇六，第 1245 頁。
〔註 36〕參見施蟄存：《唐詩百話》，上海古籍出版社 1987 年版。
〔註 37〕陳鐵民：《王維集校注》卷一，中華書局 1997 年版，第 19 頁。
〔註 38〕分見《全唐文》卷三三四，第 2009 頁；卷四七六，第 2881 頁。
〔註 39〕清・徐松等：《全唐文》卷四四一，第 2671 頁。
〔註 40〕清・王琦注：《李太白全集》卷九，第 497 頁。

流芳合古今。」〔註41〕盧綸《清如玉壺冰》有句云：「玉壺冰始結，循吏政初成。」〔註42〕王季友，廣德二年（764年）入江西觀察使兼洪州刺史李勉幕，尋兼監察御史，亦有《玉壺冰》詩：

玉壺知素結，止水復中澄。堅白能虛受，清寒得自凝。

分形同曉鏡，照物掩宵燈。壁映圓光入，人驚爽氣淩。

金罍何足貴，瑤席幾回升。正值求珪瓚，提攜共飲冰。〔註43〕

「珪瓚」本為美玉之代稱，「正值求珪瓚」是說朝廷正在廣求賢能之士，「提攜共飲冰」則以冰壺自喻，頗為新奇。殷璠評王季友詩「愛奇務險，遠出常情之外。」〔註44〕於斯亦可窺見。可見唐代御史以其創作的實績豐富了唐代廉政文化。

唐代一些御史作有廉政詩、自律詩、斥貪詩等等，這些詩歌成為中國廉政文化的一個有機組成部分。白居易《紫毫筆》小序云「譏失職也。」是專門對唐代御史進行規諫，要求其忠於職守的廉政詩：

紫毫筆，尖如錐兮利如刀。

江南石上有老兔，吃竹飲泉生紫毫。宣城之人採為筆，

千萬毛中揀一毫。毫雖輕，功甚重。管勒工名充歲貢，

君兮臣兮勿輕用。勿輕用，將何如，願賜東西府御史，

願頒左右臺起居。搦管趨入黃金闕，抽毫立在白玉除。

臣有奸邪正衙奏，君有動言直筆書。起居郎，侍御史，

爾知紫毫不易致。每歲宣城進筆時，紫毫之價如金貴。

慎勿空將彈失儀，慎勿空將錄製詞。〔註45〕

要求御史「慎勿空將彈失儀，慎勿空將錄製詞」，切實發揮監察職責，全詩充滿正氣，至今讀起來發人深思。

晚唐詩人李商隱，有過長期的御史經歷，曾擔任過殿中侍御史。這段經歷對李商隱的人格、思維都產生了深遠影響，其《詠史》云：

歷覽前賢國與家，成由勤儉破由奢。

〔註41〕清・彭定求：《全唐詩》卷一三〇，第1330頁。

〔註42〕清・彭定求：《全唐詩》卷二八〇，第3190頁。

〔註43〕清・彭定求：《全唐詩》卷二五九，第2891頁。

〔註44〕唐・殷璠：《河嶽英靈集》，見《唐人選唐詩十種》，上海古籍出版社1978年版。

〔註45〕清・彭定求：《全唐詩》卷四二七，第4708頁。

何須琥珀方爲枕，豈得眞珠始是車。

運去不逢青海馬，力窮難拔蜀山蛇。

幾人曾預南薰曲，終古蒼梧哭翠華。〔註46〕

詩人深刻總結了歷代興衰的經驗教訓，道出了「成由勤儉敗由奢」的深刻哲理，引人深思，千百年來，已經成爲中國廉政文化的名作。

晚唐詩人杜荀鶴，號九華山人，池州石埭（今安徽省石臺縣）人。他屢試不第，到四十五歲時（891）中爲進士，曾在宣州辟爲從事，擔任御史職務。他在長期落魄和窮困的生活中，對社會現實深有不滿，對人民的疾苦有一定的瞭解。因此，他前期的詩歌有一些諷刺時事，揭露社會黑暗和同情人民的作品。他的名作《再經胡城縣》云：

去歲曾經此縣城，縣民無口不冤聲。

今來縣宰加朱紱，便是生靈血染成。〔註47〕

胡城縣，在今安徽省阜陽西北。這是一首反映民間疾苦的詩。前兩句寫「初經」，那時縣宰還沒有「加朱紱」，已經是「縣民無口不冤聲」；後兩句寫「再經」，此時縣宰已「加朱紱」。憑什麼「加朱紱」呢，一個怨聲載道的官吏還能有什麼「政績」嗎，那「政績」可能就是對民怨沸騰的鎮壓，「便是生靈血染成」，可見的確如此。一個用「生靈」的血來染自己「朱紱」的官吏，無疑比豺狼還要兇惡，而更可怕的是，朝廷則是靠這樣的官吏來統治人民，人民將面臨什麼樣的災難？詩人沒有直接說出，而讀者已毛骨悚然！

晚唐詩人曹鄴，曾有過御史經歷，他寫過一首流傳很廣的《官倉鼠》：

官倉老鼠大如斗，見人開倉亦不走。

健兒無糧百姓饑，誰遣朝朝入君口！〔註48〕

《詩經・碩鼠》曾用大老鼠比喻剝削者，曹鄴借用比興的藝術手法，用官倉鼠比喻貪官污吏，並對其進行了辛辣的諷刺和抨擊，對造成這種現象的封建社會進行了無情的譴責。至於唐代御史的彈劾文、諫諍文等，多數奏議氣勢充沛，感情強烈，大義凜然，直吐肺腑，無意爲文而文自然而工，具有說服力和感染力，是古代廉政文學作品的典範之作。此外，唐代不少御史以自己的實際監察行動，把個人的生存價值與國家、民族的興衰、存亡密切聯繫在

〔註46〕清・彭定求：《全唐詩》卷五三九，第6163頁。
〔註47〕清・彭定求：《全唐詩》卷六九三，第7977頁。
〔註48〕清・彭定求：《全唐詩》卷五九二，第6866頁。

一起，勇敢地承擔起匡時濟世、拯救民族危亡之重任，在中國廉政文化史上閃耀著奪目的光彩。

彈劾文的大量出現是在唐代，《文選》卷四○雖有「彈劾文」一格，但收眞正意義上的彈劾文僅二篇，分別是任彥升《奏彈曹景宗》、《奏彈劉整》和沈休文的《奏彈王源》。〔註 49〕《文苑英華》中則專門設有「彈劾文」一卷，表明彈劾文文體地位的確立和成熟。

作爲古代監察公文的重要文體，唐代御史彈劾奸佞的戰鬥檄文，對後世有著深遠影響。在國家危亂之際，總有一批監察官拍案而起，彈劾奸佞。唐代御史的彈劾文自然成爲他們學習的對象，後世彈劾文強悍使氣、情感激越、慷慨激昂，在精神氣質和寫作手法上都與唐代彈劾文一脈相承。宋代臺諫系統承擔著「制奸之謀於未萌，防政令之失於未兆」的重任，彈劾奸佞屢見不鮮，如趙抃，任殿中侍御史時，「彈劾不避權貴，舉賢不擇布衣」，有「鐵面御史之稱，陳昇之出任樞密副使，趙抃一連上二十餘篇彈文彈劾。崇寧以後蔡京橫行一時，但臺諫對其彈劾幾乎從未中斷過，有案可查的即有陳師錫、陳瓘、豐稷、江公望、毛注、石公弼、黃褒光、張克公、張汝明、洪彥昇、王安中、廖剛、陳過庭、李會、黃元暉等。〔註 50〕

明代彈劾文數量頗巨，實在難以精確統計。韓宜可、李夢陽、湯顯祖、王恕、章僑、陸粲、楊漣等都有過監察官經歷，楊漣等還是著名監察官。天啓時期，面對閹黨魏忠賢的倒行逆施，都察院左副都御史楊漣上《糾參逆黨疏》，無情揭露了魏閹「顚倒銓政，撥弄機權」；「橫行宮內，謀害妃嬪」等二十四條罪狀，要求對其嚴懲。後楊漣被魏閹嚴刑拷問、冤死獄中，但其光明磊落、精忠報國的精神卻永垂青史。

清代仍然有不少監察官忠於職守、認眞履行監察官職責，書寫了可歌可泣的監察壯舉，安維峻堪稱其中楷模。中日「馬關條約」簽訂後，任都察院福建道監察御史的安維峻上《請誅李鴻章疏》，此疏開頭提出請誅李鴻章，「以尊主權而平眾怒」。歷數李鴻章禍國殃民之罪行：先是「自恐寄頓倭國之私財付之東流」，避戰求和；其次「接濟倭賊煤火軍火，……而於我軍前敵糧餉火器，則故意勒掯之。」「有言戰者，動遭呵斥」，「聞敗則喜，聞勝則怒」；李鴻章的嫡系「淮軍將領，望風希旨，未見賊先退避，偶遇賊即驚潰。」然後

〔註 49〕梁・蕭統編、唐・李善注：《文選》，嶽麓書社 2002 年版，第 1235～1247 頁。
〔註 50〕見虞雲國：《宋代臺諫制度研究》，上海書店出版社 2009 年版，第 120 頁。

筆鋒一轉，「皇太后既歸政皇上矣！若猶遇事牽制，將何以上對祖宗，下對天下臣民？」，懇求光緒帝明正其罪，「布告天下，如是而將士不奮興，倭賊有不破滅者，即請斬臣，以正妄言之罪。」〔註 51〕此疏語言犀利、指斥佞臣，毫不留情，震驚了當時的朝野，安維峻也被譽爲「隴上鐵漢」。我們雖不能說他們的所作所爲就一定來自唐代御史公文的影響，但其中潛移默化的影響效果則是無疑的。

中國監察史上，唐代御史的諍臣意識對後世影響頗大。唐代以後，在歷代王朝興衰交替之時，如兩宋之際、宋元之際、明清之際，國家、民族內憂外患嚴重，總有一批又一批的名臣志士，以奏議爲武器，或呼籲禦侮救國；或指陳時弊、彈劾奸邪；或捨身救法、爲民請命；前仆後繼，一脈相承。如宋代宗澤《乞勿割地予金人疏》、李綱《上高宗十議箚子》、胡銓《戊午上高宗封事》、陳東《登聞檢院上欽宗皇帝書》、《上高宗皇帝第一書》、汪藻《行在越州條具時政疏》、陳亮《上孝宗皇帝第一書》，均堪稱抗敵禦侮的檄文，千百年來，令人想起其抑塞磊落之氣。明代葉伯巨《萬言書》、何孟春《陳萬言以俾修省疏》、李夢陽《應詔上疏》、劉宗周《痛憤時艱疏》，明代大臣海瑞上《治安疏》前，先備下棺木、訣別妻兒、遣散童僕、直言極諫、視死如歸。清代林則徐《錢票無甚關礙宜重禁吃煙以杜弊源片》、康有爲《公車上書》等，至今閃耀著熠熠光彩。這些仁人志士「先天下之憂而憂」，以文諫政，表達自己對國家前途命運的關注，對民生疾苦的同情，對時弊的指責批評。特別是林則徐於道光十八年（1838 年）上奏《錢票無甚關礙宜重吃煙以杜弊源》，指出鴉片流毒於天下，「若猶泄泄視之，是使數十年後，中原幾無可以禦敵之兵，且無可以充餉之銀，興思及此，能無股栗！」〔註 52〕這振聾發聵般的警示，無論是在無意識的情感基調上，還是在以天下爲己任的價值觀念上，都是近代志士對傳統士大夫「諍臣意識」的繼承和超越。

當然，唐代御史制度演進中，也發生過酷吏殘酷鎮壓異己，御史淪爲皇權專制工具的事件，其教訓異常深刻，但他們並不代表唐代御史群體的主流。就總體而言，唐代御史對中國廉政文化的貢獻是主要的。

近年來，我國在大力加強廉政制度建設的同時，廉政文化建設也日益引起了人們的關注。儘管人們對廉政文化的內涵認識還不盡相同，但是以廉政

〔註 51〕聶大受、霍志軍：《隴右文學概論》，蘭州大學出版社 2007 年版，第 200 頁。
〔註 52〕清・林則徐：《林則徐集・奏稿》，中華書局 1965 年版。

文化來推動廉政建設並以此來拓寬廉政問題的研究無疑已經成爲大家的共識。中國古代廉政文化源遠流長，是祖先留給我們的一筆珍貴歷史遺產。如何批判地繼承、借鑒、吸收中國古代廉政文化的有益成分，爲建設富有生機與活力的當代廉政文化做出貢獻，是一個具有深遠歷史意義和重大現實意義的課題。在此方面，唐代御史對古代廉政文化的貢獻，値得今人認眞總結和批判繼承。

二、唐代御史公文對後世文學創作的影響

唐代御史公文對後世奏議、政論、散文、小說創作都有著不同程度的影響。

唐代御史的諫政詩對後代影響頗巨，這主要是通過詩人的創作目的與創作宗旨體現出來的。唐代一些御史以詩諫政，自覺地以詩歌創作來補充奏議不便言說的民生眾相和社會問題，元稹就是一個典範代表人物。元稹是監察御史，「稹性鋒鋭，見事生風。既居諫垣，不欲碌碌自滯，事無不言，即日上疏論諫職。」〔註 53〕他有諫諍的職責，不但寫作奏章，所論「皆朝之大政」，還以詩諫政，以表達奏議「難以指言」之處。他把詩歌創作作爲一種特殊的奏議，或「雖用古題、全無古義」；或「頗同古義、全創新詞」，〔註 54〕並鮮明地提出「直其詞以示後。」〔註 55〕自覺地以詩歌創作爲政教服務，有些諫政詩是直接封建最高統治者的，如「寢醒閽報門無事，子胥死後言爲諱。」〔註 56〕「御馬南奔胡馬蹙，宮女三千合宮棄。宮門一閉不復開，上陽花草青苔地。」〔註 57〕所以，其諫政詩現實性、批判性都很強烈。唐代御史的這種憂患意識，影響後世詩人體恤民情，不事權貴，關心民瘼，創作了頗多憂國憂民的詩篇。宋代范仲淹「江上往來人，但愛鱸魚美。君看一葉舟，出沒風波裏。」范成大「採菱辛苦廢犁組，血指流丹鬼質枯。無力買田聊種水，近來湖面亦收租。」清代鄭板橋「衙門臥聽蕭蕭竹，疑是黎民疾苦聲。些小吾曹州縣吏，一枝一葉總關情。」等都是這種精神的繼承與發展。他們筆下，不同於一般文人士大夫的附庸風雅和閒情

〔註 53〕後晉・劉昫：《舊唐書》卷一六六《元稹傳》，第 4327 頁。
〔註 54〕唐・元稹：《樂府古題序》，見《全唐詩》卷四一八，第 4604 頁。
〔註 55〕唐・元稹：《和李校書新題樂府十二首》，《全唐詩》卷四一九，第 4615 頁。
〔註 56〕唐・元稹：《冬白紵》，《全唐詩》卷四一八，第 4605 頁。
〔註 57〕唐・元稹：《上陽白髮人》，《元稹集》卷二四，第 278 頁。

逸致之作，也較少看到「吟花弄月」的「雅作」，多是些浸蘸淚水的「墨水無多淚點多」的憂民之作。

唐代御史李華是廳壁記寫作的「聖手」，其廳壁記創作對韓、柳古文運動的影響是深刻、易見的，對宋代廳壁記創作亦有影響，形成中國文學史上廳壁文化、廳壁文學，如宋代王禹偁《待漏院記》，從正反兩方面的對比中提出自己理想的政治模式，君王獨斷而無爲於上，百官分職而勤劬於下，而作爲其間樞紐的，就是宰相。不過，在現實政治中，奸相多而賢相少，庸相爲數尤眾，「是知一國之政，萬人之命，懸於宰相，可不愼歟？復有無毀無譽，旅進旅退，竊位而苟祿，備員而全身者，亦無所取焉。」如將這篇廳壁記與李華《御史大夫廳壁記》、《御史中丞廳壁記》相對照，可以看出《待漏院記》對前人的繼承、借鑒之跡甚爲顯明。

判文文體雖然在唐代以前早已出現，但唐前遺留下來的判只有寥寥數道，判文文體的成熟是在唐代。《文苑英華》卷 503 至卷 552 共 50 卷全錄判文，共分乾象、律曆、歲時、雨雪、儺、水旱、災荒、禮樂、師學、勤學、惰教、師歿、直講、教授、文書、書、數、射、投壺、圍棋、射御、選舉、禮賓、祭祀、喪禮、刑獄、田農、田稅、溝渠、堤堰、陂防、戶貫、帳籍、商賈、傭賃、封建、拜命、請命、職官、爲政、縣令、曹官、小吏、繼嗣、封襲、孝感、畋獵、鹵簿、刻漏、印鑒、枕鉤、軍令、衣冠扇、食官、酒、器、炭槁瓦、國城、官宅、牆井、關門、道路、錢帛、玉璧、果木、鳥獸、易卜、病疾、妖言、巫夢，雜判、雙關等。可見唐代判文的內容相當豐富，包含了社會生活的方方面面，它說明唐代法制的成熟與完備，是中華法系存在和發展的標誌之一。同時，唐代判文內容多是地方事務或案件，也反映出唐代中下層社會的民間法、民間習慣法。

吳承學認爲，在判文盛行的唐代，判文對敘事文學已經產生某種潛在的影響。現存文獻中所能看到的以判案寫成敘事文學作品的是敦煌俗賦《燕子賦》，它以民間流傳的燕雀爭巢、鳳凰判決的故事爲題材。「這篇作品在形式上非常突出的特點是始終是圍繞著鳳凰的兩道判來展開情節的，判是整篇作品的關鍵，起著舉足輕重的作用，這種形式發展到後來的擬判體小說。」〔註 58〕

張鷟的《龍筋鳳髓判》在唐代已流傳甚廣，《舊唐書》載張鷟「凡四參選，判策爲銓府之最。員外郎員半千謂人曰：『張子之文如青錢，萬簡萬中，未聞

〔註 58〕吳承學：《唐代判文文體及源流研究》，見《文學遺產》1999 年第 6 期。

退時。』時流重之，目爲『青錢學士』。」〔註 59〕張鷟被目爲「青錢學士」，重要原因是他是製作判文的大手筆。張鷟之名還遠播異域，久視中，太官令馬仙童陷突厥中，默啜問曰：「文成何在抬此人何不足用抬」又新羅，日本國前後遣使入貢，多求文成文集歸本國。其聲名遠播如此。〔註 60〕

宋元明各朝，判文的寫作仍受到歷代士人的重視，明代徐師曾在《文體明辯序說》中將「判」分爲科罪、評允、辯雪、番異、判罷、判留、駁正、駁審、末減、案寢、案候、褒嘉十二類，〔註 61〕可見判文文體至明代而臻完備之境。唐代以後，「判詞進入敘事文學，與公安小說相互影響，產生了書判體公案小說這種跨文體的新型作品。」〔註 62〕如《廉明公案》、《詳刑公案》、《律條公案》等。頗見創作者才情、屬於純粹文學美文的判詞，亦時見於明清小說中，諸如《醒世恒言》卷八《喬太守亂點鴛鴦譜》中喬太守的判文，《聊齋誌異》中《席方平》二郎的判，溫汝適《嫌貧害婿》中的判詞等等，均可視爲由唐代判文中化育而出。

此外，唐代御史的謝表、狀等一些上行公文，對後世相應文體的創作亦有著不同程度的影響。

第三節　唐代御史公文的當代借鑒

長期以來，學界對唐代散文特別是應用性公文研究嚴重不足，一般認爲此類應用性文體的文學價值、文化內涵相對不足，似乎無深入研究之必要。近年來，隨著文體研究的進展，學界對各種應用性文體關注稍多，但相對於唐詩、唐傳奇、唐五代詞等的研究，唐代應用性文體的研究仍然嚴重滯後，這不利於唐代文學研究的深入。事實上，唐代御史公文中不少思想哲理和治國方略至今仍有其生命力，值得汲取和借鑒。一些優秀的奏御史公文，仍然能給人以精神的激勵和滋補，以寫作方法和技巧上的啓示和借鑒。筆者認爲，唐代御史公文的當代借鑒意義主要表現爲以下幾點。

〔註 59〕後晉・劉昫：《舊唐書》卷一四九《張薦傳》，第 4023～4024 頁。

〔註 60〕唐・莫休符：《桂林風土記》，影印文淵閣四庫全書本。

〔註 61〕明・徐師曾著，羅根澤點校《文體明辨序說》，人民文學出版社 1998 年版，第 127 頁。

〔註 62〕苗懷明：《中國古代公案小說史論》，南京大學出版社 2005 年版，第 330～331 頁。

一、執法如山、鐵面無私的政治節操

唐代御史群體中雖然有一些奸佞、勢利之徒，但他們不代表御史的全部，事實上，唐代御史群體中不乏執法如山、鐵面無私；直言讜論、敢說眞話；關心民瘼、爲民請命者。

古代中國，是一個等級森嚴、特權強勢的封建社會，在這種社會形勢下，任何官員欲秉公執法，就不可避免地要觸犯各個特權階層的利益。而觸犯邪惡勢力的利益，必然招致他們的打擊報復，甚至招來殺身之禍。唐代御史執法如山、鐵面無私的政治節操，使他們面對惡勢力拍案而起，不屈不撓地與之鬥爭。挺身而出爲百姓主持公道，洗雪冤曲。

永徽元年（650 年），當時中書令褚遂良賤買中書譯語人地，監察御史韋思謙起而彈劾，大理少卿張睿冊威懾於褚遂良的淫威，以爲準估無罪。韋思謙又上《劾張睿冊迴護褚遂良斷判不當奏》：

> 遂良賤買宅地，睿冊準估，斷爲無罪。然估價之設，屬國家所須，非關臣下之事；私自交易，豈得准估爲定！睿冊舞弄文法，附下罔上，罪在當誅。〔註 63〕

在韋思謙的堅持彈劾下，褚遂良終被貶爲同州刺史。在監察官職位上，韋思謙曾說過「大丈夫當正色之地，必明目張膽以報國恩，終不能爲碌碌之臣保妻子耳」的錚錚誓言，在具體的監察實踐中，他也是正色立朝，以其忠誠去做正義的捍衛者，以其剛正捍衛著法律的尊嚴。這篇彈文，寫得氣盛言宜，充分體現了韋思謙鐵面無私，執法如山的政治節操。

永徽二年（651 年），華州刺史蕭齡之在廣州都督任上貪贓枉法事敗露後，朝廷制付群官集議，眾人面面相覷，誰也不肯得罪這位當朝大老。獨御史唐臨起而彈劾：

> 臣聞國家大典，在於賞刑，古先聖王，惟刑是恤。《虞書》曰：「罪疑惟輕，功疑惟重，與其殺弗辜，寧失弗經。」《周禮》：「刑平國用中典，刑亂國用重典。」天下太平，應用堯舜之典。比來有司，多行重法，敘勳必須刻削，論罪務從重科，非是憎惡前人，止欲自爲身計。今議蕭齡之事，有輕有重，重者流死，輕者請除名。以齡之受委大藩，贓罪狼藉，原情取事，死有餘辜。然既遣詳議，終須

〔註 63〕唐·韋思謙：《劾張睿冊迴護褚遂良斷判不當奏》，《全唐文》卷一八六，第 1130 頁。

近法，竊惟議事群官，未盡識議刑本意。律有八議，並依《周禮》舊文，矜其異於眾臣，所以特製議法。禮：王族刑於隱者，所以議親；刑不上大夫，所以議貴。明知重其親貴，議欲緩刑，非爲嫉其賢能，謀致深法。今議官多於刑法之外，議令入重，正與堯舜相反，不可爲萬代法。臣既處法官，敢不以聞！〔註 64〕

唐代良吏楊瑒，「開元初，遷侍御史。時崔日知爲京兆尹，貪暴犯法，瑒與御史大夫李傑將糾劾之。傑反爲日知所構，瑒廷奏曰：『糾彈之司，若遭恐脅，以成奸人之謀，御史臺固可廢矣。』上以其言切直，遂令傑依舊視事，貶日知爲歙縣丞。」〔註 65〕這些廉吏的行爲，體現了法制的精神，他們懲治貪贓枉法的貪官和違法橫行的壞人，維護了社會公平正義。如果沒有他們鐵面無私、執法如山的正義行爲，不執行法律，徇私枉法和執法不嚴便大行於道，法律就成了一紙空文。

這些奏議雖是傚忠皇帝、爲封建統治的長治久安著想的，但在客觀上有利於社會的發展，符合廣大人民的根本利益和願望，有歷史進步意義，懲治貪官污吏和不法權貴，打擊各種犯罪行爲，是利國利民的正義行爲，體現了人民對平等和公平的要求，符合人民的法制觀念。體現了遵法守法，違法必究，嚴格和公正執法的法律觀念，是政治文明的積極成果。可以批判地吸收。

在封建專制社會中，不畏強權、鐵面無私常常得罪權貴而丟官，甚至可能會付出坐牢、殺頭的代價，唐代王義方、楊孚、韋思謙、蕭至忠、李傑、殷永等均因執法公正而受到權貴的打擊報復。連唐睿宗亦無可奈何地歎道：「鷹搏狡兔，須急救之，不爾須反爲所噬，御史繩奸佞亦然。苟非人主保衛之，則亦爲奸佞所噬矣。」〔註 66〕但唐代仍然有不少正直愛國、承擔社會道義的御史，並沒有因此被嚇倒、退卻，他們不避風險，不畏強權，不怕播遷，成爲我國士人的優良傳統。雖然有的人書生意氣，見解有迂執偏頗之處，但其光明磊落的胸懷，不畏強暴的氣概，敢作敢爲的個陸，堅貞不屈的品格，千百年來受到人們的敬仰和稱讚，不愧是後人學習的典範。

今天，市場經濟的發展，帶來了社會生活和思想、文化觀念和許多積極變化，但也出現了貪污腐敗、拜金主義、享樂主義等消極的東西，某些腐朽、

〔註 64〕唐・唐臨：《議蕭齡之罪狀奏》，《全唐文》卷一六二，第 996 頁。
〔註 65〕後晉・劉昫：《舊唐書》卷一八五下《良吏下・楊瑒傳》，第 4819～4820 頁。
〔註 66〕宋・司馬光：《資治通鑒》卷二一〇「唐紀二六」，第 2573 頁。

落後的思想觀念借經濟轉軌和社會結構轉型沉渣泛起，懲治腐敗、整頓吏治已成爲時代的最強音。唐代御史清廉的操守和正直的品格，無疑是社會正面的價值取向，是我們當代廉政建設中可資借鑒的資源之一。他們對腐敗所造成國破家亡危害性的深刻剖析及執法如山、鐵面無私的政治節操，仍對我們今天有著借鑒和警示的意義。

二、犯言直諫、敢說眞話的政治膽略

在古代封建社會，皇帝高居權力金字塔的頂端，對臣下有生殺予奪的大權，逆龍鱗，忤人主，有時會付出生命代價。唐太宗在《貞觀政要·求諫》中說：「臣欲進諫，輒懼死亡之禍，夫與赴鼎鑊、冒白刃，亦何異哉抬故忠貞之臣，非不欲竭誠者，敢竭誠者，乃是極難。」〔註 67〕連皇帝都感到進諫極難，遑論一般朝臣。然唐代御史群體中正直無私，不怕丟官、坐牢、殺頭者大有人在。唐代御史公文一個顯著特點便是語言直率激切，甚至相當尖刻。中宗神龍年間，官吏任用頗濫，一些違法亂紀的官員，往往轉而出任地方官職，危害甚大，御史中丞盧懷愼上疏諫諍道：

> 夫冒於寵賂，侮於鰥寡，爲政之蠹也。竊見内外官有賕餉狼藉，剝剝蒸人，雖坐流黜，俄而遷復，還爲牧宰，任以江、淮、嶺、磧，粗示懲貶，内懷自棄，徇貨掊貲，訖無悛心。明主之於萬物，平分而無偏施，以罪吏牧遐方，是謂惠奸而遺遠。遠州陬邑，何負聖化，而獨受其惡政乎？邊徼之地，夷夏雜處，憑險恃遠，易擾而難安；官非其才，則黎庶流亡，起爲盜賊。由此言之，不可用凡才，況猾吏乎？臣請以贓論廢者，削跡不數十年，不賜收齒。《書》曰「旌別淑慝」，即其誼也。〔註 68〕

神龍年間，武后時期酷吏橫行造成的影響猶在，且政局混亂，朝臣各個明哲保身，無復多言。而盧懷愼卻能犯言直諫，敢於揭露弊政，其作爲監察官的政治良心、政治膽略令人敬仰！

《舊唐書》卷一八五載，楊瑒「開元初遷侍御史。時崔日知爲京兆尹，貪暴犯法。瑒與御史大夫李傑將糾劾之。傑反爲日知所構，瑒廷奏曰：『糾彈

〔註 67〕唐·吳兢著、謝保成集校：《貞觀政要集校》卷二《求諫第四》，中華書局 2003 年版，第 88 頁。

〔註 68〕宋·歐陽修：《新唐書》卷一二六《盧懷愼傳》，第 4417 頁。

之司，若遭恐脅，以成奸人之謀，御史臺固可廢矣。』」〔註 69〕從楊瑒的口氣看，不像是對皇帝諫諍，反而像是質問皇帝。反問、感歎語氣的運用，又加重了這種感受和感慨。楊瑒疏直激切之讜言豪論，迫使唐玄宗改變主意，「遽令傑依舊視事，貶日知爲歙縣丞。」當時，御史中丞宇文融奏括戶口，議者或以爲不便，敕百僚省中集議。時融方在權要，公卿已下，多雷同融議，瑒獨與盡理爭之。」初盛唐御史這種直言讜論、敢說眞話的文風，於中晚唐政局衰敗之際，在薛存誠、顏眞卿、韓愈、元稹等御史的奏議中一再出現，如唐代宗即位，「時元載引用私黨，懼朝臣論奏其短，乃請百官凡欲論事，皆先白長官，長官白宰相，然後上聞。」針對此事，顏眞卿上疏曰：

郎官、御史，陛下腹心耳目之臣也。故其出使天下，事無鉅細得失，皆令訪察，迴日奏聞，所以明四目、達四聰也。今陛下欲自屏耳目，使不聰明，則天下何述焉。……

臣聞太宗勤於聽覽，庶政以理，故著《司門式》云：「其有無門籍人，有急奏者，皆令監門司與仗家引對，不許關礙。」所以防壅蔽也。並置立仗馬二匹，須有乘騎便往，所以平治天下，正用此道也。天寶已後，李林甫威權日盛，群臣不先諮宰相輒奏事者，仍託以他故中傷之，猶不敢明約百司，令先白宰相。又閹官袁思藝日宣詔至中書，玄宗動靜，必告林甫，先意奏請，玄宗驚喜若神。以此權柄恩寵日甚，道路以目。上意不下宣，下情不上達，所以漸致潼關之禍，皆權臣誤主，不遵太宗之法故也。凌夷至於今日，天下之蔽，盡萃於聖躬，豈陛下招致之乎？蓋其所從來者漸矣。自艱難之初，百姓尚未凋蔽，太平之理，立可便致。屬李輔國當權，宰相專政，遞相姑息，莫肯直言。大開三司，不安反側，逆賊散落，將士北走黨項，合集士賊，至今爲患。僞將更相驚恐，因思明危懼，扇動卻反。又今相州敗散，東都陷沒，先帝由此憂勤，至於損壽，臣每思之，痛切心骨。

……朝廷開不諱之路，猶恐不言，況懷厭怠，令宰相宣進止，使御史臺作條目，不令直進。從此人人不敢奏事，則陛下聞見，只在三數人耳。天下之士，方鉗口結舌，陛下後見無人奏事，必謂朝

〔註 69〕後晉・劉昫：《舊唐書》卷一八五《良吏下・楊瑒傳》，第 4819 頁。

> 廷無事可論，豈知懼不敢進，即林甫、國忠復起矣。凡百臣庶，以為危殆之期，又翹足而至也。如今日之事，曠古未有，雖李林甫、楊國忠猶不敢公然如此。今陛下不早覺悟，漸成孤立，後縱悔之無及矣！〔註 70〕

顏眞卿的監察意識頗爲濃厚，其中進士後，先後四爲監察御史，又遷殿中侍御史、侍御史等。這些監察官的經歷，使他在上疏中直陳朝廷之弊，敢說眞話，語無規避。

中國知識人特別注重精神修養，「主要是爲了保證『道』的莊嚴和純一。內向超越的中國知識人，既沒有教會（church）可以依靠，也沒有系統的『教條』（dogmas）可資憑藉。所以『道』的唯一保證，便是每一個知識人的內心修養。」〔註 71〕「文死諫、武死戰。」「藥不毒不可以觸邪，詞不切不可以禆過。」〔註 72〕這是唐代御史犯言直諫、敢說眞話人格的生動寫照，它已經鎔鑄爲中華民族精神的一個組成部分，成爲激勵後人樹立高尚情操的思想基礎。知識分子一旦入仕爲官，就要有一種責任感，有爲國家捨命的精神和勇氣。在此方面，相信唐代正直御史的從政實踐能給現代人以有益的啓迪。

三、御史公文對當代公文寫作仍具有較大借鑒意義

唐代不少御史具有較高的文學修養，一些御史如張鷟、王維、高適、韓愈、元稹、柳宗元、劉禹錫、李翱、李商隱、杜牧等人，更是政治家、文學家兼於一身，不少人兼擅眾體，頗多政論、詩賦、傳奇、碑文等文體傳世。這在學科分類越來越細的今天，覺得不可思議，甚至高不可攀，然而，在當時文史哲未分的時代，其出現卻具有一定的必然性。由於監察工作的複雜性，嚴肅性，御史之成敗榮辱往往繫於一文，所以御史公文的創作莫不因事命篇，循體成事，妙運文心，精心結撰，在藝術技巧方面，對現代公文寫作具有很好的啓示和借鑒作用。

一是公文應切中事理，切忌空泛。公文是應用性很強的文體，要求解決

〔註 70〕清・徐松：《全唐文》卷三三六，第 2024 頁。

〔註 71〕余英時：《士與中國文化》，上海人民出版社 2003 年版，第 618 頁。

〔註 72〕《大唐新語》記載，柳澤，睿宗朝爲侍御史，時「太平公主用事，奏斜封官復舊職，上疏諫曰：『藥不毒不可以觸邪，詞不切不可以禆過。』」見《大唐新語》，泰山出版社 1999 年版，第 121 頁。史家謂之「新語」，可見是唐代監察官的特里傑出風範。

實際政治生活中的具體問題，必須有很強的針對性，不能泛泛而談。這些都可以從御史公文中得到借鑒。劉勰《文心雕龍奏啓》云：「奏之爲筆，以明允篤誠爲本，辨析疏通爲首。」綜觀唐代御史公文，涉及諫諍、彈劾、判文、謝表等等，內容廣泛，一個共同的特點是寫得理實氣足，鞭闢入裏，多使用具體事例，運用排比史實、徵引經典、對比分析等方法，以加強文章的說服力。多方論證，說理充分，具有很強的可行性、可操作性。如馬周《陳時政疏》、《請簡擇縣令疏》，唐臨《《劾封德彝奏》、《議蕭齡之罪狀奏》，王義方《劾李義府疏》，狄仁傑《諫殺誤斫昭陵柏者疏》、《乞免民租疏》，裴度《論田弘正討李師道疏》等，都言之有物、氣盛言宜、不尚空談。

公文是爲解決公務活動的實際問題而寫作的，有著特定的寫作目的、特定的讀者，故公文寫作須具有很強的針對性，應切中事理，切忌浮泛。有武衛大將軍權善才因誤砍伐昭陵柏樹，狄仁傑奏罪當免職，高宗令立即正法，仁傑奏罪不當死。高宗因之大怒，若狄仁傑再堅持下去，令皇帝顏面掃地，狄本人也會有殺身之禍。於是狄仁傑上《諫殺誤斫昭陵柏者疏》，針對性極強：

> 臣聞逆龍鱗，忤人主，自古以爲難。臣愚以爲不然。遇桀、紂時則難，堯、舜時則易。臣今逢堯舜，不懼比干之誅。昔漢文時有盜高廟玉環，張釋之廷諍，罪止棄市。魏文將徙其人，辛毗引裾而諫，亦見納用。且明主可以理奪，忠臣不可以威懼。今陛下不納臣言，瞑目之後，羞見釋之、辛毗於地下。陛下做法，懸之象魏，徒流死罪，俱有等差。豈有犯非極刑，即令賜死？法既無常，則萬姓何所措其手足？陛下必欲變法，請從今日爲始。古人云：「假使盜長陵一抔土，陛下何以加之？」今陛下以昭陵一株柏殺一將軍，千載之後，謂陛下爲何主？此臣所以不敢奉制殺善才，陷陛下於不道。
>
> 〔註 73〕

作者以堯舜賢君的虛心納諫化自己解犯言直諫的危險，又以古代賢君依法辦事，指出「法既無常，則萬姓何所措其手足」的危害性，而且文筆委婉，詞意懇切，切中事理，鑿鑿如五穀必可以療饑，斷斷乎如藥石必可以伐病，故能成功說服高宗。「居數日，授仁傑侍御史。」狄仁傑所以能化危爲安，進入「清而且要」的御史臺，和該篇奏疏的針對性強有直接關係。公文如何才能有鮮明的針對性，切實可行，怎樣才能取得最好的效果，唐代御史公文中不

〔註 73〕後晉・劉昫：《舊唐書》卷八九《狄仁傑傳》，第 2886 頁。

乏可資借鑒之處。

二是應用性的公文並不排斥眞情實感。情感是指公文寫作中的感情色彩，古人十分重視情感在公文中的作用，先秦時期的諫諍文《召公諫厲王弭謗》、《鄒忌諷齊王納諫》，兩漢魏晉時期賈誼《過秦論》、諸葛亮的《出師表》、李密的《陳情表》等，都是向皇帝上的奏章，無不充盈著濃濃的情感力量，成爲中國文學的不朽經典。古人對應用性公文應充滿情感力量多有論述，如《文心雕龍・體性》一開頭便說：

夫情動而言形，理發而文現。蓋沿隱以至顯，因內而符外者也。〔註 74〕

《文心雕龍》論及的文體計有 59 種，而其中屬於應用文範疇的文體竟達 44 種，占文體總數的四分之三，劉勰的論述當然包括了應用文體。「言」是「情」的外現，「文」是「理」的外現，看來劉勰是很重視應用文的情感的。

明代吳訥《文章辨體序說》云：

若彈文，則必理有典憲，辭有風軌，使氣流墨中，聲動簡外，斯稱絕席之雄也。〔註 75〕

明人徐師曾《文體明辨・序說》曰：

古之詔詞，皆用散文，故能深厚爾雅，感動乎人。六朝而下，文尚偶驪，而詔亦用之，然非獨用於詔也。後代漸復古文，而專以四六施諸詔、誥、制、敕、表、箋、簡、啓等類，則失之矣。〔註 76〕

唐代御史公文多帶有感情色彩，即使是作爲法律公文的判文，也寫得富有文采。張鷟《龍筋鳳髓判》中對「御史王銓奉敕權衡州司馬鍾建，未返制命，輒干他事，解耒陽縣令張泰，泰不伏」事，判文如此下判：「棲烏之府，地凜冽而風風生；避馬之臺，氣威棱而霜動。懲奸疾惡，實藉嚴明；肅政彈非，誠宜允列。」〔註 77〕筆墨簡練，催人奮發，感人心魄！

有些御史的奏章感情色彩還非常強烈，太宗十一年，京師及益州諸處，營造供奉的器物，王妃們崇尚服飾日盛。馬周洞察到此事小則不利於百姓安

〔註 74〕梁・劉勰：《文心雕龍・體性》，第 539 頁。

〔註 75〕明・吳訥著，于北山點校：《《文章辨體序說》，人民文學出版社 1998 年版，第 40 頁。

〔註 76〕明・徐師曾著，羅根澤點校：《文體明辨序說》，人民文學出版社 1998 年版，第 112 頁。

〔註 77〕清・徐松：《全唐文》卷一七二，第 1050 頁。

居樂業，大則關係到社稷存亡。進而諫諍道：

> 臣尋往代以來之事，但有黎庶怨叛，聚爲盜賊，其國無不即滅，人主雖改悔，未有重能安全者。凡修政教，當修於可修之時，若事變一起而後悔之，則無益者也。故人主每見前之亡，則知其政教之所由喪，而皆不知其身之失。是以殷紂笑夏桀之亡，而幽、厲亦笑殷紂之滅；隋煬帝大業之初又笑齊、魏之失國。今之視煬帝，亦猶煬帝視齊、魏也。故京房謂漢元帝云「臣恐後之視今，亦猶今之視古。」此言也不誠也。〔註78〕

這篇奏章，不僅內容宏富，對現實政治的把握非常深刻，感情隨內容的變化而變化，自然眞實，不浮誇，不做作，言辭激切，情深意遠，催人警醒。特別是元稹，元和四年（809）三十一歲時爲監察御史。三月曾充劍南東川詳覆使，寫出了《彈奏劍南東川節度使狀》、《彈奏山南西道兩稅外草》等彈劾文，深得百姓好評，亦使握軍要者切齒。其著名的《代李中丞謝官表》等也作於是時。後來元和五年元稹分司洛陽東臺時，又寫作了《論轉牒事》《論浙西觀察使封杖決殺縣令事》《爲河南百姓訴車狀》等公文。這些公文寫作，無不條理清晰、論證嚴密、無懈可擊，有著摧枯拉朽般的力量，其耿耿忠心、強烈的愛憎傾向在說理言事中自然流出。正如《古文淵鑒》評曰：「意必懇到，辭必朗暢，反覆委曲，至罄竭所懷而止，蓋自賈長沙獻策而已然矣，中間援引文皇而歸過臣下，尤立言有體。」〔註79〕可見，優秀的公文多具有感動人心的情感力量。

當下有一種貌似正確的觀點，認爲現代公文是不需要甚至是排斥感情的，其原因在於現代公文是行政機關、社會團體和企事業單位在行政管理活動或處理公務活動中產生的，按照嚴格的、法定的生效程序和規範的格式制定的具有傳遞信息和記錄作用的載體文件。其作用不外乎處理公務、交流信息、上傳下達。由於執筆者代表的是某一級組織、單位，又是在法律許可下按一定的程序行文，受文對象也多是一個群體或一級組織、單位，公文表達的是組織、單位、集體的意見、意願，都是扳著面孔公事公辦，又怎能摻雜個人情感在其中？

〔註78〕後晉・劉昫：《舊唐書》卷七四《馬周傳》，第2616頁。

〔註79〕清・愛新覺羅・玄燁：《御選古文淵鑒》，臺北：臺灣商務印書館，影印文淵閣四庫全書本。

事實上，情感是人對客觀事物是否滿足自己的需要而產生的態度體驗，人類的任何活動不可能沒有情感的投入。起草公文，事前往往要進行調查研究。調研不僅僅是熟悉情況，佔有材料，爲起草公文的內容作準備，而且也是在爲起草公文蓄積情感。調研過程中，我們對涉及的人和事自然有著各種觀點，會引起不同的感情。這種感情蓄積得越好，對起草公文越有利。公文在很多時候要宣傳貫徹國家、組織的政策，這些政策飽含著組織對人民群眾的一片深情。就要透過字裏行間，準確表達出組織對人民群眾的深情。公文若無情感，怎麼能在流轉過程中，取得其功用效果？同樣是交流信息、上傳下達，那些充滿感染力的公文所起的效果要更好一些。

三是兼顧實用性及藝術性。對於公文寫作是否需要兼顧藝術性及實用性，我們首先來看一看前人的論述。唐代元稹在論及公文寫作中文與實的關係時曾說：

> 實而無文，行則不振。不有好辭，安知令聞？〔註80〕

朱光潛先生也曾指出：

> 實用性與藝術性不是互相排斥而是相輔相成的。實用性的文章也要求能產生美感，正如一座房子不但要能住人而且要樣式美觀一樣。〔註81〕

可見，無論古今，人們對應用文是否應注重藝術性看法是一致的，那就是作爲應用公文，應該兼顧實用性和藝術性。古人云「言之不文，行而不遠。」公文在理切詞明的同時，還應氣盛情深；在以理服人的同時，還應以情感人。優秀的應用文應該是實用性和藝術性的高度統一。「《出師》一表眞明世，千古誰堪伯仲間？」若不是兩者的高度統一，水乳交融，《出師表》又怎能有如此久遠的影響力？

目前有一種看法，認爲公文既然是一種實用性文體，其主要價值在於「實用」，在寫作上就應當以邏輯思維爲主，力求冷靜、客觀、眞實，語言要簡明、準確、樸實、莊重；在修辭方面，不用或愼用積極修辭手法。事實上，注重公文的實用性，並不是意味著應當拒絕情感、或排斥文采，理直離不開氣壯，

〔註80〕唐・元稹：《唐故福建等州都團練觀察處置等使中大夫使持節都督福州諸軍事守福州刺史兼御史中丞上柱國賜紫金魚袋贈左散騎常侍裴公墓誌銘》，見《元稹集》，第590頁。

〔註81〕朱光潛：《漫談說理文》，見《朱光潛美學文集》第三卷，上海文藝出版社1982年版，第407頁。

氣壯離不開情深。史載，劉藏器，高宗時爲侍御史。時「衛尉卿尉遲寶琳脅人爲妾，藏器劾還之，寶琳私請帝止其還，凡再劾再止。藏器曰：『法爲天下懸衡，萬民所共，陛下用捨繇情，法何所施？今寶琳私請，陛下從之；臣公劾，陛下亦從之。今日從，明日改，下何所遵？彼匹夫匹婦猶憚失信，況天子乎？』」〔註82〕劉藏器面對皇帝慷慨激昂，這激昂的氣勢從何而來，來自他盡忠報國、公正無私的凜然正氣。唐代許多御史將自己的一腔忠義之情傾注於公文寫作，深深打動了讀者。顏眞卿《謝兼御史大夫表》一文就將自己的中正骨鯁之節詮釋得酣暢淋漓，感人至深。謝表先說御史大夫職權重要：「臣聞秦漢之時，凡有制詔，皆下丞相、御史府。人到於今，稱爲副相。東方朔舉自古聖賢以次百官，乃以孔某爲御史大夫，則知其官何可妄授！」次寫自己對受職之意外，「候隙請間，方擬牢讓，不圖榮寵，又集微軀。……陳請莫遂，惶懼益深。」再寫朝廷兼職過多之弊，「臣竊見近日朝列之內，或有身兼數官，苟貪利權，多致顚覆，害政非一，妨賢實多。臣嘗忿之。」最後「冀少回恩命，停臣一職，別授忠賢。」〔註83〕一位千古名臣的忠義節操，也躍然紙上，堪稱至情之文。據權德輿《唐贈兵部尚書宣公陸贄翰苑集序》記載，陸贄的公文，莫不「灑翰即成，不復起草，初若不經思慮，及成而奏，無不曲盡事情，中於機會，倉卒塡委，同職者無不拱手歎伏」，「詔書始下，雖武人悍卒，無不揮涕激發。議者以德宗克平寇亂，不惟神武之功，爪牙宣力，蓋亦資文德腹心之助焉。」〔註84〕毛澤東曾評價賈誼是「胸羅文章百萬兵，膽照華國樹千臺。」〔註85〕這不正指出優秀公文具有的戰鬥力嗎？的確，富有文采的公文能使人在獲得啓示和教益中，得到美的享受；那種潛移默化、言有盡而意無窮的美感，又反過來加強了公文的宣傳動員、感染鼓舞人心等力量，從而大大延長了公文的生命周期，提升了公文的應用效果。如何增強公文的感染力，兼顧實用性及藝術性，從古代許多飽含激情的公文中能得到不少啓示。

最初從上世紀三、四十年代以來，「中國知識界已逐漸取得一個共識：『士』（或『士大夫』）已一去不復返，……『士』的傳統雖然在現代結構中

〔註82〕宋・歐陽修：《新唐書》卷二〇一《劉藏器傳》，第5733頁。
〔註83〕清・徐松：《全唐文》卷三三六，第2022頁。
〔註84〕清・徐松：《全唐文》卷四九三，第2982頁。
〔註85〕吳功正主編：《毛澤東詩詞鑒賞》，內蒙古文化出版社2001年版，第342頁。

消失了，『士』的幽靈卻仍然以種種方式，或深或淺地纏繞在現代中國知識人身上。『五四』時代知識人追求『民主』與『科學』，若從行爲模式上作深入的觀察，仍不脫『士以天下爲己任』的流風餘韻。」〔註 86〕在歷史的長河中，唐代御史公文雖然早已成爲陳跡，但它所投射的意義卻可能是現代的。

〔註 86〕余英時：《士與中國文化・新版序》，上海人民出版社 2003 年版，第 6 頁。

第七章　唐代御史活動與筆記小說創作

近一、二十年來，有關唐代筆記小說的研究著作已經不少，這些著作對唐代筆記小說的藝術特徵、繁榮原因等作了多方面的探索，有些還相當深入。〔註1〕但現有的論著似忽略一點，即唐代許多筆記小說記載御史活動的情況，一些筆記小說的作者本身就有著御史經歷，這些因素是否對唐代筆記小說的繁榮有一定影響呢？等等，一般都未論及。因此，本章擬對御史活動與唐代筆記小說創作的關係予以探討，以就正於方家。

第一節　御史活動與唐代筆記小說的繁榮

唐代筆記小說的繁榮和御史活動之間有著千絲萬縷的關係，作爲專事監察工作的唐代御史，其監察百僚，彈劾奸佞、巡查州縣等職事活動本身極富傳奇性，自然爲唐代筆記小說的創作積累了豐富的材料；另一方面，唐代筆記小說的作家中，一部分人首先是活躍在政治舞臺上的御史，其次才是筆記小說的寫作者，因此，他們的職業經歷便成爲唐代筆記小說生成的培養基之一。具體而言，御史活動與唐代筆記小說繁榮之間的關係可從以下幾方面來認識：

〔註1〕如侯忠義：《隋唐五代小說史》，浙江古籍出版社1997年版，程毅中：《唐代小說史》，人民文學出版社2003年版，韓雲波：《唐代小說觀念與小說興起研究》，四川民族出版社2002年版，俞鋼：《唐代文言小說與科舉制度》，上海古籍出版社2004年版等。

一、御史活動爲唐代筆記小說積累了豐富的素材

「小說家者流，蓋出於稗官，街談巷語，道聽途說者之所造也。」〔註2〕小說本是鄉閭城坊、黎民百姓間流傳的俚俗、怪異之事。至唐代，此風不減，唐代陸希聲《北戶錄序》云：「近日著小說者多也，大率皆鬼神變怪荒唐誕委之事，不然則滑稽詼諧，以爲笑樂之資。」〔註3〕此類街談巷語，「當時或爲叢集，或爲單篇，大率篇幅漫長，記敘委屈，時亦近於俳諧。」〔註4〕可見，閒話是產生筆記小說的基礎，小說的重要作用是用於談資，御史活動正好是唐人閒話的內容之一。

御史的主要職責是監察百官、整飭吏治、司法審判、糾視刑獄。這些職事活動使唐代御史的職業生涯充滿了傳奇、神秘色彩，成爲人們閒話時津津樂道的談資。鄉里城坊，對傳奇之事普遍有興趣，御史彈劾貪官、澄清吏治的傳奇經歷正好爲民間閒話提供了豐富的資源。唐代一些御史明於斷案、爲民請命、平反冤案、清廉貞潔，深得民眾愛戴，本身就是家喻戶曉的風雲人物，如：

> 開元中，（顏眞卿）遷監察御史，使河、隴。時五原有冤獄久不決，天且旱，眞卿辨獄而雨，郡人呼「御史雨」〔註5〕

> 監察御史李畬母，清素貞潔，畬請祿米送至宅，母遣量之，剩三石。問其故，令史曰：「御史例不概剩。」又問車脚幾錢，又曰：「御史例不還脚錢。」母怒，令還所剩米及脚錢以責畬，畬乃追倉官科罪。諸御史皆有慚色。〔註6〕

顏眞卿平反冤獄，爲民做主；李畬受母親教誨而成爲廉吏，這些御史的所作所爲深得民心，自然成爲民眾和眾多筆記競相記載、傳誦的對象。

社會上奇異之事往往會引起人們格外注意，敘寫奇怪之事是吸引讀者的最佳方式。一些文士在御史臺期間的文學活動在整個社會都傳爲美談，如《御史臺記》「吳少微」條記載：

> 吳少微，東海人也。少負文華，與富嘉謨友善。少微進士及第，

〔註2〕漢・班固：《漢書・經籍志》，中華書局1975年版。
〔註3〕清・徐松：《全唐文》卷八一三，第5037頁。
〔註4〕魯迅：《中國小說史略》，上海古籍出版社1998年版，第44頁。
〔註5〕後晉・劉昫：《舊唐書》卷一二八《顏眞卿傳》，第3591頁。
〔註6〕唐・張鷟撰、趙守儼點校：《朝野僉載》，中華書局1979年版，第58頁。（以下版本號略）

累授晉陽太原尉，拜御史。時嘉謨疾卒，爲文哭之。其詞曰：「維三月癸丑，河南富嘉謨卒，於時寢疾於洛陽北里。聞之投枕而起，淚沾乎衽席。匍匐於寢門之外，病不能起。仰天而呼曰：『天乎天乎，予曷所朋？曷有律？曷可得而見？』抑斯文也，以存乎哀。」太常少卿徐公、鄜州刺使尹公、中書徐、元二舍人、兵部張郎中說，未嘗值我不歎於朝。夫情悼之，賦詩以寵亡也。其詞曰：「吾友適不死，於戲社稷臣。直祿非造利，常懷大庇人。乃無承明藉，遘此敦牂春。藥礪其可畏，皇窮故匪仁。疇昔與夫子，孰云異天倫。同病一相失，茫茫不重陳。子之文章在，其殆尼父新。鼓興干河岳，眞詞毒鬼神。可悲不可朽，東轄沒荒榛。聖主賢爲寶，籲茲大國貧。」詞人莫不歎美。〔註7〕

吳少微，(635年～720年)，字仲材，號遂谷。唐代新安（今安徽黃山休寧）人，由兵部尚嗣立推薦，拜右臺監察御史。當時天下文士多以徐、庾爲宗，文章華而不實，骨氣都盡、剛健不聞，唯獨吳少微、富嘉謨，爲文皆以經典爲本，雅厚雄邁，故時人爭慕仿傚，遂自成一家，名曰「吳富體」。吳少微官拜右臺監察御史，又是初盛唐之交時期的著名文學家，其文學活動當然也就成爲筆記小說的素材。

唐代一些御史具有出眾的文學才華，也在社會上廣爲流傳，成爲筆記小說記述的對象，《御史臺記》所載盧莊道事蹟即是典型範例：

盧莊道，范陽人也，天下稱爲名家。聰慧敏悟，冠於今古。父彥與高士廉有舊。莊道少孤，年十二，造士廉。廉以故人子，引令坐。會有上書者，莊道竊窺覽，謂士廉曰：「此文莊道所作。」士廉怪謂曰：「後生勿妄言，爲輕薄之行。」請誦之，果通。復請倒誦，又通。士廉稱歎久之。乃跪謝曰：「此文實非莊道所作，向傍窺而記耳。」士廉取他文及案牘，命讀之，一覽而倒誦。並呈示所撰文章。士廉具以聞。太宗召見，策試擢第。年十六授河池尉，滿二歲，制舉擢甲科。召見，太宗曰：「此是朕聰明小兒邪！」特授長安尉。太宗將省囚徒，莊道年才二十，縣令以幼年，懼不舉，將以他尉代之。莊道不從。時繫囚四百餘人，俱預書狀。莊道但閒暇，不之省也。令丞等憂懼，屢以爲言，莊道從容自若。翌日，太宗召囚。莊道乃

〔註7〕宋・李昉：《太平廣記》卷二三五引《御史臺記》，第1802～1803頁。

徐書狀以進，引諸囚入，莊道對御評其罪狀輕重，留繫月日，應對如神，太宗驚歎，即日拜監察御史。〔註8〕

盧莊道「聰慧敏悟，冠於今古」，這是其初入仕途很快得以陞遷的重要因素。而他能進入御史臺，與他判案時的從容自若、對法律的稔熟是分不開的。其經歷頗有傳奇色彩，成爲《御史臺記》此類以記載御史活動爲主的筆記小說記載的對象，實在是應該的。

唐代還有一些筆記小說的內容往往由御史出使、巡察等職事活動生發而來，如白行簡傳奇小說《三夢記》中云：

元和四年，河南元微之爲監察御史，奉使劍外。去逾旬，予與仲兄樂天，隴西李杓直同遊曲江。詣慈恩佛舍，遍歷僧院，淹留移時。日已晚，同詣杓直修行里第，命酒對酬，甚歡暢。兄停杯久之，曰：「微之當達梁矣。」命題一篇於屋壁。其詞曰：「春來無計破春愁，醉折花枝作酒籌。忽憶故人天際去，計程今日到梁州。」實二十一日也。十許日，會梁州使適至，獲微之書一函，後寄《紀夢詩》一篇，其詞曰：「夢君兄弟曲江頭，也入慈恩院裏遊。屬吏喚人排馬去，覺來身在古梁州。」日月與遊寺題詩日月率同，蓋所謂此有所爲而彼夢之者矣。〔註9〕

《三夢記》中此段情節的創作離不開元稹的御史生涯，元、白間此種高雅之事爲不少文人所津津樂道，不禁在文人間流傳開去，像此類以御史活動爲題材的筆記小說在唐代還有許多。從中我們不難看出御史活動爲唐代筆記小說的繁榮積澱了豐富的素材。

此外，唐代御史制度在武則天通知時期發生重大變化，這一期間的御史活動成爲唐代筆記小說競相記載的對象。武則天爲了鎭壓反對勢力，一度重用酷吏，酷吏政治給唐人造成極大的心理陰影。《舊唐書》云：「逮則天以女主臨朝，大臣未附，委政獄吏，剪除宗枝。於是來俊臣……周興、丘神勣、侯思止、郭霸、王弘義之屬，紛紛而出。然後起告密之刑，制羅織之獄，生人屛息，莫能自固。〔註10〕周興、來俊臣、魚承曄、王景昭、索元禮、傅遊藝、王弘義、侯思止、周利貞、郭弘霸等酷吏，同惡相濟，「陰嘯不逞百輩，

〔註8〕宋・李昉：《太平廣記》卷一七四引《御史臺記》，第1286～1287頁。

〔註9〕李時人編校：《全唐五代小說》，陝西人民出版社1998年版，第633～634頁。

〔註10〕後晉・劉昫：《舊唐書》卷一八六上《酷吏傳上》，第4836頁。

使飛語誣衊公卿，上急變。每擿一事，千里同時輒發，契驗不差。」〔註 11〕劉肅於憲宗元和年間撰寫的《大唐新語》中，仍然記載了不少酷吏的劣跡，可知酷吏的行爲在中唐時期仍深深留在人們的集體記憶之中，這類酷吏的劣跡成爲民間閒話的內容之一。武則天一度選官頗濫，成爲唐代民間閒話中的謔笑之事，如《朝野僉載》記載：

> 周則天朝蕃人上封事，多加官賞，有爲右臺御史者。因則天嘗問郎中張元一曰：「在外有何可笑事？」元一曰：「朱前疑著綠，逯仁傑著朱。閻知微騎馬，馬吉甫騎驢。將名作姓李千里，將姓作名吳棲梧。左臺胡御史，右臺御史胡。」胡御史胡元禮也，御史胡蕃人爲御史者，尋改他官。周革命，舉人貝州趙廓眇小，起家監察御史，時人謂之「臺穢」。李昭德詈之爲「中霜谷束」，元一目爲「梟坐鷹架」。〔註 12〕

此類御史臺中故事，也成爲唐代筆記小說的內容之一，爲後來《太平廣記》等小說類書籍廣爲採摘的材料。

御史以清謹嚴肅而著稱，但也有一些御史因率意而爲，輕薄違禮而被彈劾，成爲唐代御史中的另類，如「張衡，令史出身，位至四品，加一階，合入三品。已團甲。因退朝，路旁見蒸餅新熟，遂市其一，馬上食之，被御史彈奏，則天降敕：『流外出身，不許入三品。』遂落甲。」〔註 13〕這種可笑之事也在民間不脛而走。

綜上所述，御史職業生涯中的種種活動及逸聞趣事，是唐代民間閒話的內容之一，而筆記小說的編撰又促使御史活動在更廣泛範圍的流傳。御史活動爲唐代筆記小說積累了豐富的素材，成爲唐代筆記小說繁榮的推動因素之一，它至少從一個方面說明了唐代筆記小說生成的文化環境和唐人小說繁榮的原因。

二、有關御史活動的公案傳奇，豐富了唐代筆記小說的門類

學術界目前對筆記小說的認定標準分歧較大，而且唐代許多筆記小說作者的身份確已無法考證，使我們難以對之有準確的認識。但唐代數量眾多、

〔註 11〕宋・歐陽修：《新唐書》卷二〇九《酷吏傳・來俊臣傳》，第 5906 頁。
〔註 12〕唐・張鷟撰、趙守儼點校：《朝野僉載》卷四，第 87 頁。
〔註 13〕唐・張鷟撰、趙守儼點校：《朝野僉載》卷四，第 94 頁。

內容各異的筆記小說的存在，至少傳達給我們一個信息，那就是唐代筆記小說的作者是多樣化的。僅就能確定作者身份的筆記小說如《朝野僉載》、《御史臺記》等來看，一些御史文士是唐代筆記小說的作者之一，唐代御史以其豐富多彩的生活閱歷爲背景，投身到筆記小說的創作來，記述了一個個異彩紛呈的藝術世界，豐富了唐代筆記小說的門類。這可以從以下幾方面的考察中得到清晰認識。

《御史臺記》的作者韓琬，與其父韓思彥兩代均爲御史，韓思彥應下筆成章、志烈秋霜科制舉，及第後被授予監察御史。韓琬應文藝優長、賢良方正能直言極諫兩科制舉及第，被授予監察御史。應該說，他們都是那個時代最優秀的人才之一。在御史任上，韓琬胸中充溢著實現社會正義的崇高理想，欲通過諫諍、彈劾來糾正通知階層的不法行爲，正如韓琬自己所云「御史乃耳目官，知而不言，尚何賴？」〔註 14〕同時，他對當時社會現實又有著深刻體驗，瞭解民生之艱。景雲年間，韓琬所上奏章即準確地指出了社會矛盾：「國安危在於政。政以法，暫安焉必危；以德，始不便焉終治。……夫流亡之人非愛羈旅、忘桑梓也，斂重役亟，家產已空，鄰伍牽連，遂爲遊人。窮詐而犯禁，救死而抵刑。夫亂繩已結，急引之則不可解。今刻薄吏能結者也，舉劾吏能引者也，則解者不見其人。願取奇材卓行者，量能授官。」〔註 15〕又言：「仕路太廣，故棄農商而趨之。一夫耕，一婦蠶，衣食百人，欲儲蓄有餘，安可得乎？」然這些奏章，均書入不報，無任何結果，韓琬最終竟坐事貶官。

御史臺經歷，使韓琬既看到了唐代御史制度所起的積極作用，又深刻認識到唐代御史制度運行中的種種弊端。於是，在開元五年以後的時間裏，他寫出了總結國初以來御史臺和御史活動的著作。陳騤《中興館閣書目》云：「殿中侍御史韓琬《御史臺記》十二卷。自唐初，迄開元五年。臺中官屬，凡十有一卷。皆論建置沿革，附以名氏爵里，美惡必書。」〔註 16〕《郡齋讀書志》卷七亦云：「《御史臺記》十二卷，右唐韓琬撰。載唐初至開元御史制度故事。以大夫、中丞、侍御史、殿中、監察主簿、錄事，分門載次名氏行事。著《論》一篇，敘御史正邪得失、進擢誅滅之狀，附卷末以爲世戒。」〔註 17〕可見，

〔註 14〕宋・歐陽修：《新唐書》卷一一二《韓琬傳》，第 4166 頁。

〔註 15〕宋・歐陽修：《新唐書》卷一一二《韓琬傳》，第 4166 頁。

〔註 16〕據明・胡應麟：《玉海》引。

〔註 17〕宋・晁公武撰、孫猛校正：《郡齋讀書志校證》，上海古籍出版社 1990 年版，第 314 頁。

韓琬寫作《御史臺記》，有著異常明確的總結歷史經驗的目的。這種基於對現實政治運行的利弊進行總結的寫作目的，是促使唐代筆記小說繁榮的一個重要因素。

唐代一些筆記小說的作者，有著豐富的御史職業生涯經歷，熟悉有關御史的傳聞掌故，這爲他們寫作筆記小說帶來許多方便。如張鷟擔任監察御史期間的所見所聞，親身經歷的斷案、審案等活動，在其創作的筆記小說集《朝野僉載》中有著生動的記載：「張鷟爲河陽尉。有呂元者，僞作倉督馮忱書，盜糶官粟。忱不認，元堅執，久不能決。鷟乃取告牒，括兩頭，留一字，問元：『是汝書，即注云是；不是，即注云非。』元注云：『非。』去括，乃是元告牒，遂決五下。又取僞書括字問之，元注云：『是。』去括，乃是僞作馮忱書也，元遂服罪。」〔註18〕黃永年先生認爲《朝野僉載》「實是記述武周時事的第一手資料，所記多是其耳聞目見。」〔註19〕其中對武后朝酷吏索元禮、周興、侯思止、王旭、李全交、張孝嵩等的記載，多有兩《唐書》失載者，對武后朝濫任官吏之惡果，所謂「選司考練，總是假手冒名，勢家囑請。手不把筆，即送東司；眼不識文，被舉南館。」等，尤爲詳切。凡此均說明任職御史的生活經歷爲張鷟寫作提供了源源不斷的素材，客觀上也促進了唐代筆記小說的繁榮。

隨著御史制度的成熟與完善，唐代御史的政治地位有了很大提高，在國家政治生活中扮演著十分重要的角色。御史影響力的增強，使唐王朝社會生活的方方面面處處留下了御史活動的印記，必然導致與此相關的傳聞增多，這是唐代有關御史的筆記小說大量湧現的原因。唐前有關御史的活動，幾乎無專書記錄，而唐代則出現了數種有關御史臺的著作，僅《新唐書・藝文志》著錄的即有杜易簡《御史臺雜注》五卷，記臺中故事；李構《御史臺故事》三卷，記自周迄隋的御史故事；韓琬《御史臺記》十二卷；韋述《御史臺記》十卷。這些有關御史的筆記不斷湧現，無疑繁榮、豐富了唐代筆記小說的門類。

三、御史活動在筆記小說傳播中的作用

唐代筆記小說故事的形成、傳播過程中，御史也有著一定的作用。御史在其職業生涯中，奔波各地乃是常事，出於巡察、推鞫、出使等職事活動的

〔註18〕唐・張鷟撰、趙守儼點校：《朝野僉載》卷五，第109頁。
〔註19〕黃永年：《唐史史料學》，上海書店出版社2002年版，第142頁。

需要，宦海的浮沉陞遷等原因，使御史們很少安居一地，而是經常性地出入於館驛、客舍之中。御史的流動性爲搜集故事、小說傳播帶來方便。如中唐王建所作筆記小說《崔少玄傳》篇末云：

> 景申年（元和十一年，筆者注）中，九嶷道士王方古，其先琅琊人也。遊華嶽回，道次於陝郊。時（盧）陲亦客於其郡，因詩酒夜話，論及神仙之事，時會中皆貴道尚德，各徵其異。殿中侍御史郭固、左拾遺齊推、右司馬韋宗卿、王建，皆與崔恭有舊，因審少玄之事於陲。〔註20〕

這種文士間的「詩酒夜話」既爲王建的創作提供了素材，又是文言小說的積極傳播者。驛站作爲交通要道上的休憩之所，來往人員繁雜，人員階層不一，流動性頗強。文人們在驛站休息時傾聽有關故事，於有意無意間將各種奇聞趣事帶向四面八方，這樣，筆記小說素材的來源和擴散、傳播就不會僅僅局限於一個區域。文人間的聚合離散、宵話徵異，不僅使筆記小說素材能彼此提供，而且在流轉、傳播過程中，也因傳播者的趣味和見聞，對小說素材往往會作一定的加工和改造，就此而言，對筆記小說繁榮是頗有益處的。上述例子說明，御史文士也常常會參與到筆記小說傳播中去。

唐代傳奇作家李公佐以御史身份出入於幕府、往返於各地，《太平廣記》卷一二八引《續幽怪錄》：「（貞元）十七年，歲在辛巳，有李公佐者，罷嶺南從事而來，……其尼遽呼曰：『侍御，貞元中不爲南海從事乎？』公佐曰：『然。』」〔註21〕這爲其傳奇創作、傳播帶來極大便利。其著名傳奇作品《古嶽瀆經》曰：

> 貞元丁丑歲，隴西李公佐泛瀟湘、蒼梧。偶遇征南從事弘農楊衡，泊舟古岸，淹留佛寺，江空月浮，徵異話奇。楊告公佐云：「永泰中，李湯任楚州刺史時，有漁人，夜釣於龜山之下。其釣因物所制，不復出。漁者健水，疾沉於下五十丈。見大鐵鎖，盤繞山足，尋不知極。……」
>
> 公佐至元和八年冬，自常州餞送給事中孟簡至朱方，廉使薛公苹館待禮備。時扶風馬植、范陽盧簡能、河東裴蘧，皆同館之，環

〔註20〕李時人編校、何滿子審定：《全唐五代小說》卷二三，陝西人民出版社 1998 年版，第 602 頁。

〔註21〕宋・李昉：《太平廣記》卷一二八引《續幽怪錄》。

爐會語終夕焉。公佐復說前事。〔註22〕

早在貞元年間，李公佐在與楊衡的徵異話奇中獲悉此種奇異之事，直到元和八年，時隔近十年之後，昔日的奇聞逸事，仍然是文人們聚會時熱議的話題。《古嶽瀆經》的創作，就是在文士間的相互交流、傳播中逐漸形成，最終趨於定型的。可見在唐代筆記小說的創作、傳播過程中，這些御史或有御史經歷的文學家起著一定的推動作用，理應進入研究者的視野。

以上我們對御史活動與唐代筆記小說繁榮的關係作了探討，只是表明御史活動是唐代筆記小說繁榮的原因之一，而不是強調御史活動是決定唐代筆記小說繁榮的唯一原因。唐代筆記小說的繁榮是包括御史活動在內的諸多因素共同促成的。

第二節　唐代公案傳奇的文學性

「公案」本指舊時官府的文件、案卷，也指案件、糾紛。將「公案」一詞與文學相聯繫，形成「公案小說」之概念，當推南宋耐得翁的《都城紀事》。耐得翁在《都城紀事》中云：「說話有四家，一者小說，謂之銀字兒，如煙粉、靈怪、傳奇、說公案，皆是樸刀杆棒及發跡變泰之事。」〔註23〕所謂公案傳奇，是指以官員審案、斷案爲主要內容的一種傳奇小說。吳自牧《夢粱錄》始將公案與傳奇合稱爲「公案傳奇」，傳奇原是唐人小說的代稱，這樣，本文所謂唐代公案傳奇亦即唐代公案小說。唐代，隨著監察制度的完善及御史臺地位的提高，時人對御史的審案、斷案等職事活動格外重視，竟出現了數種記錄御史審案的公案筆記，韓琬《御史臺記》、張鷟《朝野僉載》、劉肅《大唐新語》等即是其中較著者，唐代墓誌中亦有些許有關御史公案活動的記載，且不乏文學價值者。後世類書如《太平廣記》、《折獄龜鑒》堪稱折獄辨冤之淵藪，多載唐人斷案事跡，均在本文研究視野之內。

唐代公案傳奇具有獨特的審美價值，對當時及後世的其它文學作品有重要影響。歷來的文學研究，雖多有稱引，但少有將其直接納入研究視野者，這不能不說是一個缺憾，本節就其文學性作初步探討。

〔註22〕張友鶴選注：《唐宋傳奇選》，人民文學出版社1964年版，第55頁。
〔註23〕南宋・耐得翁：《都城紀事》，影印文淵閣四庫全書本。

一、「反傳奇的傳奇」——唐代公案傳奇的敘事策略

唐代公案傳奇以記載御史的審案、斷案為主要內容，由於以御史活動為敘述對象，而御史為風霜之任，其巡察、推鞫獄訟、糾視刑獄等職事活動中常常具有一定的風險性，亦即御史職事本身就頗具傳奇性，再加案件本身的複雜性、作案手段的隱蔽性等等，這些都為現實中的御史活動塗上了一層神秘的色彩。因此，儘管公案傳奇多採取史家實錄之筆法，有些如《御史臺記》、《大唐新語》、《封氏聞見記》等一些資料還被正史徵引，但由於御史斷案過程本身具有的波詭譎與、極其複雜的特點，使得公案傳奇事實上具有正史家所謂「街談巷語，道聽途說者之所造也」的小說獨具的審美效果。

將唐代公案傳奇的這種敘事策略置於唐傳奇的整體視野中，其特點會進一步凸現出來。唐代公案傳奇的敘事善於攝取眞實的御史活動中最具光彩的亮點，從一個個眞實的御史活動中發掘出眞實的故事，因為故事本身的複雜性和敘述者工於剪裁，公案傳奇也就有了傳奇的特點。這種敘事方式是「凡中求奇」的，它成功地跨越了史傳與傳奇的鴻溝，將原本分立的雙方——史傳、傳奇，融合並轉換為一種雅俗共賞的筆記小說讀物，這是一種不「作意好奇」而又頗具「傳奇性」的獨特敘事方式，可稱為「反傳奇的傳奇」敘事策略。如《太平廣記》記載的《王璥》：

> 貞觀中，左丞李行廉，弟行詮，前妻子忠，烝其後母，遂私將潛藏。云敕追入內，行廉不知，乃進狀。奉敕推詰峻急，其後母詐以領巾勒項，臥街中。長安縣詰之，云：「有人詐宣敕喚去，一紫袍人見留數宿，不知姓名，勒項送置街中。」忠惶恐，私就卜問，被不良人疑之，執送縣。縣尉王璥引就房內，推問不承。璥先令一人伏案褥下聽之，令一人報云：「長使喚。」璥鎖房門而去。子母相謂曰：「必不得承。」並私密之語。璥至開門，案下人亦起。母子大驚。並具承，伏法。〔註24〕

此是唐代執法官辦案的眞實記錄，在我看來，其傳奇性絲毫不亞於唐代著名的傳奇故事，道外之人完全可作小說對待。

只據事而實錄，並不排斥公案傳奇對材料的選擇，事實上，任何敘事都不可能不對材料進行取捨、不講究敘事策略。僅就《御史臺記》而言，《中興館閣

〔註24〕宋・李昉：《太平廣記》卷一七一引《御史臺記》，第1255頁。

書目》云該書「美惡必書」〔註 25〕，說明《御史臺記》是建立在對唐代御史及其它相關大量文獻批判繼承基礎之上的，是對材料進行取捨且異常講究敘事策略的。那麼，唐代公案傳奇的作者是在何種意義上、採取了怎樣的敘事策略，從而將其藝術抱負具體落實到作品的？考察唐代公案傳奇的作者，他們一般都有御史經歷，有著較豐富的法律知識和司法實踐經驗，他們最瞭解、最熟悉的乃是處於反腐風口浪尖的御史。這些來自職業生涯的個人經驗自然積澱爲他們可以隨手取材的經驗資源，這樣，他們最爲偏愛和擅長的，便是記錄御史斷案、審案過程中靈光四射的精彩片段。也因此，這樣一種敘事雖是據事實錄的卻又是凡中求奇的。正是御史活動本身具有的藝術魅力和公案傳奇作者們個人興趣的結合，使他們得以從眾多的御史身上發掘出一個個頗爲生動的公案故事，這種不是傳奇而勝似傳奇的審美效果，在許多公案傳奇甚至一些唐人墓誌中都有生動體現，如《楊公漢墓誌銘》記載楊公漢生前審案之情況：

　　「邑中有滯獄，假公之平心高見，爲我鞫之。」到縣領獄，則邑民殺妻事。初，邑民之妻以歲首省歸其父母，逾期不返，邑民疑之。及歸，醉而殺之。夜奔，告於里尹，曰：「妻風恙，自以刃斷其喉死矣。」里尹執之詣縣，桎梏而鞫焉。訊問百端，妻自刑無疑者。而其父母冤之，哭訴不已，四年獄不決。公即領事，此時客繫而去其械。間數日，引問曰：「死者首何指？」曰：「東。」又數日，又引問曰：「自刑者刃之靶（疤）何向？」曰：「南。」又數日，引問曰：「死者仰矣覆矣？」曰：「仰。」又數日，引問曰：「死者所用之首（手）左矣右矣？」曰：「右。」即詰之曰：「是則果非自刑也。如爾之說，即刃之，靶（疤）當在北矣。」民叩頭曰：「死罪，實謀殺之，不敢隱。」遂以具獄，正其刑名焉。〔註 26〕

這段墓誌並不「有意爲小說」，而通過實錄御史斷案、審案過程中的精彩片段取得了與唐傳奇同樣的傳奇效果，傳奇與實錄的矛盾，在這裡獲得了可貴的折中與調和。可以說，這種「反傳奇的傳奇」的敘事策略豐富了古代文言小說的敘事藝術，在古代小說發展史上具有特殊意義。

〔註 25〕《中興館閣書目》，見《玉海》所引。

〔註 26〕周紹良、趙超主編：《唐代墓誌彙編續集》咸通○○八《唐故銀青光祿大夫檢校户部尚書使持節鄆州諸軍事守鄆州刺史充天平軍節度，鄆、曹、濮等州觀察處置等使，御史大夫上柱國弘農郡開國公食邑二千户弘農楊公墓誌銘並序》，上海古籍出版社 2001 年版，第 1036～1037 頁。

二、突出人的智慧與意志——唐代公案傳奇的敘事焦點

公案小說對讀者的吸引力全在於案件的偵破過程及判案結果，讀者備受關注的是眞凶是否伏法？受害者是否伸冤？爲了吸引讀者，公案小說的敘事焦點，均著意於對案件的偵破、審理過程，往往設置懸案、製造謎團，然後在清官的斷案過程中解謎，從清官的判案結果中重建對正義的信心。唐代公案傳奇的敘事焦點，固然亦著意於對案件的偵破、審理過程，但和魏晉六朝公案傳奇相比，顯示出長足的進步。

魏晉南北朝是我國公案傳奇的萌芽時期，從現存的《東海孝婦》、《蘇娥》、《弘氏》等作品來看，此期公案傳奇尚處於「志怪」與「公案」相混合狀態，這些作品的主要用意，「在於宣傳因果報應與發明神道之不誣。」〔註27〕如著名的《東海孝婦》：

> 漢時，東海孝婦養姑甚謹。姑曰：「婦養我勤苦。我已老，何惜餘年，久累年少。」遂自縊死。其女告官云：「婦殺我母。」官收繫之，拷掠毒治。孝婦不堪苦楚，自誣服之。時於公爲獄吏，曰：「此婦養姑十餘年，以孝聞徹，必不殺也。」太守不聽。於公爭不得理，抱其獄詞，哭於府而去。自後郡中枯旱，三年不雨。後太守至，於公曰：「孝婦不當死，前太守枉殺之，咎當在此。」太守即時身祭孝婦冢，因表其墓。天立雨，歲大熟。長老傳云：「孝婦名周青。青將死，車載十丈竹竿，以懸五幡。立誓於眾曰：『青若有罪，願殺，血當順下；青若枉死，血當逆流。』既行刑已，其血青黃，緣幡竹而上標，又緣幡而下云。」〔註28〕

這則家喻戶曉的東海孝婦故事成爲元代《竇娥冤》的藍本，這裡突出的是東海孝婦的行爲感動了上蒼而發生的種種靈異現象，藉此表現其冤屈之情，具有濃鬱的神異成分，對於執法者的聰明才智並沒有表現。

相對魏晉小說而言，唐代公案傳奇的敘事重心有了重大轉移，在唐代公案傳奇中，它將敘事焦點聚焦在表現執法者的司法才能方面，對執法者的聰明才智、高超的斷案本領津津樂道，案件的偵破已完全脫離「志怪」而具有全新的面目，「與昔之傳鬼神明因果而外無他意者，甚異其趣矣。」如《張行岌逼訪》：

〔註27〕孟犁野：《中國公案小說藝術發展史》，警官教育出版社 1996 年版，第 16 頁。
〔註28〕晉・干寶著，賈二強點校：《搜神記》，遼寧教育出版社 1997 年版，第 79 頁。

> 唐則天朝，有告駙馬崔宣謀反者，先誘藏宣妾，云妾將發其謀，宣殺之，投屍於洛水。御史張行岌案之，略無跡狀。則天怒，令重案，行岌奏如初。則天曰：「崔宣反狀分明，我令來俊臣案劾，汝當勿悔也。」行岌曰：「臣推事誠不若俊臣。然陛下委臣推事，必須實狀，若順旨妄族平人，豈法官所守？臣以爲陛下試臣耳。」則天厲色曰：「崔宣既殺其妾，反狀自然明矣。妾今不獲，如何可雪？乃欲寬縱之耶！」行岌懼，逼宣家訪妾。宣再從弟思兢於中橋南北多致錢帛募匿妾者，寂無所聞。而宣家每竊議事，則獄中告人輒知揣其家有同謀者。因詐語宣妻曰：「須絹三百疋，雇俠客殺告人。」詰旦，微服伺於臺側。宣有門客，爲宣所信，同於子弟。是日，至臺，賂閽者通消息。告人遽言：「崔家雇客刺我，請以聞。」臺中驚擾。思兢密隨門客至天津橋，罵曰：「若陷崔宣，引汝同謀，何路自脫？汝出崔家妾，與汝五百縑，足以歸鄉成百年計。不然，殺汝必矣！」客悔謝，遂引思兢於告者黨，獲其妾，宣乃免。〔註29〕

這裡，對案件偵破起決定作用的不是神異靈怪來，而是官吏的聰明才智，是監察官的智慧與意志。又如《朝野僉載》卷五《董行成》篇：

> 懷州河內縣董行成能策賊。有一人從河陽長店盜行人驢一頭並皮袋，天欲曉，至懷州。行成至街中見，嗤之曰：「個賊住！即下驢來。」即承伏。人問：「何以知之？」行成曰：「此驢行急而汗，非長行也。見人則引驢遠過，怯也。以此知之。」捉送縣，有頃，驢主蹤至，皆如其言。〔註30〕

這篇傳奇敘寫董行成明察秋毫之末，根據罪犯特定情況下的心理活動迅速果斷地偵破案件，寥寥數筆即生動有力地凸顯出精察的官吏形象。

從上述對比中可以清楚看到，較之魏晉六朝，唐代公案傳奇的敘事焦點有了重大變化。在唐代公案傳奇中，神異靈怪等志怪因素在案件偵破過程中已經不再起主導作用，起作用的，是那些明察秋毫的能吏，他們主要靠調查研究、縝密推理，依靠智慧戰勝了邪惡，伸張了正義。在唐代，公案小說「遂脫志怪之牢籠」，獲得了其獨有的文學魅力，人物形象之塑造也更豐富和生動。宋初和凝、和山蒙父子的《疑獄集》、鄭克《折獄龜鑒》多收集唐人的判

〔註29〕南宋·鄭克：《折獄龜鑒》卷三「辨誣」。

〔註30〕唐·張鷟撰、趙守儼點校：《朝野僉載》卷五，第109頁。

案故事，爲後人提供司法借鑒，原因也在於此。

三、懲惡揚善——唐代公案傳奇的價值取向

唐代公案傳奇著意於人物心性和行爲的敘寫，從敘寫的人物來看，唐代公案傳奇基本上可分爲兩大類。

一類是悉心表現清官、循吏剛正不阿、伸張正義的優秀品質。唐代公案傳奇強調清官循吏的明斷精察，而明斷精察的出發點是清官們具有公正清明的品質和足智多謀的本領。公案傳奇以飽蘸情感的筆墨對清官循吏之言行作了精細入微的記錄，「權善才，高宗朝爲將軍，中郎將范懷義宿衛昭陵，有飛騎犯法，善才繩之。飛騎因番請見，先涕泣不自勝。言善才等伐陵柏，大不敬。高宗悲泣不自勝，命殺之。大理丞狄仁傑斷善才罪止免官。高宗大怒，命促刑。仁傑曰：『法是陛下法，臣僅守之。奈何以數株小柏而殺大臣？請不奉詔。』」〔註31〕狄仁傑斷案，人人畏服，之所以然者，不過明與公而已。唐代公案小說往往強調道德力量的勝利，「皇甫文備，武后時酷吏也，與徐大理論獄，誣徐黨逆人，奏成其罪，武后特出之。無何，文備爲人所告，有功訊之在寬。或曰：「彼曩時將陷公於死，今公反欲出之，何也？」徐曰：「汝所言者，私忿也；我所守者，公法也。安可以私害公？」〔註32〕循吏至於酷吏，其高下之分，不唯智慧高低，更在於厚重的道德力量。

另一類則是爲非作歹、草菅人命、職業道德淪喪的酷吏。酷吏本來均是「庸流賤職、奸吏險夫」，在武后操縱刑秉、威權獨任，御史臺畸形運作，御史權力惡性膨脹的特定歷史時期，御史人格由權威性人格特徵向暴力型人格發展，酷吏的心性行爲趨於病態以至變態，他們「以粗暴爲能官，以兇殘爲奉法。往從按察，害虐在心。倏忽加刑，呼吸就戮。暴骨流血，其數甚多。冤濫之聲，盈於海內。」〔註 33〕成爲唐王朝政治運行中的毒瘤和一股危害極大的病態勢力。有些公案傳奇的作者如韓思彥、韓琬等就生活在這種極不正常的政治環境中。他們親眼目睹、親身體驗到這無聊而又無望的一切，敏銳地覺察到唐代御史制度在另些方面表現出的種種弊端。日本學者池田溫先生

〔註31〕唐・劉肅：《大唐新語》卷四「持法」，第 56 頁。

〔註32〕唐・劉餗撰、程毅中點校：《隋唐嘉話》卷下，中華書局 1979 年版，第 35～36 頁。

〔註33〕清・徐松：《全唐文》卷一六《追多劉光業等官爵制》，第 229～230 頁。

曾說：「韓琬父子是兩代御史，在這御史任上，韓琬想通過規諫、彈劾來糾正統治階層的不法行爲，胸中充溢著想要社會正義的崇高理想。在開元五年以後稍稍安定的時期裏，他寫出了總結國初以來御史臺和御史活動的著作（指《御史臺記》，筆者注）。」〔註 34〕正是帶著這種濃鬱的憂患意識，他們以冷峻之筆觸鞭撻了喪心病狂的迫害者令人髮指的惡劣行爲。來俊臣主治大獄，審案不問輕重，皆用酷刑，「多以醋灌鼻，禁地牢中，或盛之於甕，以火圍繞；絕其糧，多抽衣絮以啖之。將有赦，必先盡殺其囚。……朝士每入朝，多與妻子訣別。」〔註 35〕再如「監察御史李嵩、李全交、殿中王旭，京師號爲『三豹』，……皆狼戾不軌，鴆毒無儀，體性狂疏，精神慘刻」〔註 36〕等記載，更可見酷吏的猙獰面目。周勳初先生曾說：「《朝野僉載》記載索元禮、來俊臣、周興、侯思止、李嵩、李全交、王旭等酷吏，其刑法之殘酷，處心之刻毒，可見其時臣民所受荼毒之苦。各地官吏亦有兇殘異常者，當時還獎勵告密，獎勵羅織，可見政治之黑暗與恐怖。」〔註 37〕唐代公案傳奇在對酷吏橫行的揭露中，其懲惡揚善的價值取向不言而喻。

綜上所述，唐代公案傳奇既褒揚了一批正直無私、爲民請命、善斷明察的循吏，也鞭撻了酷吏政治的黑暗，這一正一反執法者形象的塑造，清晰地傳達出傳奇作家的價值取向。

四、塑造了一批斷案機智的能吏形象

唐代公案傳奇主要記錄公案的發生和解決，其中執法者起著關鍵的作用。故官吏如何審案、斷案便成爲眾多公案傳奇敘事的中心和焦點。圍繞此一中心，公案傳奇以濃墨重彩描繪了執法者的聰明才智、幹練吏能，從而塑造出一批能吏形象。一般說來，能吏們諳熟罪犯心理，具有明察秋毫的觀察能力和由表及裏的推理能力，善於辨別眞僞，在審案陷入僵局時，能巧妙運用各種斷案技術，誘使罪犯入甕，公正神明，閃耀著智慧的光芒。爲了表現這種人格之美，唐人往往採取多種藝術手法，擇其要者，有如下幾點：

一是典型事跡的敘寫。能吏的經歷是豐富的，其事跡也是多樣的。在人

〔註 34〕〔日〕池田溫：《唐研究論文選集》，中國社會科學出版社 1999 年版，第 359 頁。

〔註 35〕宋・李昉：《太平廣記》卷二六八引《御史臺記》，第 2104 頁。

〔註 36〕唐・張鷟撰、趙守儼點校：《朝野僉載》卷二，第 34 頁。

〔註 37〕周勳初：《唐代筆記小說敘錄》，鳳凰出版社 2008 年版，第 10 頁。

物性格風貌、精神氣質的展現中，材料的選取至關重要。唐代公案傳奇善於抓住其神態，緊緊圍繞著斷案風格各異的「能」來展開，通過最典型的事例，表現其過人的能吏，寥寥數筆，形象傳神。如《張楚金》：

> 垂拱年，則天監國，羅織事起。湖州佐史江琛取刺史裴光判書，割字合成文理，詐爲徐敬業反書以告。差使推光，款書是光書，疑語非光語。前後三使推，不能決。敕令差能推事人勘當取實，僉曰：「張楚金可。」乃使之。楚金憂悶，仰臥西窗，日高，向看之，字似補作。平看則不覺，向日則見之。令喚州官集，索一甕水，令琛投書於水中，字一一解散。琛叩頭伏罪。敕令決一百，然後斬之。賞楚金絹百匹。〔註38〕

罪犯不可謂不費心機，在多謀善斷的執法者面前卻常常是弄巧成拙。從此例不僅可以看出能吏非同尋常的本領，舉一斑以窺全豹，使我們知道這種神異超常的辦案本領並非偶而的靈光閃現，而是其斷案之「常態」，相較之下，能吏之「能」便異常突出地表現出來。

二是對比、渲染、襯托、細節描寫等藝術手法的運用。公案傳奇的作者往往採取多種藝術手法，從其言行、舉止、神態等方面進行富有個性的描繪，將能吏之人格風采準確地表現出來。如李元素按令狐運一案：

> 元和五年，命監察御史楊寧往東都按大將令狐運事。時杜亞爲東都留守，素惡運。會盜發洛城之北，運適於部下畋於北邙，亞意爲盜，遂執訊之，逮繫者四十餘人。上……命侍御史李元素就覆焉。亞迎路，以獄告成。元素驗之，五日，盡釋其囚以還。亞大驚且怒，親追送，馬上責之，元素不答。亞遂上疏，又論元素。元素還奏，言未畢，上怒曰：「出，俟命。」元素曰：「臣未盡詞」。……上意稍緩。元素盡言運冤狀明白，上乃悟曰：「非卿，孰能辨之？」後數月，竟得眞賊。〔註39〕

全文圍繞對案件的處置，以杜亞的急不可耐、盲目輕信反襯出李元素的能謀善斷，又以皇帝之「怒」、「稍緩」、「上乃悟」——皇帝思想、情緒的變化這一細節描寫來反襯出李元素的善於明察秋毫，從而使李元素這個人物形象眞實生動、栩栩如生。

〔註38〕唐・張鷟撰、趙守儼點校：《朝野僉載》卷五，第26頁。
〔註39〕宋・王溥撰：《唐會要》卷六二「御史臺」，第1274頁。

三是善於設置懸念。懸案是公案小說審美特性的重要因素。唐代公案傳奇中懸念的設置幾乎篇篇觸及，舉不能勝，奇中見險、奇險結合，相得益彰，無疑強化了作品的藝術感染力，人物形象亦更豐滿而突出。如上文提到的《楊公漢墓誌銘》，作者通過「四年獄不決」之懸念設置，已經讓讀者對案件的複雜難斷有了深刻認識。在此大懸念之下，又一連四個引問，派生出四個小懸念，引問曰：「死者首何指？」曰：「東。」又數日，又引問曰：「自刑者刃之靶（疤）何向？」曰：「南。」又數日，引問曰：「死者仰矣覆矣？」曰：「仰。」又數日，引問曰：「死者所用之首（手）左矣右矣？」曰：「右。」至此，讀者對案情結局仍然提心弔膽，直至楊公詰之曰：「是則果非自刑也。如爾之說，即刃之，靶（疤）當在北矣。」讀者才對楊公不斷引問之原因恍然大悟，同時不得不佩服楊公推理的縝密。一位能吏之形象也躍然紙上，令人嚮往。

汪辟疆《唐人小說》「序例」云：「唐人小說，元明人多取其本事，演爲雜劇傳奇。」〔註 40〕唐代公案傳奇不僅豐富了中國小說的敘事藝術，而且爲後世通俗小說、各種戲曲及說唱藝術提供了用之不竭的資料來源，在後世作家不斷的「改寫」中故事情節愈加豐富，傳播以更加廣泛，其中有些已經成爲國人家喻戶曉的監察官典範。如《朝野僉載》卷五「李傑判寡婦告子不孝」公案即是明代《拍案驚奇》卷一七《西山觀設輦度亡魂，開封府備棺迫活命》之藍本。再如狄仁傑斷案的故事，成爲後世的「說公案」、「清官戲」的主要內容之一，也是清代公案小說《狄公案》之藍本。不僅如此，荷蘭作家高羅佩還從狄仁傑斷案中受到啓發，創作出系列小說《狄仁傑斷案傳奇》，風靡歐洲。直到今天進入數字傳媒時代，狄仁傑斷案的傳奇故事仍未人們所喜愛，電視劇《狄仁傑傳奇》的高收視率即是明證。

考察整個中國歷史文化，「清官」崇拜成爲廟堂和民間最普遍和最傳統的政治意識形態。在人們的期待視野中，清官行政是他們永遠的嚮往和追求，作爲對非理想政治的一種補充，清官行政確實發揮了積極作用，在某些歷史條件下，是對政治弊端的一種調節和修正，其典範作用值得後代承繼和闡揚。一般來說，「清官意識的流行是在宋元之間。」〔註 41〕如果將唐代公案傳奇的

〔註 40〕汪辟疆校錄：《唐人小說》，上海古籍出版社 1978 年版，第 1 頁。

〔註 41〕徐忠明：《中國傳統法律文化視野中的清官司法》，見《法學與文學之間》，中國政法大學出版社 2000 年版，第 44 頁。

循吏形象與元明清公案小說、雜劇中的清官形象相比較，即可清晰看到，唐代循吏在很大程度上已具有清官的諸多因素，可謂清官的雛形，唐代公案傳奇中這種循吏形象正孕育著宋元出現的清官形象。唐代公案傳奇對於清官形象、清官文化的形成具有重要先導作用，是「清官文化」形成中一個不可或缺的環節。

唐代公案傳奇還是研究唐代社會生活，尤其是政治、司法制度的重要材料。如果只注重正史資料和法律典籍的解釋，對民間社會、百姓大眾的眞實生活缺少相應瞭解，公案傳奇正好彌補此方面之不足，得生民之底氣，去案牘之勞形。將有助於我們全面、系統地理解中國傳統法律的有關情況。總之，唐代公案傳奇在中國文學、中國文化研究中都有不容忽視的地位和價值。

第三節　御史活動與唐代公案傳奇的審美生成

唐代公案傳奇的作者往往具有監察、司法職業的經歷，如保存公案傳奇最多的《朝野僉載》和《御史臺記》，其作者張鷟、韓琬都是有唐一代著名的御史。他們首先是監察官，然後才是公案傳奇的寫作者，因此，他們的御史、法官等職業生涯便成爲唐代公案傳奇生成的重要推動力。

唐代御史臺的職能較之秦、漢、魏、晉有很大變化，自秦迄隋，御史職責主要是監察百僚。唐代御史不僅具有監察百僚之權，還通過推鞫獄訟，「三司受事」等形式，切割了刑部、大理寺的部分職能，擁有一定的司法審判權和司法監察權。御史臺甚至設置臺獄，可以隨時提審犯人。唐代御史的這些職事活動，不但磨礪、鍛鍊了御史的才能，而且豐富了其職業生涯經歷，培育了御史群體基本的思維方式，鍛鑄了其基本的價值取向。御史活動對於唐代公案傳奇敘事文本、價值取向的形成無疑具有重要影響。本節即以御史活動爲主要對象，從御史活動與公案傳奇故事的生成、御史思維與公案傳奇敘述的生成、御史品質與公案傳奇價值取向的生成三個方面，分別考察唐代御史活動與唐代公案傳奇生成之間的因緣關係。

一、御史活動與公案傳奇故事的生成

小說通過塑造人物、敘述故事、描寫環境來反映生活、表達思想，沒有故事便形不成公案，更談不上公案傳奇。故事無疑是公案傳奇生成的核心內

容。那麼，唐代公案傳奇作家是如何獲取有關公案故事的呢？

御史在唐代政治生活中扮演著十分重要的角色，其主要職事活動有：彈劾、諫諍、監察禮儀、巡按州縣、分察六部、掌律令、推鞫獄訟、三司受事、監察國家財政經濟、監選、監督科考、監軍等。在這些職責中，司法案件的調查與審判又處於核心位置，因爲欲彈劾，就要對官員的違法、犯罪事實進行偵破、調查。《唐六典》卷十三《御史臺》云：「侍御史掌糾舉百僚，推鞫獄訟。其職有六：一曰奏彈，二曰三司，三曰西推，四曰東推，五曰贓贖，六曰理匭。凡有制敕付臺推者，則按其實狀以奏，若得尋常之獄，推訖，斷於大理。〔註 42〕明確規定侍御史負責東推、西推、理匭等，東推掌糾察京城官員違法失職，西推掌地方官員的違法亂紀調查，還與大理寺、刑部組成「三司受事」，共同審判案件。從《唐六典》還可看出，唐代御史是調查、偵破官員犯罪的主體之一，御史對犯罪事實調查清楚以後，再移交大理寺判案。御史作爲「天子鷹隼」，還直接受皇帝指派，偵破、處理疑難案件。「道高一尺，魔高一丈」，違法、犯罪行爲往往是極其隱秘的，貪官污吏本身會採取許多反偵破的防範措施。這一方面使御史職業具有高風險、高壓力特徵，另一方面也使御史職業生涯充滿了傳奇、神秘色彩，生發出許多具有傳奇色彩的公案故事。

文人士子喜好記錄朝野遺聞趣事，而御史在當時政治舞臺上窮形盡態的表演，特別是其在司法審判活動中富有傳奇性的經歷和故事，正好爲他們的傳奇寫作提供了豐富的題材資源。在唐代，一些御史如被譽爲「獬豸之精」的徐有功、狄仁傑等，因其傑出的事蹟，本身就是家喻戶曉的風雲人物。這些善於精察、明於斷案的御史，其經歷頗有傳奇色彩，在當時社會上廣泛流傳，自然成爲眾多筆記競相記載的對象。據不完全統計，唐代公案傳奇中以有關御史的公案就有 26 則，占總數的 23%，唐代不少公案傳奇的故事情節，都來源於御史的斷案、審案活動，較爲著名的公案如：

《馬知己》篇，來自御史馬知己禁樹案。

《蔣恒》篇，源自御史蔣恒偵破衛州板橋店主妻兇殺公案。

《李義琛》，源自御史李義琛察文成公主被盜案。《舊唐書》有記載。

〔註 42〕唐・李林甫：《唐六典》卷一三《御史臺》，第 381 頁。

《張楚金》，源自御史張楚金利用竊聽偵破案件。

《京師三豹》，源自酷吏李嵩、李全交、王旭狼狽成奸。兩《唐書》有記載。

《康謈》，源自遂州長江縣丞夏文榮善判冥事。

《陸遺勉》，源自御史陸遺勉奉敕令中書令崔湜自盡案。

《來俊臣》，源自來俊臣迫害大臣之事，兩《唐書》有載。

《趙涓》，源自迫害寫成公案傳奇；《舊唐書》有記載。

《韓滉》，源自韓滉斷案的眞實事蹟，兩《唐書》有記載。

《御史雨》，源自顏眞卿平反冤獄案，兩《唐書》有記載。

《孟簡》，源自孟簡偵破冤獄案。

《張行岌》源自張行岌斷誣告駙馬崔宣謀反案。《舊唐書》有記載。

《彭先覺》，源自御史彭先覺斷案事。《舊唐書》有記載。

《李元素》，源自侍御史李元素推覆令狐運冤獄案。《唐會要》有記載。

唐代著名的公案筆記《朝野僉載》更記載了許多御史偵破冤案的眞實情況，僅《太平廣記》「精察」卷收錄《朝野僉載》記載的公案就多達九篇，它們是《蔣恒》、《王璥》、《李傑》、《裴子雲》、《郭正一》、《張楚金》、《董行成》、《張鷟》、《張松壽》。《四庫全書總目提要》云：《朝野僉載》「其書皆紀唐代故事，而於諧謔荒怪，纖細臚載，未免失於纖碎。……然耳目所接，可據者多。故司馬光作《通鑒》亦引用之。兼收博采，固未嘗無裨於見聞也。」〔註 43〕這也從側面說明御史活動的諸多眞實事跡成爲唐代公案傳奇的故事來源。

另外，唐代公案傳奇的作家中，不少人本身就是御史，有著豐富的御史職業生涯經歷。現代心理學已經證明，一個人早期的職業生涯經歷，尤其是那些驚險、富有刺激性的經歷，會積鬱爲刻骨銘心的記憶，它不僅會促使一個人生活中的早熟和藝術上的敏感，甚至會成爲終其一生都難以抹去的人色底色，左右著作家今後的人生價值取向和藝術追求。就此而言，御史職業生涯中精察、斷案等富有傳奇性的人生經驗，不斷髮酵、自然而然積澱爲御史

〔註 43〕清・紀昀總纂：《四庫全書總目提要》，海南出版社 1997 年版。

文學家最爲偏愛、最爲擅長的敘事主題。如唐代四種專門記載御史活動的筆記，杜易簡《御史臺雜注》五卷，韓琬《御史臺記》十二卷，韋述《御史臺記》十卷，李植《御史臺故事》三卷。〔註 44〕杜易簡、韓琬、韋述、李植均有御史臺經歷。據筆者輯佚，現存韓琬《御史臺記》仍然記錄了唐代四十四名御史的職事活動，他們是：

> 高智周、張楚金、李義琛、盧莊道、裴琰之、彭先覺、孟誠、吳少微、裴明禮、嚴昇期、任懷、辛郁、尹君、王福疇、元晉、虞慶、元福慶、姚貞操、張文成、蕭誠、狄仁傑、楊茂直、杜文範、石抱忠、宋務先、傅遊藝、侯味虛、賈言忠、格輔元、邵景、侯思止、來子珣、李師旦、霍獻可、韓琬、趙仁獎、成敬奇、張玄靖、李文禮、汲師、來俊臣、王弘義。〔註 45〕

其中諸多御史如張楚金、高智周等的斷案、審案事蹟，都是唐代公案傳奇的代表性篇章。唐代御史在職業生涯中的所作所爲，無疑爲代公案傳奇提供了豐富而便捷的素材。從這一點我們不難看出御史活動對唐代公案傳奇生成的潛在制約。

二、御史「精察」與公案傳奇「變故」敘述的生成

有了公案故事，有了講故事的動機，並不等於一步優秀的公案筆記就已經形成了。公案筆記的生成，在很大程度上還取決於作家的敘述行爲，即作家如何組織情節、如何講述故事。

上文已經提到，唐代公案傳奇的作家中不少人本身就是御史，這些御史文學家無疑是唐代公案傳奇創作的主要力量。我們以唐代著名公案傳奇《朝野僉載》的作者張鷟爲例，說明御史的「精察」思維與公案傳奇「變故」敘述的生成之間的關係。

我們知道，御史屬於法吏，御史一職對是否明法典、懂法學有著特殊的要求。如唐代《舉選議》規定：「其判問請皆問以時事疑獄，令約律文斷決。其有既依律文，又約經義，文理宏雅，超然出群，爲第一等。其斷以法理，參以經史，無所虧失，粲然可觀，爲第二等。判斷依法，頗有文采，爲第三

〔註 44〕其中杜易簡、韋述、李植所著三書散佚殆盡，韓琬《御史臺記》尚存部分佚文。

〔註 45〕分見《太平廣記》引《御史臺記》。

等。頗約法式，直書可否，言雖不文，其理無失，爲第四等。此外不收，但如曹判及書題，如此則可，不得拘以聲勢文律，翻失其眞。故合於理者，數句亦收；乖於理者，詞多亦捨。其倩人暗判，人間謂之判羅，此最無恥，請榜示以懲之。〔註 46〕可見，是否明法典是唐代御史的一個基本特點。同時，較之唐代其他社會角色，御史活動有兩個突出特點，一是實，二是眞。御史的求實精神和長期從事斷案、審案的法律實踐，對其思想觀念、思維方式、情志心態都會產生潛移默化的深度滲透，形成特定的思維定勢，可以謂之「精察思維」。這種在長期司法實踐中形成的思維定勢積澱時間長久以後，便又形成一種審美經驗定勢，對其從事文學創作影響甚大。也就是說，御史的「精察思維」既是其思維模子〔註 47〕，又是審美模子，並以此爲參照和標準，對其他審美對象進行思維和言說。

張鷟，曾先後任長安、洛陽縣尉、監察御史，有過長達七年的御史經歷（徵聖元年～長安元年）〔註 48〕有著躬親斷案、審案的實踐，堪稱能吏。《折獄龜鑒》中載其斷案事蹟：

> 張鷟爲河陽尉。有呂元者，僞作倉督馮忱書，盜糶官粟。忱不認，元堅執，久不能決。鷟乃取告牒，括兩頭，留一字，問元：「是汝書，即注云是；不是，即注云非。」元注云：「非。」去括，乃是元告牒，遂決五下。又取僞書括字問之，元注云：「是。」去括，乃是僞作馮忱書也，元遂伏罪。〔註 49〕

鄭克評論曰：「鷟蓋已知其誣，而欲使之服，故括字以覈其奸，問書以正其慝，斯不可隱諱矣，亦安得不服乎？」可見張鷟非凡的斷案本領。又如：

> 張鷟爲河陽縣尉日，有客驢韁斷，並鞍失之三日，訪不獲，詣告縣。鷟推窮甚急，乃夜放驢出而藏其鞍，鷟曰：「此可知也。」遂令不秣飼驢，去轡放之，驢尋向昨夜喂處，乃搜索其家，於草積下得之。〔註 50〕

〔註 46〕唐・趙匡：《舉選議》，《全唐文》卷三五五，第 2137 頁。

〔註 47〕美籍華裔學者葉維廉先生認爲，人類的認識有一個「模子」，「一個思維模子或語言模子的決定力，要尋求共相。」見溫儒敏、李細堯《尋求跨中西文化的共同文學規律》，北京大學出版社 1987 年版，第 11 頁。

〔註 48〕馬學芹：《張鷟生平經歷及生卒年考釋》，見《河北師範大學學報》2001 年第 3 期。

〔註 49〕南宋・鄭克：《折獄龜鑒》卷三「辨誣」。

〔註 50〕南宋・鄭克：《折獄龜鑒》卷七「跡盜」。

這種長期的御史生涯中培養的「精察思維」，使張鷟從事公案傳奇的創作，顯得從容自信、遊刃有餘。張鷟之所以能成爲古代文學史上一位熱衷公案傳奇創作並有突出成就的作家，與他長期從事御史職業、躬親斷案的實踐應該有密不可分的關係。

那麼，御史的「精察」與公案傳奇「變故」敘述的生成有何直接關係呢？

首先，精察有助於公案傳奇的「變故」、「突轉」敘事。所謂精察，亦即精細明察。若故事平鋪直敘，形不成突變，則索然寡味、沒有吸引讀者的力量。精察官吏在常人不能發現問題處發現問題，從蛛絲馬跡中明察秋毫，故事的展開往往會在尋常中出人意料，於山窮水盡處絕處逢生，這就形成公案傳奇敘事中一層又一層「突轉」，從而達到一種驚奇美的效果。如《朝野僉載》中《蔣恒》篇：

> 貞觀中，衛州板橋店主張迪妻歸寧。有衛州三衛楊貞等三人投店宿，五更早發。夜有人取三衛刀殺張迪，其刀卻內鞘中，貞等不知之。至明，店人趨貞等，視刀有血痕，囚禁拷訊，貞等苦毒，遂自誣。上疑之，差御史蔣恒覆推。至，總追店人十五已（以）上集。爲人不足，且散，惟留一老婆年八十已（以）上。晚放出，令獄典密覘之，曰：「婆出，當有一人與婆語者，即記取姓名，勿令漏泄。」果有一人共語者，即記之。明日復爾，其人又問婆：「使人作何推勘？」如是者三日，並是此人。恒總追集男女三百餘人，就中喚與老婆語者一人出，餘並放散。問之具伏，云：「與迪妻奸殺有實。」奏之，敕賜帛二百段，除侍御史。〔註51〕

這篇傳奇的引人入勝處，在於其層層突轉的敘事結構：罪犯頗具隱蔽性的反偵破手段，使一起兇殺案件一開始便沒有任何線索，懸念的設置便使人覺得頗爲驚奇。而無辜者受牽連又扣人心弦，直到案件誰都認爲無法偵破的情況下，御史蔣恒才出場，蔣恒眞能破這這起無頭案嗎？故事又是一層突轉。御史蔣恒果然身手不凡，他諳熟罪犯心理，雖然案件本身已無任何線索，但是，案犯關心案件進展的心理是客觀存在的，蔣恒便抓住這一點，留一個老太太作誘餌，終使得無頭案眞相大白。在這裡，故事情節發展的衝突性、場景性都很強，層層突轉的變故敘述得以不斷地生發出來，其戲劇化效果，令人拍案叫絕。根據敘事學理論，作爲一種審美形態，「驚奇」是由故事的「突轉」

〔註51〕唐・張鷟撰、趙守儼點校：《朝野僉載》卷四，第102頁。

造成的。〔註 52〕公案傳奇講究情節奇正相生、變化莫測，一波未平、一波又起，而御史斷案中的「精察」思維正有助於公案傳奇的變故敘事，形成富有「突轉」性、驚奇美的敘事張力。

其次，精察思維方式爲公案傳奇設置懸念提供了借鑒。傳奇作爲敘事文學，敘事是其共同特徵。作爲公案傳奇，它在敘事的過程中又有著區別其他小說類型的特徵，懸念的設置是公案傳奇的最引人入勝處之一。懸念本質上講是敘事文學的一種「召喚結構」，是創造公案傳奇驚奇審美張力的主要藝術手段。公案傳奇對讀者的吸引力，一是案件的偵破過程，許多案件需要判案所需的關鍵證據，需要執法者愼斷明察，出奇制勝；二是判案結果備受關注，誰是眞正的罪犯？罪犯是否伏法？公平正義是否得到保護？許多公案，那些看似與被害者有直接關係的人並不是眞凶，而被誤判者往往是無辜者，小說在製謎的同時又帶領讀者去解謎。公案傳奇的創作，首先面臨如何設置懸念的問題。在這方面，御史精察過程無疑提供了生動的具體材料。

在唐代公案傳奇中，懸案的破解，不是冥冥神靈的啓示，也不是佛家所講的因果報應，而是明察秋毫的官吏，他們通過調查研究、邏輯推理、熟悉罪犯心理獲得線索，靠自己的智慧降妖除怪。可以說，公案傳奇中無論製謎還是解謎，其內在深層結構都是圍繞精察而展開的。審視張鷟的個人經驗，他最瞭解、最熟悉的乃是與罪犯作鬥爭的執法官，因而他筆下公案情節總是那麼精細入微、扣人心弦而又跌宕起伏，如《張松壽》：

> 張松壽爲長安令，時昆明池側有劫殺。奉敕十日內須獲賊，如違，所由科罪。壽至行劫處尋蹤跡，見一老婆樹下賣食。至，以從騎馱來入縣，供以酒食。經三日，還以馬送舊坐處。令一腹心人看，有人共婆語，即捉來。須臾，一人來問：「明府若爲推逐？」即被布衫、籠頭送縣，一問具承，並贓並獲，時人以爲神明。〔註 53〕

故事一開始便爲讀者留下了巨大的懸案，一起毫無線索的劫貨殺人案，十日內須破案。張松壽卻通過深入調查，從一名樹下賣食的老婦處找到了案子的突破口。這則傳奇的製謎與解謎，都是以執法者的精察爲中心而展開的，雖然篇幅不長，但藝術容量卻相當豐富，其份量足以改變爲一個電影劇本了。由於《朝野僉載》原書早佚，現存本子乃幾經變遷後的版本，我們很難確定

〔註 52〕羅鋼：《敘事學導論》，雲南人民出版社 1994 年版，第 88 頁。
〔註 53〕唐．張鷟撰、趙守儼點校：《朝野僉載》卷五，第 110 頁。

張鷟當時寫了多少篇公案小說。《太平廣記》「精察」類共收31篇循吏折獄故事，其中 7 篇，即約四分之一出自張鷟之手，難怪人們贊其爲唐代最有成就的公案傳奇作家。可見，長期身處斷案、審案職業實踐培養的思維方式，的確有助於御史文學家提高結構故事的能力，從而創作出結構更爲嚴謹、情節更引人入勝的公案作品。

三、御史活動的倫理內涵與公案傳奇價值取向的生成

如果說長期斷案、審案的職業實踐，有助於御史文學家提高結構故事的能力，那麼，御史活動的倫理內涵則影響了唐代公案傳奇價值取向的生成。

郭英德先生曾論及「借事抒情，事爲情用，以情爲體，以事爲用」，〔註54〕是中國古代敘事文學的主要特徵，因而，古代敘事文學體現出一種「寓義於事」或「借事明義」的敘事價值觀。郭先生是針對明清傳奇的敘事藝術而言的，事實上，這一認識對於包括公案傳奇在內的中國古代敘事文學都是適用的。御史監察活動的倫理內涵爲唐代公案傳奇的創作提供了明確的導向，即通過對御史活動的評價傳達其追求社會公平正義的理想。

唐代御史的剛正人格，使他們在監察實踐中忠君報國、剛正不阿、鐵面無私、求眞務實。正如唐人所論：「若則御史之職，故不可得閒。……且御史出持霜簡，入奏天闕，其於勵己自修，奉職存憲，比於他吏，可相百也。若其按劾奸邪，糾擿欺隱，比於他吏，可相十也。」〔註 55〕唐代御史在長期與各種邪惡勢力的鬥爭中所形成的嫉惡如仇的價值追求和直道正言的鬥爭精神，是中國監察文化中最富生命力和感召力的價值觀念。《郡齋讀書志》云：「《御史臺記》十二卷，……載唐初及開元御史制度故事。以大夫、中丞、侍御史、殿中、監察、主簿、錄事，分門載次名氏行事。……敘御史正邪得失、進擢誅滅之狀，以爲世戒。」〔註 56〕正說明唐代公案傳奇亦是有關世教之文字。

另一方面，在某些特定時期，唐代御史的專制工具品格惡性膨脹，御史

〔註54〕郭英德：《明清傳奇戲曲文體研究》，商務印書館2004年版，第39頁。

〔註55〕後晉·劉昫：《舊唐書》卷九四《李嶠傳》，第2994頁。

〔註56〕宋·晁公武撰、孫猛校正：《郡齋讀書志校證》卷七「職官類」，上海古籍出版社1990年版，第314頁。

人格由權威型人格向暴力型人格轉化所帶來的負面效應。唐代一些正直御史長期受到傳統倫理觀念的薰陶，同時也目睹了御史倫理缺失、酷吏橫行所導致的危害。正、反兩方面的經驗、教訓是如此深刻，促使唐代御史在講述公案故事時，自覺不自覺地注入其價值觀，或「寓義於事」，或「借事明義」，臧否人物，寄寓理想。正因如此，《御史臺記》、《朝野僉載》等筆記小說在記載大量能吏明察秋毫、懲治罪犯、救人於水火之中的同時，也鞭撻了御史群體中一些諂媚取容的敗類：

《霍獻可》

唐霍獻可，貴鄉人也。父毓，岐州司法。獻可有文學，好詼諧，累遷至侍御史左司員外。則天法峻，多不自保，競希旨以爲忠。獻可頭觸玉階，請殺狄仁傑、裴行本。裴即獻可堂舅也。既損額，以綠帛裹於巾下，常令露出，冀則天以爲忠。時人比之李子慎。子慎，則天朝誣告其舅，加游擊將軍。母見其著緋衫，以面覆床，涕淚不勝曰：「此是汝舅血染者耶！」〔註57〕

《吉頊》

天后時，太常博士吉頊，父哲，易州刺史，以贓坐死。頊於天津橋南，要內史魏王承嗣，拜伏稱死罪。承嗣問之，曰：「有二妹，堪事大王。」承嗣然之，遂犢車載入。三日不語，承嗣怪問之，二人曰：「儿父犯國法，憂之，無復聊賴。」承嗣既幸，免其父極刑。遂進頊籠馬監，俄遷中丞，吏部侍郎。不以才升，二妹承嗣故也。〔註58〕

可見，唐代公案傳奇在敘事的同時，彰顯著作家創作的主體精神、主體情志。亦即敘事本身只是客體，只是作家用以表現主體情志的藝術符號，傳奇作家在對不同人物的敘寫中，寄寓著自己的救世理想。這種「寓義於事」或「借事明義」的獨特的創作理念，不但促使唐代大量公案傳奇應運而生，而且形成公案傳奇特定的價值取向。

御史活動與唐代公案傳奇審美生成之間的關係雖然密不可分，但卻因時而異，在不同的時期呈現不同的特色，初盛唐御史活動比較正常，在唐王朝

〔註57〕宋・李昉：《太平廣記》卷二五九引《御史臺記》，第2019頁。
〔註58〕唐・張鷟撰、趙守儼點校：《朝野僉載》卷五，第124～125頁。

政治生活中扮演著重要角色，因而公案傳奇中記載御史活動的事跡較多，呈現異彩紛呈的特點。中晚唐，朝廷「輕法術、賤法吏」，實際政治生活中御史地位較低、御史素質也多有下降，故公案傳奇中御史活動的記載相應較少，且比較單一。要之，不同時代的文化風氣、現實政治中御史地位的升降等因素，影響並制約著唐代公案傳奇的創作。

就總體而言，御史活動與唐代公案傳奇審美生成之間的關係是明顯的、突出的，唐代御史經由特定職事活動所形成的傳奇故事和倫理取向，成爲唐代公案傳奇生成的催化劑，在一定程度上鑄就了唐代公案傳奇的鮮明特徵。深入探討兩者之間的聯繫，不但可以深化對唐代御史活動的認識，還可使我們更深入地認識中國古代文言小說發生、演進的歷史線索。

參考文獻

一、基本文獻及古籍整理成果

1. 楊伯峻注：《春秋左傳注》，中華書局 1990 年。
2. 宋・朱熹集注、簡朝亮述疏：《論語集注補正述疏》，北京圖書館出版社 2007 年。
3. 陳奇猷校釋：《呂氏春秋校釋》，學林出版社 1984 年。
4. 漢・司馬遷：《史記》，中華書局 1959 年。
5. 漢・班固：《漢書》，中華書局 1962 年。
6. 漢・劉向撰、向宗魯校正：《説苑校正》，中華書局 1987 年。
7. 東漢・許慎：《説文解字》，商務印書館 2000 年。
8. 南朝・宋・范曄：《後漢書》，中華書局 1975 年。
9. 梁・劉勰著，周振甫注：《文心雕龍注釋》，人民文學出版社 1983 年。
10. 唐・長孫無忌等撰：《唐律疏議》，劉俊文點校，中華書局 1986 年。
11. 唐・孔穎達：《禮記正義》，北京大學出版社，1999 年。
12. 唐・徐堅：《初學記》，中華書局 1962 年。
13. 唐・吳兢編著：《貞觀政要》，上海古籍出版社 1978 年。
14. 唐・劉肅撰，許德楠、李鼎霞點校：《大唐新語》，中華書局 1984 年。
15. 唐・劉餗撰、程毅中點校：《隋唐嘉話》，中華書局 1979 年。
16. 唐・張鷟撰、趙守儼點校：《朝野僉載》，中華書局 1979 年。
17. 唐・李吉甫：《元和郡縣圖志》，中華書局 1983 年。
18. 唐・封演撰，趙貞信校注：《封氏聞見記校注》，中華書局 1985 年。

19. 後晉・劉煦：《舊唐書》，中華書局 1975 年。
20. 宋・王溥：《唐會要》，上海古籍出版社 2006 年。
21. 宋・李昉等編：《文苑英華》，中華書局 1966 年。
22. 宋・李昉等編：《太平廣記》，中華書局 1961 年。
23. 宋・歐陽修、宋祁：《新唐書》，中華書局 1975 年。
24. 宋・司馬光：《資治通鑒》，中華書局 2007 年。
25. 宋・計有功輯：《唐詩紀事》，上海古籍出版社 2008 年。
26. 宋・王讜：《唐語林》，泰山出版社 1999 年。
27. 宋・朱熹：《四書章句集注》，中華書局，1988 年。
28. 宋・晁公武撰、孫猛校正：《郡齋讀書志校證》，上海古籍出版社 1990 年。
29. 宋・陳振孫撰：《直齋書錄解題》，上海古籍出版社 1987 年。
30. 明・周朝俊：《紅梅記》，王星琦校注，上海古籍出版社 1985 年。
31. 明・胡應麟：《詩藪》，上海古籍出版社年，1958 年。
32. 明・徐師曾：《文章辨體序説》，人民文學出版社，1998 年。
33. 明・吳訥：《文章辨體序説》，人民文學出版社，1998 年。
34. 清・孔尚任：《桃花扇》，人民文學出版社 1959 年。
35. 清・彭定求：《全唐詩》，中華書局 1960 年。
36. 清・徐松等編，孫師映逵點校：《全唐文》，山西教育出版社，2002 年。
37. 清・勞格、趙鉞：《唐尚書省郎官石柱題名考》，中華書局 1992 年。
38. 清・嚴可均：《全上古三代秦漢三國魏晉六朝文》，商務印書館 1999 年。
39. 清・李玉：《清忠譜》，人民文學出版社 1990 年。
40. 清・仇兆鼇：《杜詩詳注》，中華書局 1999 年。
41. 清・王琦：《李太白集》，中華書局 1977 年。
42. 清・趙殿成箋注：《王右丞集箋注》，上海古籍出版社 1998 年。
43. 清・沈炳震：《唐書宰相世系表訂訛》，中華書局 1955 年。
44. 岑仲勉：《唐郎官石柱題名新考訂》，上海古籍出版社 1984 年。
45. 周紹良主編：《唐代墓誌彙編》，上海古籍出版社 2001 年。
46. 顧學頡點校：《白居易集》，中華書局，1979 年。
47. 曾棗莊、劉琳主編：《全宋文》，上海辭書出版社、安徽教育出版社 2006 年。
48. 冀勤點校：《元稹集》，中華書局，1982 年。
49. 陳長安主編：《隋唐五代墓誌彙編》(影印本)，天津古籍出版社 1991 年。

二、近人、今人著述

1. 魯迅：《中國小說史略》，人民文學出版社 2006 年。
2. 陳寅恪：《元白詩箋證稿》，上海古籍出版社 1978 年。
3. 陳寅恪：《隋唐政治史述論稿》，上海古籍出版社 1979 年。
4. 陳寅恪：《隋唐制度淵源略論稿》，中華書局 1977 年。
5. 岑仲勉：《翰林學士壁記注補》，上海古籍出版社 1984 年。
6. 嚴耕望：《唐僕尚丞郎表》，中華書局 1986 年。
7. 章士釗：《柳文指要》，中華書局，1971 年。
8. 霍松林：《唐宋詩文鑒賞舉隅》，人民文學出版社 1984 年。
9. 傅紹良：《唐代諫議制度與文人》，中國社會科學出版社，2003 年。
10. 傅紹良：《盛唐文化精神與詩人人格》，（臺灣）文津出版社，1999 年。
11. 霍松林、傅紹良：《盛唐文學的文化透視》，陝西師範大學出版社 2000 年。
12. 傅璇琮主編、孫師映逵校勘：《唐才子傳校箋》，中華書局 1999 年。
13. 傅璇琮：《唐翰林學士傳論》，遼海出版社 2005 年。
14. 傅璇琮主編：《唐五代文學編年史》，遼海出版社 1998 年。
15. 余英時：《士與中國文化》，上海人民出版社 1987 年。
16. 徐復觀：《中國藝術精神》華東師大出版社 2001 年。
17. 雷家驥：《武則天傳》，人民出版社 2008 年。
18. 袁行霈主編：《中國文學史》，高等教育出版社 1999 年。
19. 袁行霈：《中國詩歌藝術研究》，北京大學出版社 1996 年。
20. 郁賢皓：《唐刺史考》，江蘇古籍出版社 1987 年。
21. 郁賢皓、胡克先：《唐九卿考》，中國社會科學出版社 2003 年。
22. 賈晉華：《唐代集會總集與詩人群研究》北京大學出版社 2001 年。
23. 胡可先：《中唐政治與文學——以永貞革新爲例》，安徽大學出版社 2000 年。
24. 沈松勤：《北宋文人與黨爭》，人民出版社。
25. 溫儒敏、李西堯編：《尋求跨中西文化的共同文學規律——葉維廉比較文學論文選》，北京大學出版社 1987 年。
26. 葛曉音：《詩國高潮與盛唐文化》，北京大學出版社 1998 年。
27. 葛曉音：《漢唐文學的嬗變》，北京大學出版社 1999 年。
28. 陳中立等：《思維方式與社會發展》，社會科學文獻出版社 2001 年。
29. 黄永年：《唐史史料學》，上海書店出版社 2002 年。

30. 侯忠義、李勤學主編：《中國古代珍惜本小說續集》，春風文藝出版社 1997 年。
31. 侯忠義：《隋唐五代小說史》，浙江古籍出版社 1997 年。
32. 程毅中：《唐代小說史》，人民文學出版社 2003 年。
33. 彭萬隆：《唐五代詩考論》，浙江大學出版社，2006 年。
34. 吳在慶：《唐代文士與唐詩考論》，廈門大學出版社，2006 年。
35. 尚永亮：《貶謫文化與貶謫文學》，蘭州大學出版社 2004 年。
36. 馬自力：《中唐文人的社會角色與文學活動》，中國社會科學出版社，2005 年。
37. 沈松勤：《北宋文人與黨爭》，人民出版社 1998 年。
38. 王勳成：《唐代銓選與文學》，中華書局 2001 年。
39. 杜曉勤：《隋唐五代文學研究》，北京出版社 2000 年。
40. 劉上生：《中國古代小說藝術史》，湖南師範大學出版社 1993 年。
41. 張新科：《文化視野中的漢代文學》，中國社會科學出版社 2006 年。
42. 戴偉華：《唐代使府與文學研究》，廣西師範大學出版社 1998 年。
43. 戴偉華：《唐方鎮文職僚佐考》，廣西師範大學出版社 2007 年。
44. 李浩：《唐代三大地域文學士族研究》，中國社會科學出版社年。
45. 劉鋒燾：《中國古代文學研究年鑒》，陝西師範大學出版社 2006 年。
46. 孟二冬：《中唐詩歌之開拓與新變》，北京大學出版社 2006 年。
47. 查屏球：《唐學與唐詩》，商務印書館 2000 年。
48. 王予霞：《蘇珊·桑塔格縱論》，民族出版社，2004 年。
49. 苗懷明：《中國古代公案小說史論》，南京大學出版社 2005 年。
50. 夏靜：《禮樂文化與中國文論早期形態研究》，中華書局 2007 年。
51. 王啓才：《漢代奏議的文學意蘊與文化精神》，人民出版社 2009 年。
52. 于俊利：《唐代禮官與文學》，陝西師範大學 2009 年博士論文。
53. 韓雲波：《唐代小說觀念與小說興起研究》，四川民族出版社 2002 年。
54. 俞鋼：《唐代文言小說與科舉制度》，上海古籍出版社 2004 年。
55. 孫昌武：《柳宗元評傳》，南京大學出版社。
56. 蹇長春：《白居易評傳》，南京大學出版社 2002 年。
57. 唐明邦：《李時珍評傳》，南京大學出版社 1992 年。
58. 張國剛：《唐代官制》，三秦出版社 1987 年。
59. 胡滄澤：《唐代御史制度研究》，福建教育出版社 2000 年。
60. 張晉藩主編：《中國古代監察法制史》，江蘇人民出版社 2007 年。

61. 周天：《中國歷代廉政監察制度史》，上海文藝出版總社、百家出版社 2007 年。
62. 吳宗國：《唐代科舉制度研究》，遼寧大學出版社 1997 年。
63. 胡寶華：《唐代監察制度》，商務印書館 2005 年。
64. 李小樹：《秦漢魏晉南北朝監察史綱》，社會科學文獻出版社 2000 年。
65. 賈玉英：《中國古代監察制度發展史》，人民出版社 2004 年。
66. 彭勃、龔飛：《中國監察制度史》，中國政法大學出版社 1989 年。
67. 邱永明：《中國古代監察制度史》，上海人民出版社 2006 年。
68. 王春瑜主編：《中國反貪史》，四川人民出版社 2007 年。
69. 楊鴻烈：《中國法律對東亞諸國的影響》，中國政法大學出版社 1999 年。
70. 郭健主編：《中國法律思想史》，復旦大學出版社 2007 年。
71. 曾憲義主編：《法律文化研究》，中國人民大學出版社 2007 年。
72. 喬偉：《唐律研究》，山東人民出版社 1985 年。
73. 何勤華：《法律文化史論》，法律出版社 1998 年。
74. 蘇力：《法律與文學》，三聯書店 2006 年。
75. 白鋼：《中國政治制度通史》，人民出版社 1996 年。
76. 余宗其：《中國文學與中國法律》，中國政法大學出版社 2002 年。
77. 汪世榮：《中國古代判詞研究》，中國政法大學出版社 1997 年。
78. 程維榮：《中國審判制度史》，上海教育出版社 2001 年。
79. 虞雲國：《宋代臺諫制度研究》，上海書店出版社 2009 年。
80. 葉孝信、郭建主編：《中國法律史研究》，學林出版社 2003 年。
81. 李光燦、張國華主編：《中國法律思想通史》，山西人民出版社 2001 年。
82. 俞榮根：《儒家法思想通論》，廣西人民出版社 1998 年。
83. 王德威：《想像中國的方法》，三聯書店 1998 年。

三、外國著作

1. 〔德〕馬克思、恩格斯：《馬克思恩格斯選集》，人民出版社 1995 年。
2. 〔德〕康德：《判斷力批判》，（上、下）宗白華譯，商務印書館 1995 年。
3. 〔美〕西奧多・M・米爾斯：《小群體社會學》，雲南人民出版社 1988 年。
4. 〔美〕蘇珊・朗格：《藝術問題》，騰守堯、朱疆源譯，中國社會科學出版社 1983 年。
5. 〔美〕蘇珊・朗格：《情感與形式》，劉大基譯，中國社會科學出版社 1986

年。

6. 〔美〕蘇珊·桑塔格：《疾病的隱喻》，程巍譯，上海譯文出版社 2003 年。
7. 〔丹麥〕格奧爾格·波蘭兄斯：《十九世紀文學主流》，人民文學出版社 1997 年。
8. 〔法〕丹納：《藝術哲學》，傅雷譯，中國社會科學出版社 2004 年。
9. 〔俄〕普列漢諾夫：《論藝術》，三聯出版社 1964 年。
10. 〔德〕R.H.姚斯、〔美〕R.C.霍拉勃：《接受美學與接受理論》，周寧、金元浦譯，遼寧人民出版社 1987 年。
11. 〔美〕理查德·沃林：《文化批評的觀念》，周憲、許鈞譯，商務印書館 2000 年。
12. 〔美〕理查德·A·波斯納：《法律與文學》，李國慶譯，中國政法大學出版社 2002 年。
13. 〔日〕滋賀秀三：《明清時期的民事審判與民間契約》，法律出版社 1998 年。
14. I·巴伯著：《科學與宗教》，阮煒譯，四川人民出版社 1993 年。
15. 〔奧地利〕弗洛伊德：《弗洛伊德文集》，劉平譯，廖鳳林校，長春出版社 2004 年。
16. 〔日〕池田溫：《唐研究論文選集》，中國社會科學出版社 1999 年。

附　錄

附錄一：唐代的「進狀」、「關白」與唐代彈劾規範

唐代御史彈劾程序中的「進狀」，是指御史將彈文呈送中書門下聽候進止，「許則奏之，不許則止。」所謂「關白」，是指御史將欲彈劾的案件原委向御史大夫、御史中丞彙報，聽候定奪。若此兩個環節均無異議，遂實施彈劾。

首先注意「進狀」和「關白」問題的是日本學者八重津洋平氏，八重津《唐代御史制度》一文，認爲「進狀」始於中宗景龍三年（709 年），「關白」始於玄宗開元二十二年（709 年）。〔註 1〕此後，胡寶華先生《唐代「進狀」、「關白」考》〔註 2〕對「進狀」和「關白」作了進一步考證。《胡文》認爲從中宗景龍三年（709 年）始，「御史彈劾之前，必須要把彈劾狀呈送中書門下長官審查，許可後方可實施彈劾。開元後期隨著宰相權力的極度膨脹，終於導致限制御史的彈劾權力」的關白制度形成。學界在論及這一問題時也大都持同樣觀點。〔註 3〕

這些研究成果忽視了唐代御史彈劾制度的實際運行情況，其結論不盡合理，對此問題有進一步討論的必要。

〔註 1〕〔日本〕八重津：《唐代御史制度》，轉引自胡寶華《唐代監察制度研究》，商務印書館 2005 年版，第 32 頁。

〔註 2〕《中國史研究》2003 年第 1 期，以下簡稱《胡文》。

〔註 3〕如彭勃、龔飛《中國監察制度史》，中國政法大學出版社 1989 年版；邱永明《中國監察制度史》，華東師範大學出版社 1992 年版；關文發、于波《中國監察制度研究》，中國社會科學出版社 1998 年版；胡寶華《唐代監察制度研究》，商務印書館 2005 年版等，均持相似觀點。

一、進　狀

《胡文》認爲「進狀」始於中宗景龍三年（709年），這個結論是正確的，但其對「進狀」發展演進的論述則不盡合理。按照唐初彈劾制度，御史一旦掌握清楚官吏的違法亂紀問題，即可實施彈劾。但御史彈劾的程序到中宗景龍三年卻發生了變化。這一年的二月丙申（九日），發生了監察御史崔琬彈劾宰相宗楚客的事件。宗楚客係武則天從父姊之子，與兄秦客因支持武則天稱帝，累遷內史。中宗神龍初，依附韋后再遷中書令。景龍年間西突厥娑葛與阿史那忠節不和，屢相攻打，西陲不安。安西都護郭元振奏請徙阿史那忠節於內地。但宗楚客等接受忠節賄賂，奏請發兵討伐娑葛。娑葛舉兵入寇，造成重大邊患。爲此，監察御史崔琬彈劾宗楚客等：

> 闕大臣之節，潛通獫狁，納賄不貲；公引頑凶，受賄無限。楚客、處訥、晉卿等，驕恣跋扈，人神同疾，不加天誅，詎清王度。並請收禁，差三司推鞫。〔註4〕

崔琬雖掌握宗楚客等人受賄事實，但中宗懾於韋后之威，竟不窮問，命崔琬與宗楚客結爲兄弟和解之，時人謂之「和事天子」。而且在該事發生兩周後，便制訂了彈劾前須先「進狀」的手續，這就是《唐六典》所云：

> 舊彈奏，皇帝視事日，御史奏之。自景龍三年已來，皆先進狀，聽進止。許則奏之，不許則止。〔註5〕

關於崔琬彈劾宗楚客與「進狀」出臺的關係，《隋唐嘉話》有更爲明確的說明：

> 崔司直琬，爲中宗朝侍御史，彈宗楚客之反。盛氣作色，帝優之不問，因詔：「如彈人必先進內狀，許乃可。」自後以爲故事。〔註6〕

可見崔琬彈劾宗楚客事件直接導致了「進狀」制度的形成。那麼，「進狀」是否是一種永久的制度呢？胡寶華先生認爲：「從此，御史彈劾之前，必須要把彈劾狀呈送中書門下長官審查，許可後方可實施彈劾。」實際上，肅宗朝「進狀」程序曾一度廢止。《唐會要》卷六一載：

> 乾元二年四月六日敕：御史臺所欲彈事不須先進狀，仍服豸冠，所被彈劾，有稱仇嫌者，皆冀遷延，以求苟免。但所舉當罪，

〔註4〕後晉·劉昫：《舊唐書》卷九二《宗楚客傳》，第2972頁。
〔註5〕唐·李林甫等：《唐六典》卷一三「御史大夫」條，第377頁。
〔註6〕唐·劉餗撰、程毅中點校：《隋唐嘉話》上，中華書局1979年版，第7頁。

則仇亦無嫌，如憲官不舉所職，降資出臺，倘涉阿容，乃重貶責。

〔註 7〕

原來御史彈劾，一般要進狀，聽進止。自此則不須先進狀，並不避仇嫌，對於不履行御史職責的，調離御史職位，以保證御史彈劾職能的正常發揮。肅宗朝御史彈劾不進狀在肅宗即位的敕誥中亦有明文規定。《肅宗即位敕》云：「所有彈奏，一依貞觀故事。」〔註 8〕即是另一證據。

肅宗朝關於「進狀」的規定如上，在實際彈劾中是否進狀呢？《舊唐書》卷一二八《顏眞卿傳》保存了一件難得的彈劾實例：

管崇嗣爲王都虞侯，先王上馬，眞卿進狀彈之。肅宗曰：「朕兒子每出，淳淳教戒之，故不敢失禮。崇嗣老將，有足疾，姑欲優容之，卿勿復言。」乃以奏狀還眞卿。〔註 9〕

這起彈劾事件中，顏眞卿並未將彈文呈送中書門下聽候進止，而是直接向皇帝進狀彈奏。所以皇帝當面「以奏狀還眞卿。」可見，肅宗朝實際彈劾制度運行中是不向中書門下進狀的。

肅宗朝以後，御史彈劾前「進狀」現象相當普遍，但亦有不先「進狀「的例子，如中唐憲宗朝，元稹在東都留臺監察御史任上的彈劾行爲：

無何，分蒞東臺，……河南尉叛官，予劾之，忤宰相旨。

〔註 10〕

此條材料說明元稹彈劾前並未先向中書門下長官呈送「進狀」。因爲「忤宰相旨」的彈文，若先「進狀」，宰相自然是通不過的，也就不會再有元稹的彈劾之事。可見，唐代御史彈劾中的「進狀」，並不是《胡文》所說，從中宗景龍三年（709 年）始，「御史彈劾之前，必須要把彈劾狀呈送中書門下長官審查，許可後方可實施彈劾。」而是時有廢止。

二、關　白

《胡文》認爲「開元後期隨著宰相權力的極度膨脹，終於導致從制度上限制御史的彈劾權力。」御史彈劾程序中的「關白」制度的形成，有更爲複

〔註 7〕宋・王溥撰：《唐會要》卷六一「彈劾」條，第 1256 頁。
〔註 8〕《唐大詔令集》卷二。
〔註 9〕後晉・劉昫：《舊唐書》卷一二八《顏眞卿傳》，第 3591～3592 頁。
〔註 10〕後晉・劉昫：《舊唐書》卷一六六《元稹傳》，第 4337 頁。

雜的原因。《通典》卷二四《職官六》云：「故事，臺中無長官，御史，人君耳目，比肩事主，得各自彈事，不相關白。」〔註 11〕可見，唐初御史作爲耳目之官，只要掌握了官員的違法、違紀問題，朝會之時便可直接彈劾，這即是史家所謂的「臺中無長官」。唐初御史在彈劾前並沒有向御史大夫、御史中丞「關白」的規定。

在唐代中後期監察制度的具體運作中，一直存在著御史臺內部、御史臺和宰相、宦官等對彈劾權的控制與爭奪。這些複雜的矛盾相互扭結，導致了「關白」制度的誕生。

（一）御史大夫企圖控制御史的彈劾權，是「關白」制度出臺的一個重要原因。武周時期，要求御史彈劾前「關白」的傾向已經出現。武后長安四年（704 年），宰相蘇味道貪贓，被監察御史蕭至忠彈劾，時任御史大夫的李承嘉嘗召集諸御史，責之曰：

> 「近日彈事，不咨大夫，禮乎？」眾不敢對。至忠進曰：「故事，臺中無長官，御史，人君耳目，比肩事主，得各自彈事，不相關白。若先白大夫而許彈事，如彈大夫，不知白誰也。」承嘉默然，憚其剛正。〔註 12〕

據此可知，李承嘉任御史大夫時，力圖控制御史的彈劾權，要求御史彈劾前須向御史大夫彙報。這種御史大夫企圖控制御史彈劾權的傾向，無疑是「關白」制度出臺的一個重要原因。

（二）開元時期對御史臺的撥亂反正，促成御史彈劾前「關白」的形成，但尚未形成制度。前述景龍年間，監察御史崔琬彈劾宗楚客事件後，朝廷要求御史彈劾須「進狀」，「親押」，此見《唐會要》卷二五載：

> （景龍）三年二月二十六日敕：諸司欲奏大事，並向前三日錄所奏狀一本，先進，令長官親押，判官對仗面奏。其御史彈事，亦先進狀。〔註 13〕

其實，史家記載的這條規定並未貫徹執行，眾所周知，不久便發生了武周時期酷吏橫行的諸多事件。玆舉數例：

> （王）旭爲吏嚴苛，左右無敢支唔，每銜命推劾，一見無不輸

〔註 11〕唐・杜佑：《通典》卷二四《職官六》「監察御史」條，第 1251 頁。
〔註 12〕宋・王溥撰：《唐會要》卷六一「彈劾」條，第 1256 頁。
〔註 13〕宋・王溥撰：《唐會要》卷二五「百官奏事」條，第 549 頁。

款者。時宋王憲府掾紀希虬兄任劍南縣令，被告有贓私，旭使至蜀鞫之。其妻美，旭威逼之，因奏決殺縣令，納贓數千萬。〔註14〕

（王）弘義每暑月繫囚，必於小房中積蒿而施氈褥，遭之者斯須氣絕矣，苟自誣引，則易於他房。與俊臣常行移牒，州縣懾懼，」〔註15〕

正如當時左臺御史周矩所奏：「頃者小人告訐，習以爲常，內外諸司，人懷苟免，姑息臺吏，承接強梁，非故欲，規避誣構耳。又推劾之吏，皆以深刻爲功，鑿空爭能，相矜以虐。泥耳籠頭，枷研楔擿，折脅簽爪，懸髮薰耳，臥鄰穢溺，曾不聊生，號爲獄持。」〔註16〕此種情況下，當是談不上「親押」、「關白」的。

酷吏政治的危害性甚大，開元初始撥亂反正，系統地糾正武后時期御史臺的畸形運作狀況。其中，開元十四年任御史大夫的崔隱甫起了關鍵作用。《舊唐書》卷一八五下《良吏傳．崔隱甫傳》載：

憲司故事，大夫以下至監察御史，競爲官政，略無承稟。隱甫一切督責，事無大小，悉令咨決，稍有忤意者，便列上其罪，前者貶黜者殆半。……帝（玄宗筆者注）嘗謂曰：「卿爲御史大夫，海內咸云稱職，甚副朕之所委也。」〔註17〕

這裡的故事，當是指武后時期御史彈劾的非正常情況。崔隱甫剛正不阿，爲幹練之吏，他上任後，廢除了原先御史臺各自拘捕、關押犯人的做法，又命御史「事無大小，悉令咨決」，並將忤意彈劾者貶黜。這可以說是「關白」的開始。可見，「關白」的出臺，本意是爲了保證彈劾的質量，避免「競爲官政，略無承稟」的混亂現象，正因如此，崔隱甫的改革才能贏得玄宗「甚副朕之所委」的褒獎。

「關白」的出臺，並非《胡文》所說「關鍵的原因……在於宰相專權。」「關白」是爲了糾正武后朝酷吏政治的弊端而出臺的，「關白」對保證彈劾質量，規範彈劾秩序還是有益處的。

（三）李林甫對御史臺的控制，使本來具有益處的「關白」程序扭曲，

〔註14〕後晉・劉昫：《舊唐書》卷一八六下《酷吏傳下・王旭傳》，第4853頁。

〔註15〕後晉・劉昫：《舊唐書》卷一八六上《酷吏傳上・王弘義傳》，第4847頁。

〔註16〕後晉・劉昫：《舊唐書》卷一八六下《酷吏傳下・王旭傳》，第4854頁。

〔註17〕後晉・劉昫：《舊唐書・崔隱甫傳》，第4821頁。

淪爲限制御史彈劾的工具。開元後期唐代政治的突出特點是玄宗倦於政事，宰相專權。李林甫爲相後，爲了鞏固自己在朝中的地位，前後興起大獄，大肆誅殺御史臺官員。開元二十四年，「監察御史周子諒上書忤旨，暴之殿庭，朝堂決杖死之。」〔註 18〕監察御史周子諒首先死於李林甫的屠刀下。天寶五載，因韋堅一案，「殿中侍御史鄭欽說貶夜郎尉，監察御史豆盧友貶富水尉，監察御史楊惠貶巴東尉，連累者數十人。」〔註 19〕李邕「剛毅忠烈，臨難不苟免，……嫉惡如仇，不容於眾，邪佞爲之側目」，是當時著名文學家、書法家，在朝野有廣泛影響。李林甫欲必殺之而後已，天寶六載，李林甫指使手下鷹犬「監察御史羅希奭馳往就郡決殺之。」〔註 20〕

經過幾次打擊，御史臺官員幾乎全部被殺、被貶。史載：「(李林甫）久典樞衡，天下威權，並歸於己，臺司機務，……但唯諾而已。」〔註 21〕李林甫「明召諸諫官謂曰：『今明主在上，群臣將順之不暇，烏用多言！諸君不見立杖馬乎？食三品料，一鳴輒馳去，悔之何及！』補闕杜進嘗上書言事，明日，黜爲下邽令。自是諫諍路絕矣。〔註 22〕李林甫既能公然威脅御史、諫官，他採取措施限制御史臺的彈劾權是必然的。這種政治環境下，御史的彈劾權受到極大削弱，本來具有益處的「關白」程序嚴重扭曲，淪爲限制御史彈劾的工具。《新唐書・百官志三》云：

> 其後，宰相以御史權重，建議彈奏先白中丞、大夫，復通狀中書、門下，然後得奏。自是御史之任輕矣。

《唐語林》卷八亦云：

> 開元末，宰相以御史權重，遂制：彈奏者先咨大夫、中丞，皆通許，又先通狀白中書、門下，然後得奏。從此，御史不得特奏，威權大減。〔註 23〕

開元末正是李林甫專權時期。那些阻礙其專權的，掌握彈劾、諫諍職能的官吏，自然成爲李林甫刻意控制的對象，御史彈劾中「關白」成爲必須履行的程序。

〔註 18〕後晉・劉昫：《舊唐書・玄宗下》，第 208 頁。
〔註 19〕後晉・劉昫：《舊唐書・王忠嗣傳》，第 3225 頁。
〔註 20〕後晉・劉昫：《舊唐書・文苑傳中》，第 5043 頁。
〔註 21〕後晉・劉昫：《舊唐書・李林甫傳》，第 3238 頁。
〔註 22〕宋・司馬光：《資治通鑒》卷二一四，第 2635 頁。
〔註 23〕宋・王讜撰、周勳初校證：《唐語林校證》卷八「補遺」，第 693 頁。

至於開始實施「關白」的具體年份，八重津洋平和《胡文》都認爲是「玄宗開元二十二年（709 年）」，即李林甫爲相的那一年。這是沒有根據的，考察李林甫專權期間對御史臺的清洗，是分階段、分步驟進行的。〔註 24〕李林甫不可能一上臺就迫不及待地要求御史「關白」。一個反證是開元二十四年（711 年），尙未實行「關白」，《舊唐書・玄宗紀下》載：

> 開元二十四年，監察御史周子諒上書忤旨，暴之殿庭，朝堂決杖死之。〔註 25〕

這條材料說明，開元二十四年監察御史周子諒的這次奏事，並未與御史大夫同署，也未「關白」中書門下。因爲一起「忤旨」的奏事，如此多的環節不可能一一通過。因此，筆者認爲，「關白」實施至早應該在開元二十四年（711 年）之後，不可能是開元二十二年（709 年）。

（四）唐代宗大曆年間元載專權，「關白」正式成爲朝廷制度。天寶以後，「關白」屢興屢廢，皇帝、宰相、宦官對御史臺控制權激烈爭奪，反映出唐代彈劾制度的複雜性。

《胡文》認爲：開元後期，「關白……從制度上限制御史的彈劾權力。」即是說「關白」在天寶年間成爲朝廷正式制度。此結論也是不正確的，一個有力證據是代宗大曆元年（766 年），元載權傾朝野，懼朝臣論奏其短，要求百官論事，皆先白長官，長官白宰相，然後上聞。針對此種情況，顏眞卿上奏道：

> ……天寶以後，李林甫威權日盛，群臣不先白宰相輒奏事者，仍託以他故中傷，猶不敢明約百司，令先白宰相……令宰相宣進止，使御史臺作條目，不令直進。從此人人不敢奏事，則陛下聞見，只在三數人耳。……如今日之事，曠古未有，雖李林甫、楊國忠，猶不敢公然如此。今陛下不早覺悟，漸成孤立，後縱悔之無及矣。〔註 26〕

顏眞卿早在天寶年間已是監察御史，先後四爲監察御史，應該是當時彈劾制度的見證人，這段材料足以說明天寶年間「關白」的實際情況。不可否認，開元後期在實施彈劾的運行層面，李林甫的確通過「關白」限制御史的彈劾權；但在彈劾制度層面，李林甫始終未「明令百司」使之成爲朝廷制度。唐

〔註 24〕見本書第二章第二節「唐不同歷史階段御史的品格」。

〔註 25〕後晉・劉昫：《舊唐書・玄宗下》，第 208 頁。

〔註 26〕後晉・劉昫：《舊唐書》卷一二八《顏眞卿傳》，第 3593～3594 頁。

代從制度上確立御史「關白」應該是代宗大曆年間的事。

唐肅宗即位後，又下詔恢復唐初的彈劾制度，明令御史彈劾前不須「關白」。《資治通鑑》卷二一四載：

> 初，李林甫爲相，……御史言事須大夫同署。至是，敕盡革其弊，開諫諍之塗。又令宰相分直政事筆、承旨，旬日而更，懲林甫及楊國忠之專權也。〔註27〕

又《唐會要》卷六一「彈劾」條亦云：

> 至德元年九月十日詔：「御史彈事，自今已後不須取大夫同署」。故事，凡中外百寮之事，應彈劾者，御史言於大夫，大事則方幅奏彈之，小事則署名。〔註28〕

可見，肅宗爲了改正李、楊專權期間御史彈劾的非正常狀態，恢復了諫官諫諍、御史彈劾的自主權。可是時間不長，代宗即位後，又恢復到開天之際須「關白」的局面。此事的來龍去脈，《舊唐書》卷一二八有詳細記載：

> 代宗嗣位，……時元載引用私黨，懼朝臣論奏其短，乃請：「百官凡欲論事，皆先白長官，長官白宰相，然後上聞」。

代宗大曆元年（766 年），宰相元載權傾朝野，害怕朝臣論奏其短，要求御史彈劾前須「關白」。對此，顏眞卿上疏曰：

> 御史中丞李進等傳宰相語，稱奉進止：「緣諸司百官奏事頗多，朕不憚省覽。但所奏多挾諂毀，自今論事者，諸司百官皆須先白長官，長官白宰相，宰相定可否，然後奏聞者。」臣自聞此語以來，朝野囂然，人心亦多衰退。何則？諸司長官皆達官也，言皆傳達於天子也。郎官、御史者，陛下腹心耳目之臣也。故其出使天下，事無鉅細得失，皆令訪察，回日聞奏，所以明四目、達四聰也。今陛下欲自屛耳目，使不聰明，則天下何述焉……令宰相宣進止，使御史臺作條目，不令直進。從此人人不敢奏事，則陛下聞見，只在三數人耳。〔註29〕

雖然顏眞卿激切上疏，但並未改變詔令的實施。隨著不久後顏眞卿被貶爲峽州別駕，「關白」還是作爲朝廷制度被固定下來。這是「關白」在唐代彈劾制

〔註27〕宋・司馬光：《資治通鑑》卷二一四「肅宗至德元年十月條」，第 2637 頁。
〔註28〕宋・王溥撰：《唐會要》卷六一「彈劾」條，第 1256 頁。
〔註29〕後晉・劉昫：《舊唐書・顏眞卿傳》，第 3593～3594 頁。

度中的正式確立。元載要求御史「關白」的消息一經發佈，「朝野囂然」，正說明此事曠古未有，在士人心中震動之大。顏眞卿所謂「如今日之事，曠古未有，雖李林甫、楊國忠，猶不敢公然如此」，當不是虛言。這也是李林甫始終未「明令百司」使「關白」成爲朝廷制度的旁證。

元載要求御史「關白」，將御史臺置於宰相控制之下，這直接威脅到宦官的利益，引起宦官的嚴重不滿，故才有「中人爭寫內本布於外」的事件發生。

德宗即位，重申御史彈劾依唐初舊制。《唐會要》卷六一「彈劾」條載：

> 上（德宗）即位初，侍御史朱敖請復舊制，置朱衣豸冠於內廊，有犯者，御史服以彈。又令御史得專彈劾，不復關白於中丞、大夫。〔註 30〕

直到五代時期，就御史彈劾前是否「關白」問題，朝廷仍然爭論不止。後唐張昭《請復法官彈劾故事疏》云：

> 臣聞諫官進言，御史持法。實人君之耳目，正邦國之紀綱。自本朝以來，尤重其任。今之選授，莫匪端良。然則彈奏之間，尚未申於才用。使諫諍之道，或未罄於箴規。俾士人徒歷於清華，三院但循於資級。考其志業，孰測短長？臣請依本朝故實，許御史以法冠彈事，諫官逐月給諫紙，政事有所不使，並許陳聞。所冀履班行者，不負於君親。有才業者，自分於涇渭。庶幾舉職，免有曠官。〔註 31〕

從開元後期李林甫要求御史彈劾前「關白」到肅宗即位（756 年）下詔御史不須「關白」，僅二十餘年；從肅宗即位（756 年）到代宗大曆元年（766 年）元載明令御史須「關白」僅十年時間；再到德宗即位，重申御史不須「關白」，亦僅二十四年。直到五代，朝廷仍在重申唐初彈劾舊制，可見唐德宗以後，「關白」制度仍頻繁興替。

爲何在實際彈劾中「關白」屢有廢替？《胡文》歸結爲「只要宰相專權的局面存在，彈劾制度的正常實施就會受到一定程度的影響。」宰相專權固然是「關白」興替的原因，但非唯一原因。

唐代中後期，藩鎮勢力猖獗，朋黨之爭嚴重，宦官勢力惡性膨脹，中央集權日益削弱。在此政治環境下，作爲皇帝，固然欲恢復唐初彈劾舊制，充

〔註 30〕宋・王溥撰：《唐會要》卷六一「彈劾」條，第 1262 頁。

〔註 31〕後唐・張昭：《請復法官彈劾故事疏》《全唐文》卷八六四，第 5342 頁。

分發揮御史的監察職能，以挽回日益頹敗的政局。但在唐王朝日暮途窮的亂世中，彈劾程序的更替不可能恢復到貞觀朝御史彈劾剛正不阿的局面。然而，對於宰相專權而言，御史的彈劾權則始終是其心腹之患，宰相專權勢必要打擊、限制異己勢力。御史臺長官千方百計要取得對御史的控制權。宦官常插手御史臺事務，企圖操縱御史臺。如《舊唐書》卷一六三《崔元略傳》載：

> 敬宗即位，復爲京兆尹，尋兼御史大夫。以誤徵畿甸經赦免放緡錢萬七千貫，爲侍御史蕭澈彈劾。有詔刑部郎中趙元亮、大理正元從質、侍御史溫造充三司覆理。元略有中助，止於削兼大夫。初，元略有宰相望，及是事，望益減。寶曆元年，遷户部侍郎。議者以元略版圖之拜，出於宣授。時諫官有疏，指言內常侍崔潭峻方有權寵，元略以諸父事之，故雖被彈劾，而遽遷顯要。〔註 32〕

可見，唐代後期，宦官勢力插手朝政，彈劾的嚴肅性受到極大衝擊。這種種複雜因素相互紐結，即是「進狀」、「關白」制度頻繁更替的根本原因。

本文通過有關史料記載，聯繫唐代御史的彈劾活動，簡要梳理了唐代御史彈劾中「進狀」、「關白」的實際情況。不難看出，「進狀」、「關白」的更替，折射出唐代監察制度運行的複雜情況。正確地理解唐代「進狀」、「關白」程序，有助於我們全面地考察唐人的彈劾活動，從而盡可能眞實地還原歷史。

〔註 32〕後晉・劉昫：《舊唐書》卷一六三《崔元略傳》，第 4261 頁。

附表一：唐代天寶以後御史大夫遷除情況統計表

年代	姓　名	任　　職	遷除情況	材料來源
肅宗	崔光遠	御史大夫	劍南節度營田觀察處置使，兼御史大夫	《舊唐書》卷一一一
	來瑱	淮西節度使、兼御史大夫	守本官	《舊唐書》卷九二
	韋陟	江東節度使、御史大夫	守本官	《舊唐書》卷九二
	李适	淮南節度使、御史大夫	守本官	《舊唐書》卷九二
	賀蘭進明	御史大夫	貶溱州司馬	《舊唐書・肅宗紀》
	崔圓	御史大夫	檢校左僕射知省事	《舊唐書》卷一〇八
	許叔冀	都知兵馬、兼御史大夫	都知兵馬、兼御史大夫	《舊唐書》卷一八七
	崔器	御史大夫	御史大夫	《舊唐書》卷一一五
代宗	尙衡	御史大夫	御史大夫	《舊唐書・代宗紀》
	李寶臣	檢校禮部尙書、兼御史大夫	守本官	《舊唐書・代宗紀》
	僕固瑒	御史大夫	御史大夫，充朔方行營節度	《舊唐書・代宗紀》
	嚴武	御史大夫，充劍南節度使	改吏部侍郎，尋遷黃門侍郎	《舊唐書》卷一一七
	李勉	兼御史大夫	充永平軍節度、滑亳觀察等使。	《舊唐書》卷一三一
	路嗣恭	檢校工部尙書、兼御史大夫	朔方節度等使	《舊唐書》卷一二二
	王仲昇	右羽林大將軍，兼御史大夫	守本官	《舊唐書・代宗紀》
	崔渙	御史大夫	貶爲道州刺史	《舊唐書・代宗紀》
	敬括	御史大夫	御史大夫	《舊唐書》卷一一五
	李棲筠	御史大夫	御史大夫	《舊唐書》卷一七四
	張延賞	御史大夫	中書侍郎、平章事	《全唐文》卷四六一

代宗	李涵	同上（兼）	御史大夫	《舊唐書》卷一二六
	喬琳	御史大夫	御史大夫、并同中書門下平章事	《新唐書・宰相表》
	崔寧	平章事	御史大夫、平章事	《舊唐書》卷一一七
德宗	袁高	兼御史大夫	左丞、御史大夫	《舊唐書》卷一五三
	張鎰	兼御史大夫	中書侍郎、平章事、集賢殿學士	《舊唐書》卷一二五
	田悅	檢校工部尚書、兼御史大夫	檢校尚書右僕射，封濟陽王	《舊唐書》卷一四一
	羅讓	江西都團練觀察使、兼御史大夫	守本官，卒贈禮部尚書	《舊唐書》卷一八八
	崔寬	御史中丞	御史大夫、平章事	《舊唐書》卷一一
	盧杞	御史大夫	門下侍郎、同中書門下平章事	《新唐書・宰相表中》
	嚴郢	御史大夫	罷兼御史中丞	《舊唐書・德宗紀上》
	於頎	右散騎常侍、御史大夫	守本官	《舊唐書》卷一九六
	李昌巙	桂管觀察使	兼御史大夫、荊南節度等使	《舊唐書・德宗紀上》
	李齊運	工部郎中	京兆尹，兼御史大夫	《舊唐書》卷一三五
	崔縱	御史大夫	御史大夫	《舊唐書・德宗紀上》
	韋皋	隴州刺史、兼御史大夫、奉義軍節度使	守本官	《舊唐書・德宗紀上》
	張建封	徐州刺史，兼御史大夫、徐泗濠節度、支度營田觀察使	守本官	《舊唐書》卷一四〇
	竇參	御史大夫	御史大夫	《新唐書・宰相表中》
	王緯	御史大夫	諸道鹽鐵轉運使	《新唐書》卷一五九
	陸長源	兼御史大夫、宣武軍節度使	檢校左僕射、平章事	《舊唐書・德宗紀下》
	韓充	兼御史大夫	御史大夫	《舊唐書》卷一五六
	王智興	兼御史大夫，充武寧軍節度、徐泗濠觀察使	守本官	《舊唐書》卷一五六

德宗	王翃	兼御史大夫、充可汗行營行冊命使	御史大夫、充可汗行營行冊命使	《舊唐書》卷一五七
	嚴礪	御史大夫山南西道節度度支營田觀察等使	守本官	《舊唐書·德宗紀下》
	韓弘	御史大夫宣武軍節度使	守本官	《舊唐書·德宗紀下》
	李元素	兼御史大夫、義成軍節度使	守本官	《舊唐書·德宗紀下》
	趙植	兼御史大夫、嶺南節度使	守本官	《舊唐書·德宗紀下》
	高固	兼御史大夫、邠寧慶節度使	守本官	《舊唐書·德宗紀下》
	嚴綬	檢校工部尚書、兼太原尹、御史大夫、河東節度使	守本官	《舊唐書·德宗紀下》
	李康	兼御史大夫、劍南東川節度使	守本官	《舊唐書·德宗紀下》
	段祐	兼御史大夫、四鎮北庭行軍涇原節度使	兼御史大夫、四鎮北庭行軍涇原節度使	《舊唐書·德宗紀下》
	趙昌	安南都護、兼御史大夫	安南都護、兼御史大夫、	《舊唐書·德宗紀下》
	裴筠	江陵尹、兼御史大夫、荊南節度使	江陵尹、兼御史大夫、荊南節度使	《舊唐書·德宗紀下》
順宗	潘孟陽	戶部侍郎兼御史大夫	戶部侍郎兼御史大夫	《唐會要》卷七七
	張薦	入吐蕃使工部侍郎、兼御史大夫	禮部尚書	《舊唐書·順宗紀》
	李鄘	御史大夫、諸道鹽鐵轉運使	守本官	《舊唐書》卷一五七
憲宗	李元素	御史大夫	鎮海軍、浙西節度使	《舊唐書·憲宗紀下》
	高郢	御史大夫	兵部尚書	《舊唐書·憲宗紀下》
	趙宗儒	御史大夫	檢校右僕射、河中尹	《舊唐書》卷一六七
	鄭餘慶	御史大夫	檢校右僕射、山南西道節度使	《舊唐書·憲宗紀下》
	程異	專領鹽鐵轉運使、兼御史大夫	同中書門下平章事，領使如故	《舊唐書卷一三五
	李夷簡	御史大夫	門下侍郎、同平章事	《舊唐書·憲宗紀下》

憲宗	崔群	御史中丞	守中書侍郎、同中書門下平章事	《新唐書・宰相表》
	李絳	御史大夫	御史大夫	《舊唐書》卷一六四
	鄭元	兼御史大夫	守本官，卒。	《舊唐書》卷一四六
	高崇文	兼成都尹、御史大夫，	封南平郡王	《舊唐書・憲宗紀下》
	崔植	御史中丞	守中書侍郎、同中書門下平章事	《新唐書・宰相表中》
穆宗	柳公綽	京兆尹、御史大夫	吏部侍郎、御史大夫	《舊唐書》卷一六五
	王涯	御史大夫	檢校尚書左僕射、山南西道節度使	《舊唐書》卷一六九
	韓愈	京兆尹兼御史大夫韓愈	放臺參	《唐會要》卷六七
	李德裕	潤州刺史、兼御史大夫、浙江西道都團練觀察處置等使	守本官	《舊唐書・穆宗紀》
	田布	御史大夫，充河陽三城懷孟節度使	守本官	《舊唐書・穆宗紀》
	張平叔	鴻臚卿、兼御史大夫	守本官	《舊唐書・穆宗紀》
敬宗	李載義	兼御史大夫，封武威郡王	兼御史大夫，封武威郡王	《舊唐書》卷一八〇
	令狐楚	兼御史大夫	守中書侍郎、同中書門下平章事	《舊唐書》卷一七二
文宗	段文昌	御史大夫	淮南節度使	《舊唐書》卷一六七
	李愿	檢校司空、兼河中尹、御史大夫，充河中絳隰等州節度使	守本官	《舊唐書・文宗紀上》
	鄭覃	御史大夫	戶部尚書	《舊唐書》卷一七三本傳
	鄭秪德	御史大夫、	御史大夫、檢校左僕射	《舊唐書》卷一五九
	溫造	御史大夫	禮部尚書	《舊唐書》卷一六五
	李固言	御史大夫	門下侍郎、同平章事	《舊唐書・文宗紀上》
	竇易直	守尚書戶部侍郎、兼御史大夫	本官同中書門下平章事	《舊唐書・文宗紀上》
	庾承宣	京兆尹、兼御史大夫	守本官	《舊唐書・文宗紀上》

武宗	陳夷行	御史大夫	門下侍郎、同中書門下平章事	《舊唐書》卷一七三
	劉沔	兼御史大夫	檢校右僕射	《舊唐書・武宗紀》
	石雄	御史大夫	兼御史大夫、天德防禦等使	《舊唐書・武宗紀上》
宣宗	崔鉉	御史大夫	守中書侍郎、同中書門下平章事	《舊唐書・宣宗紀》
	李玨	御史大夫	檢校尚書左僕射，兼揚州大都督府長史	《舊唐書・宣宗紀》
	鄭朗	御史大夫	中書侍郎、同平章事	《舊唐書・宣宗紀》
	李福	同上	檢校右僕射、充山南東道節度	《舊唐書》卷一七二
	崔元略	御史大夫	京兆尹、兼御史大夫	《舊唐書・宣宗紀》
	裴休	潞州大都督府長史、御史大夫	昭義節度、潞磁邢洺觀察使	《舊唐書・宣宗紀》
	鄭助	御史大夫	邠寧慶節度、管內營田觀察處置	《舊唐書・宣宗紀》
	鄭涯	御史大夫，充義武軍節度、易定州觀察處置、北平軍等使	守本官	《舊唐書・宣宗紀》
	鄭涓	北都留守、御史大夫	河東節度、管內觀察處置等使	《舊唐書・宣宗紀》
	張毅夫	鄂州刺史、御史大夫、鄂岳蘄黃申等州都團練觀察使	守本官	《舊唐書・宣宗紀》
	楊發	御史大夫，充嶺南東道節度觀察處置等使	守本官	《舊唐書・宣宗紀》
	王彥威	兼御史大夫，充平盧軍節度使	守本官	《舊唐書》卷一五七
	李弘甫	御史大夫	御史大夫	《舊唐書・宣宗紀》
	崔慎由	御史大夫、劍南東川節度使	兼禮部尚書、同中書門下平章事	《舊唐書》卷一七七
懿宗	徐商	御史大夫	兵部侍郎、同中書門下平章事	《新唐書・宰相表下》
	王紹懿	鎮州大都督府長史、御史大夫	鎮州大都督府長史、御史大夫	《舊唐書》卷一四二本傳

懿宗	張直方	檢校尚書左僕射、守左羽林軍統軍、御史大夫	貶康州司馬同正	《舊唐書・懿宗紀》
	於琮	檢校尚書左僕射，兼襄州刺史、御史大夫	山南東道節度觀察等使	《舊唐書・懿宗紀》
	趙隱	御史中丞	戶部侍郎、同平章事	《舊唐書・懿宗紀》
	朱邪赤心	御史大夫、振武節度、麟勝等州觀察等使	守本官	《舊唐書・懿宗紀》
	張玄稔	右驍衛大將軍、御史大夫	守本官	《舊唐書・懿宗紀》
	李蔚	汴州刺史、御史大夫	宣武節度、汴宋亳觀察處置等使	《舊唐書》卷一七八
	鄭從讜	御史大夫、充宣武軍節度使	守本官	《舊唐書・懿宗紀》
僖宗	裴瓚	檢校左散騎常侍、御史大夫、湖南觀察使	守本官	《舊唐書・懿宗紀》
	竇浣	御史大夫、河東節度管內觀察處置等使	守本官	《舊唐書・懿宗紀》
	以克讓	御史大夫	義武節度觀察、北平軍等使	《舊唐書・懿宗紀》
	李國昌	御史大夫	雁門已北行營節度、蔚、朔等州觀察等使	《舊唐書・懿宗紀》
	朱溫	御史大夫、檢校尚書右僕射	建立梁朝（後梁）	《舊唐書・懿宗紀》
	王徽	御史大夫	御史大夫	《舊唐書・懿宗紀》
	孔緯	御史大夫	兵部侍郎、同中書門下平章事	《舊唐書・僖宗紀》
	李茂貞	檢校尚書左僕射、御史大夫	武定軍節度使、檢校尚書左僕射	《舊唐書・僖宗紀》
	柳玭	御史大夫	御史大夫	《舊唐書》卷一六五
昭宗	盧彥威	檢校尚書右僕射，兼滄州刺史、御史大夫	檢校尚書右僕射，兼滄州刺史、御史大夫	《舊唐書・昭宗紀》
	王師範	兼御史大夫	御史大夫，充平盧軍節度觀察、押新羅、渤海兩蕃等使。	《舊唐書・昭宗紀》
	徐彥若	御史大夫	同平章事	《舊唐書・昭宗紀》
	王珂	兼河中尹、御史大夫	兼河中尹、御史大夫	《舊唐書・昭宗紀》

昭宗	趙崇	檢校尚書左僕射、御史大夫	守本官	《舊唐書·昭宗紀》
	張承奉	御史大夫，充歸義節度使	守本官	《舊唐書·昭宗紀》
	王溥	御史大夫	守左散騎常侍，充監鐵副使	《舊唐書·昭宗紀》
	顧彥暉	檢校尚書右僕射、御史大夫，充劍南東川節度觀察等使	檢校尚書右僕射、御史大夫，充劍南東川節度觀察等使	《舊唐書·昭宗紀》
	主友謙	檢校戶部尚書、兼御史大夫	檢校尚書右僕射，兼陝州大都督府長史	《舊唐書·昭宗紀》
哀帝	李琢	檢校尚書右僕射、御史大夫	檢校尚書右僕射、御史大夫	《舊唐書·哀帝紀》
	李嶧	御史大夫，充義成軍節度使	守本官	《舊唐書·哀帝紀》
	薛貽矩	御史大夫	中書侍郎、同中書門下平章事	《梁書·太祖紀》
	劉仁遇	御史大夫，充泰寧軍節度使	守本官	《舊唐書·哀帝紀下》
	葛從周	御史大夫	檢校司徒、兼右金吾上將軍致仕	《舊唐書·哀帝紀下》

附表二：唐代貞元年間御史大夫統計表

	姓名	任職情況	材料來源
貞元元年（785）	李元諒	御史大夫、華州刺史、潼關防禦使、鎮國軍使	《唐代墓誌彙編續集》「貞元○三○」①
	崔縱	御史大夫	《舊唐書》卷一二《德宗紀上》
	韋皋	隴州刺史、兼御史大夫、奉義軍節度使	《舊唐書》卷一二《德宗紀上》
	李惠登	隨州刺史，兼御史大夫	《舊唐書》卷一八五《良吏傳下》
	韋皋	成都尹、御史大夫	《舊唐書》卷一二《德宗紀上》
二年（786年）	崔縱	御史大夫	《舊唐書》卷一二《德宗紀上》
	李惠登	隨州刺史，兼御史大夫	《舊唐書》卷一八五《良吏傳下》
	袁高	御史大夫	《舊唐書》卷一五三
三年（787年）	白志貞	潤州刺史、御史大夫	《舊唐書》卷一三五
四年（788年）	劉贊	宣歙都團練使，御史大夫	《唐代墓誌彙編》「永貞○○四」②
五年（789年）	竇參	御史大夫	《新唐書・宰相世系表中》
六年（790年）			
七年（791年）			
八年（792年）	張滂	戶部侍郎兼御史大夫，諸道鹽鐵使兼知轉運使	《唐代墓誌彙編》「貞元一○三」③
	樊澤	禮部尚書、御史大夫、兼襄州刺史	《唐代墓誌彙編》「貞元○九三」④
九年（793年）	張滂	戶部侍郎兼御史大夫，諸道鹽鐵使兼知轉運使	《唐代墓誌彙編》「貞元一○三」③
	樊澤	禮部尚書、御史大夫、兼襄州刺史	《墓誌彙編續集》「貞元○二九」⑤
	楊□	御史大夫兼左散騎常侍	《唐代墓誌彙編》「元和○○九」⑥

十年（794 年）	王緯	御史大夫兼諸道鹽鐵轉運使	《新唐書》卷一五九本傳
十一年（795 年）			
十二年（796 年）			
十三年（797 年）			
十四年（798 年）			
十五年（799 年）	陸長源	檢校禮部尚書、汴州刺史、御史大夫	《舊唐書》卷　二《德宗紀下》
	嚴礪	御史大夫、山南西道節度度支營田觀察等使	《舊唐書》卷一三《德宗紀下》
	韓弘	檢校工部尚書、汴州刺史、御史大夫	《舊唐書》卷一三《德宗紀下》
十六年（800 年）	李元素	滑州刺史、御史大夫、義成軍節度使	《舊唐書》卷一三《德宗紀下》
十七年（801 年）	趙植	廣州刺史、御史大夫、嶺南節度使	《舊唐書》卷一三《德宗紀下》
	高固	邠州刺史、兼御史大夫、邠寧節度使	《舊唐書》卷一三《德宗紀下》
	嚴綬	檢校工部尚書、兼臺院尹、御史大夫	《舊唐書》卷一三《德宗紀下》
十八年（802 年）	周皓	檢校左散騎常侍兼御史大夫太僕卿	《唐代墓誌彙編續集》「貞元〇六七」⑦
	鄭元	河中尹、兼御史大夫、河中絳節度使	《舊唐書》卷一三《德宗紀下》
	李康	梓州刺史、兼御史大夫、劍南東川節度使	《舊唐書》卷一三《德宗紀下》
十九年（803 年）	段祐	涇州刺史、兼御史大夫	《舊唐書》卷一三《德宗紀下》
二十年（804 年）	趙昌	安南都護、御史大夫、	《舊唐書》卷一三《德宗紀下》
	張薦	工部侍郎、兼御史大夫	《舊唐書》卷一三《德宗紀下》
廿一年（805 年）	任迪簡	天德軍使、御史大夫	《唐代墓誌彙編》「元和〇〇二」⑧
待考	崔衍	御史大夫、觀察宣、歙、池三州	《唐代墓誌彙編》「元和〇七六」⑨

注：①《大唐故尚書左僕射贈司空李公墓誌銘》。墓主即李元諒，《新唐書》卷一五六有傳。

② 該墓誌失題，見《唐代墓誌彙編》，第 1943 頁。

③ 見《唐故中大夫戶部侍郎兼御史大夫諸道鹽鐵轉運等使清河張公墓誌銘並序》，朝散大夫守尚書虞部郎中李灞撰。

④ 見《有唐山南東道節度使贈尚書右僕射嗣曹王墓銘並序》，山南東道節度觀察處置等使朝請大夫檢校吏部尚書襄州刺史兼御史大夫上柱國上黨縣開國男南陽樊澤撰。

⑤ 見《大唐故太原府祈縣尉黔□道採訪判官贈尚書兵部侍郎南陽樊公墓誌銘並序》，金紫光祿大夫上柱國常山郡開國公於邵撰。又見上注釋④。

⑥ 見《大唐故將作監丞清河郡張府君墓誌銘並序》，從前鄧州向城縣尉□盈撰。

⑦ 見《唐故靜樂寺尼惠因墓誌銘並序》，父開府儀同三司檢校左散騎常侍兼御史大夫太僕卿上柱國蔡國公周皓撰。

⑧ 見《唐故天德軍攝團練判官太原府參軍蕭府君墓誌銘並序》，從兄國子監丞策撰。《墓誌》曰：「公姓蕭，諱煉，……以選敘參於吏部，書判入暗等。授太原府參軍。……未幾，為鄰境天德軍使、御史大夫任公辟充團練判官，……以永貞元年八月三日遇疾，終於豐州之官舍。」按：豐州在今呼和浩特東，與太原府為鄰境，與墓誌合。蕭煉於永貞元年終於豐州任上，知任公至遲於貞元二十一年，即永貞元年在御史大夫任。《舊唐書》卷一八五《良吏傳下・任迪簡傳》

⑨《唐故河南府司録盧公夫人崔氏誌銘》，殿中侍御史內供奉竇從直撰。《墓誌》曰：「夫人元昆衍，德宗朝以御史大夫、觀察宣、歙、池三州。」知夫人長兄崔衍，德宗朝為御史大夫，其任職年份待考。

附表三：唐代御史彈劾事件統計表①

時期	彈劾者	職務	被彈劾者	職　務	彈劾原因	彈劾結果	材料出處
太宗	不明	御史	唐儉	民部尚書	怠職受賄	貶官	《舊唐書》卷五八
	不明	法司	丘仁恭	左衛將軍	與兄爭葬	除名	《舊唐書》卷五九
	不明	法司	陳叔達	禮部尚書	閨庭不理	散職歸第	《舊唐書》卷六一
	不明	法司	王珪	禮部尚書	不營私廟	免於處理	《舊唐書》卷七〇
	張玄素	侍御史	叱奴騭	樂蟠縣令	盜用官倉	上令決之	《唐會要》卷五八
	溫彥博	御史大夫	王君廓	幽州都督	殺人北走突厥	免爲庶人	《冊府元龜》卷五二〇
	不明	御史	許敬宗	中書舍人	行爲不恭	貶官	《舊唐書》卷八二
	不明	御史	賈崇	戴州刺史	部有犯十惡者	不從坐	《貞觀政要》卷八
	蕭瑀	御史大夫	李靖	行軍總管	部下虜掠	特赦勿劾	《冊府元龜》卷五二〇
	蕭瑀	御史大夫	房玄齡	宰相	有微過	不問②	《舊唐書》卷六三
	蕭瑀	御史大夫	魏徵	宰相	有微過	不問	《舊唐書》卷六三
	蕭瑀	御史大夫	溫彥博	宰相	有微過	不問	《舊唐書》卷六三
	權萬紀	治書侍御史	宇文智及	不明	弒煬帝	免子之官	《冊府元龜》卷五二〇
	權萬紀	治書侍御史	房玄齡	尚書右僕射	官考不平	不明	《新唐書》卷一〇〇
	權萬紀	御史中丞	王珪	侍中	官考不平	珪不伏	《新唐書》卷一〇〇
	權萬紀	治書侍御史	張蘊古	大理丞	與囚博戲	斬於東市	《貞觀政要》卷八
	柳範	侍御史	吳王恪	不明	田獵擾民	不明	《舊唐書》卷七七
	唐臨	治書侍御史	封倫	故冊贈司空	依附建成	還贈改謚	《舊唐書》卷六三
	唐臨	御史中丞	杜如晦	已故	以子預謀亂	不明	《舊唐書》卷一六二
	王師旦	御史	唐儉	民部尚書	收私羊	貶官	《全唐文》卷一五二
	韋琮	御史	秦英	道士	姦他人妻	貶官	《全唐文》卷一五九
	長孫順德	薛國公	張長貴	刺史	佔地逾制	追奪	《舊唐書》卷五八
	長孫順德	同上	趙士達	同上	同上	追多	《舊唐書》卷五八
	杜正倫	御史中丞	張瑾	冠將軍	安寵逾制	瑾歸於家	《冊府元龜》卷五二〇

太宗	杜正倫	不明	張瑾	將軍	頻有喪師	不明	《文苑英華》卷六四九
	杜正倫	不明	李子和	將軍	違反禮教	不明	《文苑英華》卷六四九
	奚□	御史	不明	尚書省官員	入朝不敬	不明	《全唐文》卷一三四
	張行成	殿中侍御史	不明	官員	糾劾嚴正	不明	《新唐書》卷一〇四
	不明	御史	李君羨	華州刺史	與狂人爲妖言	誅之	《新唐書》卷九四
	孫伏伽	治書侍御史	裴	民部尚書	不恤百姓	鞫其罪	《唐會要》卷五八
高宗武后	李乾祐	御史大夫	蜀王愔	虢州刺史	田獵無度	貶官	《舊唐書》卷七六
	劉思立	侍御史	韋萬石	太常少卿	首紊風化	不明	《新唐書》卷八九
	郭翰	御史	不明	不明	巡察、按劾	不明	《舊唐書》卷八九
	郎餘慶	御史中丞	楊思玄	司列少常伯	排斥選人	免官	《唐會要》卷七四
	不明	憲司	蔣王惲	梁州都督	擾民	免於處理	《舊唐書》卷七六
	不明	憲司	許敬宗	禮部尚書	延誤軍機	貶官	《舊唐書》卷八二
	不明	御史	梁建方	大將軍	延誤軍機	釋不問	《資治通鑒》卷一九九
	李尚隱	監察御史	鄭愔	吏部侍郎	坐贓	不明	《舊唐書》卷一〇〇
	李尚隱	監察御史	鄭愔	吏部侍郎	銓選失序	貶職	《舊唐書》卷七四
	李尚隱	監察御史	崔湜	吏部侍郎	坐贓		《舊唐書》卷一〇〇
	李尚隱	監察御史	崔湜	宰相	銓選失序	貶職	《舊唐書》卷七四
	韋思謙	監察御史	褚遂良	中書令	賤賣土地	貶職	《舊唐書》卷八八
	王義方	侍御史	李義府	中書侍郎	私出犯人	不問	《舊唐書》卷八二
	不明	憲司	韋機	司農卿	家人犯盜	免官	《舊唐書》卷一八五
	不明	憲司	王旭	侍御史	贓私累鉅萬	貶龍平尉	《舊唐書》卷一八六下
	許圉師	御史中丞	斛斯政	進馬官	御馬蹶	特原之	《唐會要》卷二七
	狄仁傑	侍御史	韋機	司農卿	建造過制	免官	《舊唐書》卷八九
	狄仁傑	侍御史	王本立	左司郎中	恃寵用事	不明	《舊唐書》卷八九
	楊德裔	御史大夫	鄭仁泰	行軍大總管	逗留戰機	以功原之	《冊府元龜》卷五二〇
	楊德裔	御史大夫	薛仁貴	大將軍	逗留戰機	以功原之	《冊府元龜》卷五二〇
	不明	御史	尹元	縣令	令婦人修路	貶官	《唐會要》卷六二

高宗武后	馮思勖	右臺御史	薛懷義	寺主	犯法	不問	《舊唐書》卷一八三
	周矩	侍御史	薛懷義	寺主	毆馮思勖	不許	《舊唐書》卷一八三
	王求禮	監察御史	武懿宗	大總管	貽誤戰機	不問	《舊唐書》卷一○一
	不明	憲司	蘇味道	宰相	使役過度	貶職	《舊唐書》卷九四
	張仁願	侍御史	孫承景	監察御史	虛增功狀	貶官	《舊唐書》九三
	不明	御史臺	張易之	內寵	賄賂	下獄	《舊唐書》七八
	宋璟	御史中丞	張昌宗	春官侍郎	圖謀不軌	令斷其罪	《舊唐書》七八
	袁恕己	監察御史	姚壽	益州長史	鞫獄殘酷	罷推	《舊唐書》八九
	馬懷素	監察御史	李迥秀	宰相	受賄	罷相	《新唐書》卷一九九
	紀履忠	監察御史	來俊臣	御史中丞	專擅國權	貶官	《資治通鑒》卷二○五
	蕭至忠	監察御史	蘇味道	鳳閣侍郎	受賄	貶官	《新唐書》卷一二三
	蕭至忠	監察御史	祝欽明	宰相	匿忌日	貶官	《舊唐書》卷一八九
	姚庭筠	御史中丞	魏元中	中書令	誣劾	貶官	《舊唐書》卷九二
	紀先知	御史	沈全交	不明	謗朝政	不問	《朝野僉載》卷四
	袁守一	御史	魏元中	務川尉	誣劾	誣告不果	《舊唐書》卷九二
	魏傳弓	監察御史	輔信義	內常侍	縱暴	不明	《舊唐書》卷一八三
	魏傳弓	監察御史	惠範	光祿大夫	奸匿	免官	《唐會要》卷六一
	崔琬	監察御史	宗楚客	宰相	受賄	不問	《舊唐書》卷九二
	崔琬	監察御史	紀處納	侍中	受賄	不問	《舊唐書》卷九二
	崔琬	監察御史	宗晉卿	將作大將	受賄	不問	《舊唐書》卷九二
	李懷讓	監察御史	崔湜	吏部侍郎	銓選失序	貶官	《冊府元龜》卷五二○
	裴漼	監察御史	崔湜	吏部侍郎	銓選失序	貶官	《冊府元龜》卷五二○
	崔莅	侍御史	朝官	朝官	班秩不肅	不明	《全唐文》卷二七八
	薛謙光	御史大夫	惠範	浮屠	逼奪百姓店	不果	《舊唐書》卷一○一
	慕容珣	殿中侍御史	惠範	浮屠	逼奪百姓店	珣被官貶	《新唐書・太平公主傳》
	裴子餘	監察御史	趙履溫	司農卿	藩戶爲奴	從劾	《舊唐書》卷一八八

高宗武后	倪若水	侍御史	祝欽明	國子祭酒	諂佞爲能	貶官	《舊唐書》卷一八九
	倪若水	侍御史	郭山惲	國子司業	諂佞爲能	貶官	《舊唐書》卷一八九
	楊中戊	御史中丞	李元澄	太常主簿	妻母犯法	貶官	《舊唐書》卷九二
	胡元範	監察御史	喬師望	益州長史	枉僧	元範反免官	《唐會要》卷六二
	劉藏器	侍御史	尉遲寶琳	衛尉卿	占人爲妾	還其父母	《冊府元龜》卷五二〇
	楊茂謙	御史中丞	韋安石	東都留守	妻致死奴婢	貶官	《舊唐書》卷九二
	崔沔	御史中丞	宋宣遠	監察御史	犯法	不明	《舊唐書》卷一八八
	任知古	侍御史	嚴挺之	右拾遺	誣劾	貶官	《舊唐書》卷九九
	冉祖雍	侍御史	朱敬則	鄭州刺史	與王同皎	貶官	《新唐書》卷一一五
	齊澣	監察御史	不明	不明	違法	咸稱齊稱職	《舊唐書》本傳
玄宗	李如璧	御史	崔日知	京兆尹	坐贓	貶官	《舊唐書》卷九九
	李傑	御史大夫	崔日知	京兆尹	貪暴犯法	貶官	《唐會要》卷六一
	楊瑒	侍御史	崔日知	京兆尹	爲日知構	傑依舊視事	《舊唐書》卷一八五
	宇文融	御史中丞	張說	宰相	受賄、黨爭	停職	《舊唐書》卷九七
	李林甫	御史中丞	張說	宰相	受賄、黨爭	停職	《舊唐書》卷九七
	崔隱甫	御史中丞	張說	宰相	受賄、黨爭	停職	《舊唐書》卷九七
	不明	憲司	盧從願	東都留守	子犯法	貶官	《舊唐書》卷一〇〇
	宋渾	御史中丞	李彭年	吏部侍郎	坐贓	流嶺南	《舊唐書》卷九〇
	不明	御史臺	王旭	左司郎中	坐贓	貶官	《舊唐書》卷一八六
	李宙	殿中侍御史	信安王	禮部尚書	不明	下獄	《舊唐書》卷一〇五
	裴光庭	御史大夫	宇文融	汝州刺史	坐贓	貶官	《舊唐書》卷一〇五
	不明	御史	李傑	長史	不明	免官	《舊唐書》卷一〇〇
	王晙	御史大夫	張嘉貞	天兵軍使	坐贓	案驗無狀	《舊唐書》卷九九
	不明	御史臺	薛登	太子賓客	以孽子故	放歸故里	《舊唐書》卷一〇一
	郭震	殿中侍御史	韋安石	青州刺史	不能糾違	貶官	《唐會要》卷六一

玄宗	郭震	殿中侍御史	趙彥詔	刑部尚書	左道亂常	貶官	《唐會要》卷六一
	郭震	殿中侍御史	韋嗣立	太子賓客	不能糾違	貶官	《唐會要》卷六一
	李全交	御史	張鷟	鴻臚丞	語多譏時	貶官	《舊唐書》卷一四九
	麻察	殿中侍御史	鄭遠	縣令	見利忘義	不明	《全唐文》卷三六四
	顏眞卿	監察御史	鄭延祚	朔方令	母死不葬	終身不齒	《新唐書》卷一五三
	翟璋	侍御史	敬讓	魏州長史	奏事違章	奪一季俸	《唐會要》卷六二
	不明	御史	崔暹	通事舍人	奏事口誤	罰銅四斤	《全唐文》卷一七二
	嚴宣	御史	田順	長史	受賄	不明	《全唐文》卷一七二
	不明	御史	李秀	沙苑監	供羊瘦小	伏法	《全唐文》卷一七三
	不明	御史	吳淳	將作大將	非時興造	伏法	《全唐文》卷一七三
	不明	御史	楊安期	著作郎	修書不堪用	不明	《全唐文》卷一七三
	不明	御史	杜俊	不明	對仗遺箭	伏法	《全唐文》卷一七三
	不明	御史	侯珪	郎將	擅用官物	不明	《全唐文》卷一七四
	不明	御史	丁讓	左右衛率	殊失禮容	伏法	《全唐文》卷一七四
	不明	御史	朱景方	太廟令	違禮	減官一等	《全唐文》卷一七四
	不明	御史	袁綱	太卜	隱情不言	伏法	《全唐文》卷一七四
	不明	不明	王忠嗣	節度使	不明		《舊唐書》卷一〇四
肅宗	顏眞卿	御史大夫	崔猗	中書舍人	酒容入朝	貶官	《舊唐書》卷一二八
	顏眞卿	御史大夫	李何忌	諫議大夫	在班不肅	貶官	《舊唐書》卷一二八
	顏眞卿	御史大夫	管崇嗣	都虞侯	先王上馬	優容之	《舊唐書》卷一二八
	崔光遠	御史大夫	李	給事中	違詔	貶官	《冊府元龜》卷五二〇

肅宗	唐汶	御史	顏眞卿	蒲州刺史	誣劾	貶官	《新唐書》卷一五三
	李勉	監察御史	管崇嗣	大將	違禮	特原之	《舊唐書》卷一三一
	不明	憲司	董庭蘭	琴工	數受賄	治罪	《新唐書》卷一三九
代宗	李棲筠	御史大夫	徐浩	集賢院學士	以妾弟冒選	貶官	《舊唐書》卷一三七
	不明	御史	程元振	宦官	與御史飲酒	流放	《舊唐書》卷一八四
	不明	御史	陳景詮	司農卿	因程元振故	貶官	《新唐書》卷二〇七
	不明	御史	呂諲	司們員外郎	游說	貶官	《新唐書》卷一六〇
德宗	張著	御史	嚴郢	京兆尹	不附楊炎	貶官	《舊唐書》卷一一八
	杜亞	東都留守	郭鵠	不明	劫轉運絹	伏法	《舊唐書》卷一一八
	姚驥	刺史	盧南史	司馬	受賄	不明	《舊唐書》卷一三七
	不明	有司	辛京	湖南觀察使	殺部曲	不另加罪	《舊唐書》卷一四五
	鄒儒立	殿中侍御史	蘇弁	太子詹事	班位失序	特赦	《舊唐書》卷一八九
	不明	觀察使	李若初	刺史	公事	免職	《舊唐書》卷一四六
	不明	御史	楊炎	宰相	高價賣私第	貶官賜死	《新唐書》卷一四五
	不明	御史	李齊運	京兆尹	將人致死	不問	《新唐書》卷一六七
	不明	御史	康日知	節度使	朝覲失儀	詔舍之	《唐會要》卷六一
	殷永	侍御史	張獻甫	邠寧節度使	朝覲失儀	免侍御史	《唐會要》卷六一
	竇文場	大將軍	崔遠	監察御史	違制	流放	《新唐書》卷二〇七
	不明	御史	劉滋	刑部尚書	違制	詔奪金紫階	《舊唐書》卷一三六
	韋貞伯	御史中丞	杜黃裳	吏部侍郎	銓選不實	坐削一級	《冊府元龜》卷五二〇
	韋貞伯	御史中丞	不明	刑部尚書	銓選不實	坐削一級	《冊府元龜》卷五二〇
	王顏	御史中丞	十二人	吏兵侍郎等	五月不入朝	不明	《冊府元龜》卷五二〇

德宗	韓泰	監察御史	陳歸	考功員外郎	選任違制	貶官	《冊府元龜》卷五二〇
	張滂	御史	元全柔	御史中丞	朋黨	不明	《冊府元龜》卷五二二
	王叔邕	東川觀察使	崔位	別駕	欲謀反	不明	《全唐文》卷五二七
	呂溫	御史中丞	李吉甫	揚州刺史	交通術士	劾奏不實	《舊唐書》卷一三七
	韓參	監察御史	陳歸	考功員外郎	供求無限	不明	《冊府元龜》卷五二〇
	李夷簡	御史中丞	楊瓷	京兆尹	受賄	貶官	《舊唐書》卷一四六
憲宗	不明	御史	晉升綬	右僕射	給中使行禮	釋之	《舊唐書》卷一四六
	白居易	左拾遺	于頔	山南東道節度使	入朝不敬	不明	《全唐文》卷六六七
	白居易	左拾遺	裴均	荊南節度使	入朝不敬	不明	《全唐文》卷六六七
	不明	御史	杜黃裳	故司空	納賄	釋之	《舊唐書》卷一四七
	元稹	監察御史	柳晟	工部尚書	違詔進奉	詔宥之	《舊唐書》卷一八三
	元稹	東川詳覆使	嚴礪	東川節度使	違制貪贓	嚴礪已故	《元稹集》卷三七
	元稹	東川詳覆使	崔廷	判官	違制貪贓	釋放	《元稹集》卷三七
	元稹	東川詳覆使	盧詡	判官	違制貪贓	釋放	《元稹集》卷三七
	元稹	東川詳覆使	裴㭿	判官	違制貪贓	釋放	《元稹集》卷三七
	元稹	東川詳覆使	柳蒙	遂州刺史	違制貪贓	罰俸料等	《元稹集》卷三七
	元稹	東川詳覆使	陶鍠	綿州刺史	違制貪贓	罰俸料等	《元稹集》卷三七
	元稹	東川詳覆使	崔實成	劍州刺史	違制貪贓	釋放	《元稹集》卷三七
	元稹	東川詳覆使	李付	普州刺史	違制貪贓	罰俸料等	《元稹集》卷三七
	元稹	東川詳覆使	張平	合州刺史	違制貪贓	罰俸料等	《元稹集》卷三七
	元稹	東川詳覆使	陳當	容州刺史	違制貪贓	罰俸料等	《元稹集》卷三七
	元稹	東川詳覆使	邵膺	渝州刺史	違制貪贓	罰俸料等	《元稹集》卷三七

憲宗	元稹	東川詳覆使	劉文翼	瀘州刺史	違制貪贓	罰俸料等	《元稹集》卷三七
	元稹	東川詳覆使	裴玢	山南觀察使	違制貪贓	罰俸料等	《元稹集》卷三七
	元稹	監察御史	韓皋	浙西觀察使	杖殺縣令	罰一月俸料	《元稹集》卷三七
	亢稹	監察御史	王召傳	徐州節度使	違制	付法	《冊府元龜》卷五二〇
	元稹	留臺御史	房式	河南尹	違法	罰一月俸料	《冊府元龜》卷五二〇
	元稹	留臺御史	失名	河南尉	離局從軍職	舉正之	《白居易集》卷七〇
	元稹	留臺御史	失名	監察使	乘傳入郵	舉正之	《白居易集》卷七〇
	元稹	留臺御史	失名	內園司	繫人逾年	舉正之	《白居易集》卷七〇
	元稹	留臺御史	失名	飛龍使	亂收養子	舉正之	《白居易集》卷七〇
	元稹	留臺御史	失名	浙右帥	杖安吉令死	舉正之	《白居易集》卷七〇③
	盧坦	御史中丞	柳晟	山南節度使	有紊典章	從劾	《新唐書》卷一五九
	盧坦	御史中丞	閻濟美	浙西觀察使	有紊典章	從劾	《新唐書》卷一五九
	李紳	御史中丞	韓愈	京兆尹	不臺參	不問	《舊唐書》卷一六〇
	韓愈	都官員外郎	柳澗	華陰令	犯罪	貶官	《舊唐書》卷一六〇
	韓愈	都官員外郎	趙昌	華州刺史	刺史相黨	韓愈妄論	《舊唐書》卷一六〇
	李佘	監察御史	倉官		俸米有餘	退米	《新唐書》卷二〇五
	溫造	侍御史	李祐	大將軍	違制進馬	赦之	《唐會要》卷六一
穆宗	溫造	侍御史	楊虞卿	監察御史	僞狀		《舊唐書》卷一七六
	路群	侍御史	韓愈	國子祭酒	違格令	罰一月俸料	《冊府元龜》卷五二〇
	不明	御史	崔植	吏部郎中	權利之爭	不明	《舊唐書》卷一六三
	獨孤朗	御史中丞	李道樞	侍御史	失儀	貶官	《舊唐書》卷一六八

敬宗	獨孤朗	御史中丞	獨孤朗	御史中丞	五上不報	不許	《舊唐書》卷一六八
	獨孤朗	侍御史	失名	宦官	毆打鄠令	不明	《舊唐書》卷一六八
	蕭澈	侍御史	崔元略	京兆尹	誤徵錢	免職	《舊唐書》卷一六三
	宇文鼎	不明	胡證	戶部尚書	冒受封爵	不明	《全唐文》卷七二五
	劉棲楚	不明	崔元略	御史大夫	贓二萬緡	奪一月俸	《新唐書》卷一六〇
	歸融	御史中丞	王式	殿中侍御史	來往宦官	貶官	《舊唐書》卷一六四
文宗	歸融	御史中丞	盧周仁	湖南觀察使	進羨餘	不明	《新唐書》卷一六四
	溫造	御史中丞	王□	僞官	私殺曹吏	不明	《冊府元龜》卷五二〇
	溫造	御史中丞	殷□	節度使	違制斂民	不問	《冊府元龜》卷五二〇
	溫造	御史中丞	李聽	節度使	喪師過半	罷兵權	《舊唐書》卷一三三
	崔蠡	殿中侍御史	李聽	節度使	喪師過半	罷兵權	《舊唐書》卷一三三
	周太玄	侍御史	李聽	節度使	喪師過半	罷兵權	《冊府元龜》卷五二〇
	李款	侍御史	鄭注	行軍司馬	受賄結黨	不問	《唐會要》卷六一
	不明	憲司	王晏平	朔方節度使	貪黷違法	貶官	《舊唐書》卷一五六
	劉幼復	侍御史	衛中行	福建觀察使	擅用官錢	不明	《冊府元龜》卷五二〇
	韋溫	尚書右丞	張文規	吏部員外郎	違禮	貶爲刺史	《舊唐書》卷一二九
	狄兼謨	御史中丞	吳士矩	江西觀察使	私加軍餉	貶官	《舊唐書》卷八九
宣宗	不明	御史	封敖	太常卿	於私第上事	貶官	《唐語林》卷七
	魏謨	御史中丞	杜中立	駙馬都尉	獲贓	不明	《舊唐書》卷一七六
	不明	御史	裴□	吏部郎中	漏泄試題	改職	《舊唐書》卷一八下
	不明	御史	周敬復	吏部郎中	漏泄試題	罰兩月俸	《舊唐書》卷一八下
	不明	御史	唐枝	刑部郎中	漏泄試題	貶爲刺史	《舊唐書》卷一八下
	不明	御史	馮顓	監察御史	漏泄試題	罰一月俸	《舊唐書》卷一八下

注：① 胡寶華先生《唐代監察制度研究》中統計唐代彈劾事件共153起，仍有遺漏。筆者參考胡先生成果，並據自己編撰的《唐御史考》，統計唐代彈劾事件約212起。

② 《舊唐書》卷六三《蕭瑀傳》：「玄齡、魏徵、溫彥博嘗有微過，瑀劾之，而罪竟不問，因此自失。由是罷御史大夫。」可見，此三人之「微過」本夠不上彈劾事件。

③ 白居易《元公墓誌銘》云：「……凡此者數十事，或奏、或劾、或移，歲餘皆舉正之，內外權寵臣無奈何，咸不快意。」可見，僅元稹在東都留臺監察御史任上的彈劾事件即有數十例，今可考者不過數例。

附表四：唐代御史諫諍事件統計表

時期	諫諍者	職務	諫諍原因	諫諍結果	材料出處
高祖	孫伏伽	治書侍御史	以三事上諫	高祖大悅	《舊唐書》卷七五
	孫伏伽	治書侍御史	軍國多事	高祖納之	《舊唐書》卷七五
	孫伏伽	治書侍御史	賦斂繁重	高祖納之	《舊唐書》卷七五
	孫伏伽	治書侍御史	竇建德黨羽流遷	有效	《舊唐書》卷七五
	孫伏伽	治書侍御史	請置諫官	上納之	《舊唐書》卷七五
	李素立	監察御史	犯法不至死者	高祖從之	《舊唐書》卷一八五
	柳澤	殿中侍御史		上嘉納之	《舊唐書》卷八
太宗	孫伏伽	治書侍御史	處元律師死罪	從之	《貞觀政要》卷二
	杜淹	御史大夫	音樂關係天下興衰	上討論之	《貞觀政要》卷四
	劉洎	治書侍御史	尙書省文案壅滯	有效	《舊唐書》卷七四
	馬周	監察御史	太子居內，帝具外宮	帝善其言	《新唐書》卷九八
	馬周	監察御史	高祖所居去京太遠	帝善其言	《新唐書》卷九八
	馬周	監察御史	宗室功臣悉就藩國	帝善其言	《新唐書》卷九八
	馬周	監察御史	帝不親事宗廟之祭	帝善其言	《新唐書》卷九八
	馬周	監察御史	樂工等超授高爵	帝善其言	《新唐書》卷九八
	馬周	監察御史	銓選宜有上上者	從之	《唐會要》卷八一
	馬周	侍御史	陛下積德日淺	帝稱善	《新唐書》卷九八
	馬周	侍御史	簡擇縣令	從之	《貞觀政要》卷二
	馬周	侍御史	諸王承寵遇有過厚者	太宗甚嘉之	《貞觀政要》卷四
	馬周	侍御史	勵精爲政	太宗改過	《貞觀政要》卷三
	馬周	侍御史	令所司造金銀器物五十事	乃命停之	《貞觀政要》卷六
	馬周	侍御史	公主晝婚	從之	《全唐文》卷一五五
	李乾祐	殿中侍御史	太宗欲處裴仁軌極刑	從之	《舊唐書》卷八七
	劉洎	治書侍御史	精簡尙書省	從之	《唐會要》卷五八
	權萬紀	御史中丞	齊王祐不奉法	權被祐殺	《新唐書》卷一〇〇
	權萬紀	治書侍御史	妄諫帝採銀坑	敕令還第	《貞觀政要》卷六
	張玄素	侍御史	發卒治洛陽宮乾陽殿	既詔罷役	《新唐書》卷一〇三
	張行成	殿中侍御史	帝語山東及關中人差異	帝稱善	《新唐書》卷一〇四
	張行成	殿中侍御史	帝欲兼行將相事	帝嘉納之	《新唐書》卷一〇四
	蕭瑀	御史大夫	隋文帝何如主也？	許之	《貞觀政要》卷一
	陳師合	監察御史	一人不可總知數職	流師合於嶺外	《貞觀政要》卷六

高宗武后	郝處俊	東臺侍郎	輕服蕃夷之藥	有效	《舊唐書》卷八四
	郝處俊	東臺侍郎	請斬高麗僧人	有效	《舊唐書》卷八四
	李嶠	鳳閣舍人	御史巡按天下	則天善之	《舊唐書》卷九四
	李嶠	鳳閣舍人	則天欲建大象	奏疏不納	《舊唐書》卷九四
	唐臨	御史大夫	廣州都督受贓	高宗從其奏	《舊唐書》卷八五
	唐紹	右臺侍御史	禮儀過常	不明	《舊唐書》卷二八
	唐紹	左臺侍御史	外戚與昭陵禮同	上不從	《舊唐書》卷八五
	張文瓘	東臺侍郎	修造過度、國庫漸虛	上納其言	《舊唐書》卷八五
	徐有功	左臺侍御史	三司理甿衍失	不明	《舊唐書》卷八五
	徐有功	左臺侍御史	酷吏枉誅	三經斷死	《舊唐書》卷八五
	周矩	左臺御史	酷吏橫行	則天從之	《新唐書》卷五六
	李善感	監察御史	帝造奉天宮	不明	《新唐書》卷一〇五
	李善感	監察御史裏行	欲遍封五嶽	上不納，卻優容之	《資治通鑒》卷二〇三
	張廷珪	右臺監察御史	天后造大象，費巨億	后深賞慰之	《資治通鑒》卷二〇七
	張廷珪	右臺監察御史	監察御史蔣挺受杖刑	議者以爲是	《舊唐書》卷一〇一
	張廷珪	右臺監察御史	萊州置監牧	不明	《唐會要》卷六二
	盧懷愼	御史中丞	萊州置監牧	不明	《唐會要》卷六二
	李嗣眞	御史中丞	獄官專決，不聞奏	不明	《全唐文》卷一六四
	李嗣眞	御史中丞	來俊臣構陷無罪	不從	《全唐文》卷一六四
	韓琬	監察御史	陳時政	不明	《唐會要》卷六二
	蘇珦	左臺御史大夫	營大象，糜費巨億	則天納諫	《舊唐書》卷一〇〇
	劉思立	侍御史	遣使巡查	從之	《唐會要》卷七七上
	宋璟	御史中丞	臣下諷皇后爲亂	有效	《唐會要》卷六二
	蕭至忠	御史中丞	安樂公主等污構太平公主	有效	《唐會要》卷六二
玄宗	楊瑒	侍御史	李傑反爲日知所構	傑依舊視事	《舊唐書》卷一八五下
	楊瑒	御史中丞	人間損益，	甚見嗟賞	《舊唐書》卷一八五下
	柳澤	殿中侍御史	波斯僧廣造奇器	上從之	《唐會要》卷六二
	楊範臣	監察御史	上命範臣與胡人往海南	上遽自引咎	《資治通鑒》卷二一一
	高適	監察御史	陳潼關敗亡之勢	玄宗嘉之	《舊唐書》卷一一一
	高適	監察御史	以諸王分鎭	不果	《舊唐書》卷一一一
	高適	侍御史	陳江東利害	上奇其對	《舊唐書》卷一一一
	潘好禮	御史	欲封武惠妃爲皇后		《新唐書》卷七六
肅宗代宗	顏眞卿	御史大夫	祝文有「嗣皇帝」稱	遽奏改之	《舊唐書》卷一二八
	顏眞卿	御史大夫	請築壇於野	帝竟不從	《舊唐書》卷一二八
	顏眞卿	御史大夫	彈劾前須「關白」	貶官	《舊唐書》卷一二八

德宗	李絳	御史大夫	伏延英門切諫		《舊唐書》卷一六
	竇參	御史中丞	御史監郊廟祭祀	從之	《唐會要》卷六〇
	不明	御史	宮市之弊	無效	《唐會要》卷六〇
	韓愈	監察御史	宮市之弊，	不果	《舊唐書》卷一六〇
	韓愈	監察御史	上疏論天旱人饑	貶陽山令	《全唐文》卷六八七
	李紳	御史中丞	屢上疏論其事	不明	《舊唐書》卷一六〇
	段平仲	監察御史	群臣畏帝苛察，無敢言	不明	《新唐書》卷一六二
	不明	御史	請置「法直」	從之	《唐會要》卷六〇
憲宗	史孝章	監察御史	父在鎮多違朝旨	朝廷嘉之	《舊唐書》卷一八一
	高元裕	御史中丞	獄當與眾共之	未果	《新唐書》卷九七
	不明	御史	宦官爲帥	不聽	《新唐書》卷一〇一
	李夷簡	御史中丞	宦官爲帥	削兵馬使，其餘官職同	《資治通鑑》卷二三八
	蕭俛	御史中丞	宦官追捕平人	不問	《舊唐書》卷一七〇
	不明	御史	分察六部	從之	《唐會要》卷六〇
	竇群	侍御史	有司請假制度	從之	《唐會要》卷六〇
	不明	御史	新除御史職事等事宜	從之	《唐會要》卷六〇
	崔植	御史中丞	新除御史先後等	從之	《唐會要》卷六〇
	不明	御史	御史同制除官等問題	從之	《唐會要》卷六〇
	王播	御史中丞	御史在任時間	從之	《唐會要》卷六〇
	不明	御史	諸道州府有違法者，彈之	從之	《唐會要》卷六〇
	楊虞卿	監察御史	上頻行幸巡遊	納諫	《唐會要》卷六二
	柳公綽	監察御史	憲宗喜武功，數出遊獵	擢拜御史中丞	《新唐書》卷一六三
	薛存誠	御史中丞	御史臺受事	依奏	《唐會要》卷六二
穆宗	楊虞卿	監察御史	穆宗逸遊荒恣	帝深獎其言	《新唐書》卷一七五
	李絳	御史大夫	穆宗喜遊獵	無效	《舊唐書》卷十六
	不明	御史	諸司決人並準前條聞奏	從之	《唐會要》卷六〇
	牛僧儒	御史中丞	諸道節度，以御史充判官	從之	《唐會要》卷六〇
	牛僧儒	御史中丞	刑獄淹滯	從之	《舊唐書》卷一六
	不明	御史	囚徒但三推問	從之	《唐會要》卷六〇
文宗	李固言	御史大夫	監太倉	依奏	《唐會要》卷六〇
	狄兼謨	御史中丞	文宗將廢太子	上意稍解	《舊唐書》卷一七五
	薛廷老	殿中侍御史			《舊唐書》卷一五三
	柳璟	監察御史	有司參加宗廟大祀	從之	《唐會要》卷六〇
	不明	御史	分察六部	依奏	《唐會要》卷六〇

文宗	魏謨	御史中丞	專宗戶部公事	從之	《唐會要》卷六〇
	不明	御史	百僚參見事宜	依奏	《唐會要》卷六〇
	不明	御史	公事申牒宜遵守時限	依奏	《唐會要》卷六〇
	不明	御史	新除御史等就廊下參見	依奏	《唐會要》卷六〇
	不明	御史	有囚稱冤者，便配四推	從之	《唐會要》卷六〇
	不明	御史	有司淹延，動經累月	從之	《唐會要》卷六〇
武宗	柳仲郢	監察御史	中官庇護禁軍	有效	《舊唐書》卷一六五
	不明	御史	御史推劾府縣諸司公事	從之	《唐會要》卷六〇
	不明	御史	置法直一員	從之	《唐會要》卷六〇
宣宗	李景讓	御史大夫	國舅去世、罷朝三日	上從之	《舊唐書》卷一八七
	不明	御史	差御史監決囚徒	從之	《唐會要》卷六〇
	不明	御史	文武常參官入閤進朝不到	從之	《唐會要》卷六〇
	不明	御史	三院令史銓選	從之	《唐會要》卷六〇
	不明	御史	三院御史新除授月限	從之	《唐會要》卷六〇
	不明	御史	公私債負等付有司論理	從之	《唐會要》卷六〇
懿宗僖宗	李蔚	監察御史	惑浮屠，飯萬僧于禁中	不明	《新唐書》卷一八一
	李迢	御史中丞	州府禁繫罪人	從之	《唐會要》卷六〇

附表五：唐代文士進入御史臺情況統計表

年代	文學家	科第（一）	科第（二）	監察御史	殿中侍御史	侍御史	御史中丞	御史大夫	備　註
高祖	孫附枷					侍御			《全唐文》存文三篇
	柳楚賢					侍御			通儒學
	李素立					侍御			有文才
	唐臨				殿中				有《冥報記》
	崔仁師			監察					《全唐詩》存詩二首
太宗	馬周			監察		侍御			善《詩》、《春秋》
	崔仁師		制舉		殿中				
	李延壽			主簿					著有《北史》
	溫彥博		對策高第					大夫	通書記
	蕭瑀							大夫	《全唐文》存文一篇
	陳師合			監察					著《拔士論》
	杜淹							大夫	材辯多聞
	張行成		制舉乙科		殿中				
	張玄素					侍御			《全唐文》存文五篇
	高季輔			監察					著《高季輔集》一卷
	唐臨					侍御		大夫	著有《冥報記》等。
	張文琮					侍御			好自寫書、筆不釋手
高宗	李乂	前進士	茂才異等	監察					工屬文
	辛替否				殿中				《全唐詩》存詩
	劉藏器	前進士				侍御			
	韋元旦	前進士		監察					
	吳少微	前進士		監察					「吳富體」代表作家
	富嘉謨	前進士		監察					「吳富體」代表作家

武后	韋顗			監察			中丞		著《易緼解》
	張廷珪	前進士	制科異等	監察					
	宋務光	前進士	直言極諫	監察					
	辛替否				殿中				《全唐文》存文一卷
	崔湜	前進士		監察	殿中				
	李善感			監察					能文
	駱賓王					侍御			「初唐四傑」之一
	杜求仁			監察					有雅才
	王無競		下筆成章			侍御			
	婁師德	前進士		監察	殿中			大夫	
	崔季昭		中茂才第		殿中			大夫	
	王義方	明經				侍御			淹究經書、性謇特
	石抱忠				殿中				名屬文
	韓思彥	志烈秋霜	下筆成章	監察					
	韓琬	文藝優長	賢良方正	監察	殿中				著有《御史臺記》等
	唐紹					侍御			太常博士
	鄭餘慶						中丞		
	孔楨	前進士		監察					
	馬懷素	前進士		監察					
	鄧茂			監察					能詩
	徐有功	明經				侍御			
	狄仁傑	明經				侍御		大夫	著有《狄仁傑集》
	陸元方	明經	八科皆中	監察	殿中				
	陸象先		制科高第	監察					
	陸景倩			監察					有美才
	盧餘慶		舉制策甲	監察	殿中				以博學稱
	李詔德	明經					中丞		
	韋思謙	前進士		監察		侍御		大夫	
	權萬機					侍御			工詩
	張知謇	明經		裏行					
	李巢			監察	殿中				獻疏陳利害
	李義琛	前進士		監察					
	杜咸	前進士		監察		侍御			

武后	高智周	前進士						大夫	
	張柬之	前進士	以賢良召	監察					
	崔日用	前進士		監察					
	張知默	明經				侍御			
	劉詳道						中丞		《全唐文》存文三篇
	劉思立					侍御			《全唐文》存文三篇
	褚璆	前進士		監察		侍御			《新唐書》卷一〇五
	魏元中			監察	殿中		中丞	大夫	《全唐詩》存詩二首
	郭元振		進士					大夫	
	李嶠	十五通五經	進士	監察					著名詩人
	蕭至忠	前進士		監察			中丞		
	趙彥昭	前進士		監察				大夫	
	和逢堯	進士高第		監察					
	盧懷慎	前進士		監察		侍御	中丞		
	韓洽				殿中				有學問
	張嘉貞	中五經舉		監察					
	源乾耀	前進士			殿中				
	尹思貞	前進士						大夫	
	畢構	前進士						大夫	
	蘇珦	明經		監察					
	王志愔	前進士					中丞		
	許景先	手筆俊拔科	茂才異等		殿中				
	潘好禮	明經		監察		侍御			
	倪若水	前進士		監察					
	席豫	手筆俊拔科	賢良方正	監察					
	齊幹			監察					少開敏
	齊察	明經第五			殿中				
	楊再思	明經					中丞	大夫	
	王珣	前進士	制科			侍御			

武后	李嗣眞	明經					中丞		
	趙武孟					侍御			著《河西人物志》
	裴子餘	明經		監察					
	李朝隱	明法舉				侍御		大夫	
	王丘		童子科	監察					
	裴漼	明經		監察				大夫	
	陽嶠	八科皆中				侍御			
	宋慶禮	明經		監察	殿中				
	李尚隱	明經		監察			中丞		
	解琬		幽素科	監察				大夫	
	張鷟	前進士		監察					著有《朝野僉載》等
	張薦					侍御	中丞		敏銳有文辭
	魏恬	前進士		御史					
	嚴識玄	前進士		監察					
	陳齊卿	前進士		監察					
	劉憲	前進士		監察					
	裴敬彝			監察					七歲能文
	李至遠		制策高第	監察					
	裴懷古			監察					上書闕下
玄宗	崔液				殿中				尤工五言詩
	楊茂謙	制舉					中丞		
	裴光庭							大夫	弘文館學士
	韋維	舉孝廉		監察					長文辭
	韋虛心	舉孝廉				侍御			
	韓思復	秀才高第						大夫	篤學
	楊仲昌	對策第一		監察					通經
	崔渙	入判高等						大夫	博綜經術
	高適		有道科	監察		侍御			有《高常侍集》
	王琚							大夫	敏悟有才略
	韋安石		舉明經					大夫	
	韋抗		舉明經				中丞	大夫	
	宋璟	前進士		監察			中丞	大夫	好學、工文辭
	蘇珽	前進士		監察					有「燕許大手筆」之稱

玄宗	蘇詵				殿中				少強學、有成人風
	杜暹	明經		監察					
	畢曜			監察					杜甫有贈詩
	李傑	明經						大夫	
	鄭惟忠							大夫	能文
	崔沔	對策高第					中丞		
	裴寬	拔萃科						大夫	
	楊瑒					侍御	中丞		能文
	趙冬曦	前進士		監察					
	李迥	前進士			殿中				
	蔣將明					侍御			集賢殿學士
	房琯		舉縣令科	監察					作《封禪書》
	呂諲	前進士							
	鄧景山			監察					以文吏進
	盧虔	前進士		御史					好學
	柳渾	前進士		監察					
	李麟				殿中				善文辭
	李承	明經		監察					
	薛存慶	前進士				御史			
	王縉		文辭清麗			侍御			
	王維			監察		侍御			著有《王右丞集》
	顏真卿	前進士	制科	監察	殿中			大夫	
	薛播	前進士			殿中				
	徐浩	明經		監察					
	梁升卿		直言極諫		殿中				
	呂渭				殿中				能詩
	袁楚克		直言極諫			侍御			
	張思鼎		舉茂才	監察					
	李邕				殿中				著名文學家
	皇甫曾			監察					能詩
	李華	前進士	博學弘辭	監察					
	邵說	前進士			殿中				
	張環								御史，能詩
	敬括	前進士			殿中				

玄宗	李憕	明經高第		監察					
	權皋	前進士		監察					
	李光弼							大夫	今存詩
	獨孤問俗					侍御	中丞		才暢於埋
肅宗	張延賞			監察				大夫	博涉經史
	元結	前進士		監察					著有《元次山集》
	趙涓	前進士		監察		侍御			幼有文學
	穆寧	明經			殿中				
	穆員					侍御			工文章
	盧奕						中丞		工文
	蔣冽			監察	殿中	侍御	中丞		《全唐詩》存詩七首
	張巡	前進士					中丞		
	許遠						中丞		能文
代宗	韓滉				殿中				有學問
	齊抗			監察		侍御			有風雅
	裴胄	明經			殿中				
	劉回	前進士			殿中				
	柳並				殿中				文學家
	盧倫	前進士		監察					
	王錫			監察					《全唐文補編》存文
	李棲筠							大夫	能詩
	第五琦						中丞		能文
德宗	蘇弁	前進士		監察					
	李涵							大夫	工文能詩
	蕭存				殿中				能文辭，作文數百篇
	李巽					侍御			有文才
	程異	明經		監察					
	李漢						中丞		韓愈以子妻之
	溫造	前進士			殿中	侍御			性嗜書
	韓愈	前進士		監察					著名文學家
	柳宗元	前進士		監察					著名文學家

德宗	劉禹錫	前進士	博學弘辭	監察					著名文學家
	元稹	前進士		監察					著名文學家
	張薦	前進士		御史					
	裴度	前進士							
	張建封			監察		侍御		大夫	少喜文章
	崔從	前進士			殿中		中丞		
	杜倫		直言極諫			侍御	中丞		
	薛存誠						中丞		章疏駁奏多所忠益
	張仲方	前進士		御史					
	韓皋	賢良方正					中丞		
	李程	進士宏辭		監察			中丞		
	封演						中丞		有《封氏聞見記》
	李叔明	明經					中丞		
	盧群			監察					少好學
	柳冕						中丞		博學富文辭
	陸贄	前進士	書判拔萃	監察					
	劉闢		進士宏辭				中丞		
	鮑防	前進士						大夫	工詩，有「鮑謝體」
	王緯	明經	書判入等		殿中			大夫	
	呂溫	前進士				侍御			
	呂恭				殿中	侍御			皆有美才
	呂儉			御史		侍御			皆有美才
	樊澤		直言極諫					大夫	
	柳公綽		直言極諫		監察	侍御		大夫	
	姜公輔		直言極諫						御史
	衛次公	前進士			殿中			大夫	
	胡證	前進士			殿中				
	獨孤季輔	明經		監察					
	元季方	明經			殿中				
	杜黃裳	前進士	博學宏辭			侍御			
	竇群					侍御			著述數十篇

德宗	崔群		直言極諫	監察裏行				大夫	
	楊虞卿	前進士		監察					
	羅讓	前進士	博學宏辭	監察			中丞		
	楊寧	明經		監察	殿中				
	羅立言	前進士				侍御			
	顧師邕	前進士		監察					
	許康佐	前進士				侍御			
順宗	李鄘	前進士	書判高等				中丞		
	李建				殿中				文學之士
	韋貫之	前進士	直言極諫			侍御			
	韋溫		兩經及第	監察					
	陳諫								御史，能詩
	程異								御史，能詩
憲宗	韓次	前進士		監察	殿中	侍御	中丞	大夫	
	李中敏	前進士				侍御			
	李深源								御史，能詩
	元克己								御史，能詩
	蕭莬						中丞		
	於敖	前進士		監察					
	李翺								
	姚合	前進士		監察					「武功體」
	鄭元	前進士					中丞		
	嚴綬	前進士				侍御			
	李夷簡	前進士	拔萃科	監察	殿中		中丞	大夫	
	楊凝					侍御			最善文
	潘孟陽		博學宏辭		殿中				
	崔元略	前進士			殿中		中丞	大夫	
	崔鉉							大夫	翰林學士
	姚南仲		制科		殿中				
	段平仲	前進士		監察					
	呂元膺		賢良高第		殿中	侍御			
	薛存誠	前進士		監察					
	齊映	前進士					中丞		
	陸長源						中丞		有清譽

憲宗	孟簡	前進士					中丞		
	楊憑	前進士		監察					
	柳仲郢	前進士		監察					
	韓滉			御史					工文章
	歸融	前進士					中丞		
	崔玄亮	前進士		監察					
	高郢		茂才異行					大夫	
	鄭絪	前進士	宏辭高第					大夫	
	權璩	前進士		監察					
	王播	前進士	直言極諫	監察	殿中	侍御	中丞		
	皇甫湜	前進士	直言極諫	監察					
	孫簡	前進士		監察					
	張渾	明經	直言極諫	監察	殿中	侍御			上書皇帝
	李再				殿中				《全文》補編存文
	裴復		直言極諫	監察	殿中	侍御			有《時雨詩》
	穆質		直言極諫						御史
	吳丹			監察					能詩
	吳卓	童子科	明經及第			侍御			
	任迪簡	前進士			殿中			大夫	
	裴度	前進士	直言極諫				中丞		
	牛僧孺	前進士	直言極諫	監察					
	崔咸	前進士				侍御			
	韋臯	前進士		監察					
	高銖	前進士		監察					
	封敖	前進士					中丞		
	鄭熏	前進士					中丞		
	舒元輿	前進士		監察					
	王璠	前進士		監察					
	李紳	前進士					中丞		
	李蔚	前進士		監察			中丞		
	盧鈞	前進士	拔萃科	監察					
	韋丹	五經高第			殿中				
	張蒙								
	李正封		直言極諫			侍御			

憲宗	韓弇				殿中				能詩
	李宗閔		直言極諫	監察		侍御			
	王楚								御史，能詩
穆宗	李款	前進士				侍御			
	姚勗	前進士		監察					
	溫造				殿中				性嗜書
	李回	前進士	直言極諫	監察			中丞		
	李齊運			監察					國子祭酒
	龐嚴		直言極諫						御史
	李德裕			監察			中丞		《全唐詩》存詩一卷
	韋琮	前進士			殿中				
	崔植							大夫	能文
	呂述		直言極諫						御史
敬宗	柳璟	前進士	博學宏辭	監察					三遷監察御史
	王質	前進士				侍御			
	高元裕	前進士				侍御	中丞		
	李固言	進士甲科						大夫	
	姚中立		直言極諫	監察					
文宗	狄兼謩	前進士					中丞		
	崔黯	前進士		監察					
	薛廷老	前進士			殿中				
	鄭覃						中丞		弘文館學士
	鄭朗						中丞	大夫	有文才
	杜牧	前進士	直言極諫			侍御			著名文學家
	盧士瓊	明經		監察					
	李甘	前進士	直言極諫	監察御史					
	李涯		直言極諫						御史
	包陳			監察					嗜學益專
	馬植		直言極諫				中丞		
	崔弘禮	前進士	秀才科	監察					
	裴休	前進士		監察				大夫	擅爲文，長於書翰
	李蟾		詞賦擅美	監察					

文宗	張次宗			監察					校訂《九經》文字
	牛蔚	前進士	兩經	監察					
	盧簡辭	前進士		監察					
宣宗	李讓夷						中丞		能文
	崔慎由		直言極諫					大夫	
	盧弘止	前進士		監察					
	韋博	前進士			殿中				
	李景讓							大夫	能文
	王涯	前進士	博學宏辭						
	賈餗	前進士	直言極諫					大夫	
	李孝本	前進士				侍御	中丞		
	崔琯	前進士	直言極諫			侍御			
	周墀	前進士		監察					
	畢諴	前進士	書判拔萃			侍御			
	韓儀						中丞		翰林學士
	鄭亞	前進士	書判拔萃	監察					又中直言極諫
武宗	薛逢	前進士				侍御			
	王起		直言極諫		殿中				有文才
	李玨	前進士			殿中			大夫	
	王徽	前進士			殿中	侍御			
宣宗	孫玉汝					侍御			能詩
	錢□						中丞		能詩
	元繇						中丞		見《漢上題襟集》
	杜□					侍御			能詩
	魏謨						中丞		能詩
	李頻	前進士				侍御			
	王式		直言極諫		殿中				
	韓容						中丞		能詩
	崔龜從		直言極諫					大夫	
	李商隱	前進士			殿中				著名詩人
	許渾	前進士		監察					著名詩人
懿宗	崔凝		一升上第		殿中	侍御		大夫	
	敬晦	前進士							
	薛能					侍御			能詩

懿宗	蕭鄴	前進士		監察					
	裴休	前進士	直言極諫	監察					
	裴贄	前進士					中丞		
	楊收	前進士		監察		侍御			
	於興宗						中丞		能詩
	崔元範			監察					《全唐詩》存詩一首
僖宗	裴樞	前進士			殿中				
	孔緯	前進士					中丞	大夫	
	孔戢	明經			殿中			大夫	
	柳玭	明經					中丞		
	劉咸		茂才舉				中丞		
	孫棨					侍御			著《北里志》
	鄭延昌	前進士		監察					
	司空圖	前進士			殿中				
昭宗	黃滔			監察裏行					有《黃御史集》
	吳融	前進士				侍御			著名詩人
	裴贄						中丞		凡三知貢舉，能詩
	陸扆			監察					盛有文名
	高蟾						中丞		工絕句，有詩一卷
	王渙	前進士					中丞		工詩

注：爲節省篇幅，本表中「監察」指監察御史；「殿中」指殿中侍御史；「侍御」指侍御史；「中丞」指御史中丞；「大夫」指御史大夫；不明具體任何種御史職務者，皆標「御史」。

後　記

三年前，我負笈東下，游學於傅紹良先生門下，在美麗的終南山下開始了一段專注而難忘的求學生涯。陝西師大，這所嚴謹、敦厚的學府以不擇細流、海納百川的氣魄接收了我這個來自隴上的學子，歷史文化氣息異常濃鬱的關中大地，又輕輕地包融了我的淺薄。於是，一片廣闊的天地在我的面前展開……

首先感謝霍松林先生。我最初見先生，是在家鄉一張已經發黃的照片上。霍先生爲當今爲數不多的國學大師、吟壇泰斗，卻對我一個小字輩格外關愛。每憶及霍先生那爽朗的笑聲、濃濃的鄉音，我由衷地感到一種幸福和溫暖。如今，先生已九十高齡，依然矍鑠硬朗，筆耕不輟，所謂學問與人生的詩意境界，蓋在於此。在此，衷心祝願先生得燦爛之桑榆，享南山之高壽！

一位哲人說過，「良師益友鑄就人生輝煌。」我無輝煌可言，卻有幸在人生路上遇到良師的點撥與教誨。當我決定報考傅老師的博士生，第一次見先生時，那種忐忑不安眞是難以形容。我如實談了自己的水平之低，靈氣不足，心裏早已打了退堂鼓。或許我的坦誠打動了先生，傅師不僅無些許失望之意，還以自己的例子鼓勵我，那種鼓勵帶來的勇氣和信心令我終生難忘！

傅師在我復試之後、入學之前就讀了我以前發表的一些不成熟的文章，暑假期間，囑我校注、翻譯兩本清代類書《官吏良鑒》、《法曹圭臬》，這是我第一次接觸中國古代監察制度問題。入學不久，傅師又慧眼獨具，囑我作「唐代御史與文學」課題，並說，這是一個學界不曾注意到的文學現象，是一塊前人尚未耕耘的荒地，需要有三年的整塊時間才能做得出來，開拓之功是顯而易見的。我深然其說，同時也感到頗有壓力。

針對我知識的不足，傅師又聯繫讓我聽歷史文化學院周曉薇女士的《古典文獻學》，杜文玉先生的《唐代官制研究》。這兩門課程，不但提高了我的古典文獻學水平，更使我對唐代官制有了比較明確、清晰的認識。由於論文選題定得較早，前期準備又比較充分，爲論文寫作就奠定了一定基礎。可以說，從論文選題、框架結構、收集資料、修改定稿、甚至字句、標點的修改，傅老師在每一個環節都給予了細緻、耐心的指導。給我印象最深的事情有二：一是論文寫作前，傅師囑我從原始文獻的閱讀做起，先作唐御史考，對唐代御史進行竭澤而漁式的搜集、考證。按照這一思路，目前，我已完成《唐御史考》約 60 餘萬字，考得唐代御史共 2791 人。二是論文寫作每到殫思竭慮、山窮水盡之際，傅師的精要點撥，眞有茅塞頓開之感。從傅師辦公室出來，我便想起 NBA 賽場上一次精彩的暫停，思路也一下子清晰了許多。感謝傅老師，您帶我走進唐代文學這個研究領域，培養了我的學術興趣，更確立了我今後的學術取向！

緊張的論文寫作過程中，師徒之間建立了親密無間的情誼。「一日爲師，終身爲父。」當是做人的基本準則，我雖不屑，亦常思之。但我感覺傅師更像一位可親可敬的兄長，其儒雅氣質、快人快語、風趣幽默，給我以潛移默化的同時，令人有如沐春風之感。所謂「望之儼然，即之則溫。」應該就是指像傅老師這樣的人吧。

文學院的張新科、魏耕源、霍有明、吳言生、劉鋒燾諸先生，給予論文具體的指導和建議。在此，謹向諸先生的關心和教誨，致以誠摯的感謝！我碩士階段的導師，江蘇師範大學孫映逵先生，如今已年逾古稀，仍然關心我的論文寫作，提出諸多建議，飽含勸勉、鼓勵之情。感謝孫先生，您培育了我這顆不大好的種子！

甘肅天水師範學院多年來給我提供學習費用。不少良師益友給我無私的幫助，在此謹致感謝！多年來，我愛人身體一直不大好，母親大人任勞任怨，默默地照料我的妻小。使我能安心學業，每憶至此，情何能已：「呵，媽媽，您是天底下最好的母親！」您的關懷和支持永遠是我前進的動力。

台灣花木蘭文化出版社將本書納入「古典文學研究輯刊」予以出版，編輯爲本書出版付出了大量心血，在此謹致崇高的敬意！

我生於苦甲天下的隴上，長於貧困，當年中學畢業即上了一所中專學校，這一路走來，年屆不惑，才初窺治學門徑，自知起步已晚，與同輩諸俊彥相比，自愧亦且自勵，在今後的日子裏，希望能夠取得一定成績，無愧於前輩師長的提攜與勉勵。

2010 年 3 月 3 日於陝西師大梅苑博士樓初稿

2014 年 10 月 10 日於隴右心遠齋定稿